7
MIZUNA present
illustration by Ruki
著 MIZUNA
ill. Ruki
やり込んだ乙女ゲームの悪役モブですが、断罪は嫌なので真っ当に生きます
JN016721
TOブックス

Contents

illustration ◆ Ruki　design ◆ アオキテツヤ(musicagographics)

CHARACTERS

＜登場人物紹介＞

バルディア

クリス

バルディア領で『クリスティ商会』代表を
務めるエルフの女性。

サンドラ

リッドの魔法教師。
リッドと協力して、
『魔力回復薬』の開発に成功。

シャドウクーガー

レナルーテの魔の森に住む魔物。

スライム

レナルーテの魔の森に住む
最弱の魔物。

ナナリー

ライナーの妻であり、主人公の母親。
不治の病である『魔力枯渇症』を患っており、
リッドとライナーの活躍により
一命を取り留め、現在闘病生活中。
本来はお転婆、活発、
悪戯好きな女性らしい。

ライナー

立場上色々と厳しい事を言うが、
主人公の一番の理解者であり、
彼を導く良き父親。
ただし、気苦労は絶えない。
リッドを含め、家族をとても
大切にしている。

ダナエ

バルディア家のメイド。

リッド

本作の主人公。
ある日、前世の記憶を取り戻して自身が
断罪される運命と知り絶望する。
だが、生まれ持った才能と
前世の記憶を活かして、
自身と家族を断罪から守るために奮闘する。
たまに空回りをして、
周りを振り回すことも……。

メルディ

主人公の妹でリッドとナナリーからは
愛称で『メル』と呼ばれている。
とても可愛らしく、寂しがり屋。
誰に似たのか、
活発、お転婆、悪戯好きな女の子。

アレックス

リッドにスカウトされたドワーフ。
エレンの双子の弟。

エレン

リッドにスカウトされたドワーフ。
アレックスの双子の姉。

ルーベンス

バルディア騎士団の一般騎士。

ディアナ

元・バルディア騎士団の一般騎士。
現在はリッドの従者。

レナルーテ

エルティア

エリアスの側室で、ファラの母。

ファラ・
レナルーテ

レナルーテ王国の第一王女。
リッドとの婚約を果たす。

エリアス・
レナルーテ

ダークエルフが治める
レナルーテ王国の王であり、
ファラとレイシスの父親。

アスナ・
ランマーク

ファラの専属護衛。

レイシス・
レナルーテ

レナルーテ王国の第一王子。

ダイナス

バルディア騎士団団長。

クロス

バルディア騎士団副団長。

相関図

当主 ライナー・バルディア
妻 ナナリー・バルディア

協力

クリスティ商会

代表 クリスティ・サフロン（エルフ）
護衛兼使用人 エマ（猫人族）

サフロン商会

代表（男爵） マルティン・サフロン（エルフ）
他多数

リッドの依頼で奴隷購入

バルディア家関係者

執事 ガルン・サナトス
執事見習 カペラ・ディドール
魔法教師 サンドラ・アーネスト
料理長 アーリィ・サザンナッツ
メイド長 マリエッタ　副メイド長 フラウ
メイド ダナエ　メイド ニーナ
メイド マーシオ　メイド レオナ
医師 ビジーカ・ブックデン
工房長 エレン・ヴァルター
工房副長 アレックス・ヴァルター

所属不明

ローブ（?）

ナナリーとメルディを狙う?

協力?

兎人族
アルマ
オヴェリア
ラムル
ディリック
他多数

鳥人族
アリア
エリア
シリア
他多数

猿人族
トーマ
トーナ
エルビア
スキャラ
エンドラ
他多数

馬人族
アリス
マリス
ディオ
ゲディング
他多数

熊人族
カルア
アレッド
他多数

牛人族
ベルカラン
トルーバ
他多数

獣人国ズベーラ 狐人族

部族長 ガレス・グランドーク
長男（第一子） エルバ・グランドーク
次男（第三子） マルバス・グランドーク
三男（第四子） アモン・グランドーク
長女（第二子） ラファ・グランドーク
次女（第五子） シトリー・グランドーク
一般兵士 リック

奴隷販売

帝国貴族

マグノリア帝国（人族：帝国人）

皇帝　アーウィン・マグノリア
皇后　マチルダ・マグノリア
第一皇子（第一子）　デイビッド・マグノリア
第二皇子（第二子）　キール・マグノリア
他

マグノリア帝国貴族（人族：帝国人）

伯爵　ローラン・ガリアーノ
他多数

同盟
※密約
表向きは同盟だが、
レナルーテ王国は
帝国の属国

政略結婚【リッドとファラ】

レナルーテ王国（ダークエルフ）

国王　エリアス・レナルーテ
王妃　リーゼル・レナルーテ
側室　エルティア・リバートン
第一王子（第一子）　レイシス・レナルーテ
第一王女（第二子）　ファラ・レナルーテ

レナルーテ王国華族（ダークエルフ）

公爵　ザック・リバートン
侯爵　ノリス・タムースカ
男爵　マレイン・コンドロイ
他多数

レナルーテ王国暗部（ダークエルフ）

頭　ザック・リバートン
影　カペラ・ディドール
他多数

バルディア家（人族：帝国人）

長男（第一子）　リッド・バルディア
魔法人格　メモリー
長女（第二子）　メルディ・バルディア

魔物（ペット？）

クッキー
ビスケット

バルディア騎士団

騎士団長　ダイナス
副団長　クロス
一般騎士　ルーベンス
一般騎士　ディアナ
一般騎士　ネルス
他多数

バルディア家 －獣人族一覧－

狐人族
ノワール
ラガード
トナージ
ケスラ
他多数

鼠人族
サルビア
シルビア
セルビア
他多数

猫人族
ミア
ロール
レディ
エルム
他多数

狼人族
シェリル
ラスト
ベルジア
アネット
他多数

狸人族
ダン　ザブ　ロウ
他多数

鳥人族
馬人族
バルスト
（人族）
狐人族
狸人族
バルディア
レナルーテ
（ダークエルフ）
魔の森

猿人族
兎人族
王都
狼人族
ズベーラ
（獣人族）
猫人族
鼠人族
熊人族
教国トーガ
（人族）
帝都
アストリア
（エルフ）
マグノリア帝国
（人族）
森林地帯
ガルドランド
（ドワーフ）

プロローグ　神前式の前夜

ファラと神前式を挙げるためレナルーテに訪れた僕は、式に向けた段取り確認で、ここ数日慌ただしい日々を送っていた。今日に至っては、華族達との親睦会も行われ、もうヘトヘトだ。段取り確認だけなら体力的には問題ないんだけどね。親睦会は華族だけではなく、僕と年齢の近い令嬢達にも囲まれて気苦労が絶えなかった。

ダークエルフは、出生率が低いため、華族や王族は側室を持つのが当たり前らしい。その文化のおかげで、側室目当ての令嬢達が僕の元に大勢やってきたというわけだ。令嬢達の気持ちは理解できるけど、傷つけないように丁重に断るのは、かなり神経をすり減らした。

断るのは簡単だけど、無下にはできない。どんな理由があるにせよ、勇気を持って告白してきた令嬢に、大きな心の傷を負わせるわけにはいかないからね。

そんなこんなで、華族達との親睦会が終わり、ファラ達と別れた僕は、迎賓館に戻って一日の疲れを温泉で洗い流した。そして、用意された部屋に戻り、ベッドに倒れ込んで枕に顔を埋《うず》めたところだ。綺麗なシーツの香りとさわり心地に、ちょっと癒やされた気がする。

式が終わってバルディアに帰ったら、次は近いうちに帝都行きかぁ。中々に、大変な日程だ。

王族であるファラが帝国に嫁げば、皇帝皇后の両陛下に挨拶《あいさつ》に行くことは、国同士の政《まつりごと》であり礼節だ。でも、ただ挨拶をしに行くだけじゃない。バルディア領で開発した懐中時計、木炭車等の製品を、この機に帝国貴族に売り込む。他にも、最近設立された第二騎士団で、帝国内の公共事業を受注する目論みもある。

これらが成功すれば、レナルーテと結んだ貿易協定と相まって、バルディアの発展計画は、また一歩前進するはずだ。そうなれば、将来における断罪回避に向けた影響力をより一層強くすることに繋がる。失敗は許されない。

でも、明日はファラとの神前式と披露宴《ひろうえん》だ。彼女とバルディア家に恥を掻《か》かせないよう、気を引き締めないとね。

それにしても、七歳で神前式を執り行うなんて、さすが異世界って感じだなぁ。前世なら、七五三の年齢だし。この年齢でする政略結婚と言えば、戦国時代の武将ぐらいしか思い当たらない。だけど、戦国時代の政略結婚だって、幸せな夫婦円満を築いた人達も存在したはずだ。

以前、父上に言われた通り、僕が誰よりも大切に愛すれば、きっとファラを幸せにできる……いや、しないとね。決意したその時、ここ数日の多忙のせいかふいにすごく眠くなり、僕はゆっくり瞼《まぶた》を閉じるのであった。

リッドとファラの式当日

「リッド様、立派なお姿でございます」

「そ、そうかな。ありがとう」

今日はいよいよ式当日。僕はいま、本丸御殿の一室でダークエルフのダリアという女性に袴《はかま》の着付けをしてもらっていた。護衛としてカペラも同席しているが、父上とメルは、別室で待っている。

「いえいえ、とんでもないことでございます。リッド様とファラ王女様の着付けをお手伝い出来たこと、私こそ大変光栄でございます。宜しければそちらの鏡でご確認ください」

目尻を下げるダリアの言葉に従い、自身の姿を確認する。軽く体を動かしてもみたけど、問題はなさそう。でも、この姿を前世で言うなら『七五三』だ。身に纏《まと》った袴を改めてよく見ると、細かい刺繍《ししゅう》が所々に施《ほどこ》されており、職人が丹精《たんせい》込めて作ってくれたことが窺える。

「うん……。良さそうだね。カペラから見てどうかな」

「とてもお似合いでございます。問題は全くないかと」

「そっか。ありがとう」

彼が会釈《えしゃく》すると、ダリアが畏《かしこ》まる。

「リッド様、気になる点があればいつでも仰《おっしゃ》ってください。ライナー様とメルディ様がお待ちのお部屋には、係の者がご案内いたします。ファラ様の準備が終わるまで、もう少々お待ちください」

「わかりました。ダリア、着付けをしてくれてありがとう」

「とんでもないことでございます」

程なくして係の人の案内で、父上達が待つ部屋にカペラと移動する。袴姿で入ると、室内の皆からもてはやされた。

「なんどみても、はかますがたのにいさまはかっこいいね」

「うむ。中々様になっているな」

メルの言葉に父上が続くと、控えていたディアナとダナエが頷いた。

「レナルーテの衣装は、帝国とはまた違う雰囲気と品がありますね。本当に良くお似合いでございます」

「ディアナさんの仰る通り、私もそう思います」

二人がそう言うと、クリスがこちらを見つめて会釈する。

「リッド様の晴れ姿、大変お似合いです」

「あはは。皆、ありがとう」

はにかみながら頬《ほほ》を掻いていると、クリスが決まりの悪い顔を浮かべた。

「……しかし、ですね。私がバルディア家の関係者としてここに居るのは、やはり場違いではありませんか？」

「そんなこと、気にする必要はないよ。それに、クリスがバルディア家の関係者として出席すれば、

『クリスティ商会』の存在をレナルーテの華族達により強く示せるからね」

「ご自身の婚姻《こんいん》に関わることなのに、相変わらず考え方が恐ろしいです」

彼女は呆れ顔で肩を竦《すく》めると、首を横に振った。クリスには、神前式と披露宴の両方に参加してもらう予定だ。

エリアス王の後ろ盾を得ていることを、この機に改めて見せつけるためである。王族とバルディア家が懇意《こんい》にしている商会となれば、クリスや商会に手を出そうという輩《やから》は居なくなるだろう。帝都の中央貴族達には、さすがに効果は薄いと思うけど、関係者を通じて伝われば牽制《けんせい》ぐらいにはなるはずだ。

皆で談笑していると、部屋のドアがノックされる。すぐ、クロスが対応して要件を確認した。

「リッド様、ファラ様の支度が調《ととの》ったそうです」

「わかった。すぐに行くよ」

席から立ち上がると、部屋にいる皆を見回した。

「では、行って参ります。父上」

「うむ」

「にいさま、いってらっしゃい」

見送られてカペラと一緒に退室して、係の人に案内されるままに移動する。程なく、ファラが待つ部屋に到着したが、急に胸が高鳴り始めた。気持ちを落ち着かせようと、胸に手を当て深呼吸をして意を決する。

「ファラ王女、入ってもよろしいでしょうか」

「はい。どうぞお入りになってください」

襖《ふすま》を静かに開けて入室すると、白無垢《しろむく》を身に纏ったファラがすらりと立っていた。事前に行われた式の段取り確認の時、彼女の白無垢姿はすでに見ている。だけど、今日のファラはほのかな化粧も施されており、前見た時よりもずっと綺麗だ。ぽうっと見つめていると、彼女はきょとんと小首を傾げた。

「リッド様、どうかされましたか？」

「い、いや、ごめん。あはは、また、見惚《みと》れちゃってね」

思ったことをそのまま口にしたことに気付き、「あ……」と急に顔の火照《ほて》りを感じた。

「あ、ありがとうございます。ですが、見惚れたのは私も一緒……です」

ファラは、耳を上下に動かしてはにかんだ。

「あはは、そう言ってくれると嬉しいよ。ありがとう」

照れ隠しのように頬を掻く。うん、やっぱり彼女はとても綺麗だ。その時、部屋の隅に控えていたダリアが咳《せき》払いをした。

「ファラ様、リッド様。準備も整いました故、神前式の場に移動いたしましょう」

「そうですね。では参りましょう。ファラ王女」

「はい、リッド様」

袴と白無垢を纏った新郎新婦の僕達は、事前の段取り通り、本丸御殿の外に向かってゆっくりと進んでいく。周囲を見渡せば、物々しい警備態勢が敷かれており、レナルーテの軍人があちこちで鋭い睨みを利かしている。王国と帝国の政略結婚だから、当然と言えば当然か。

目的の場所に辿り着くと、そこにはメルや父上達、エリアス王を始めとする王族が揃っていた。

「婿《むこ》殿。それに、ファラも良く似合っているぞ」

「ありがとうございます。エリアス陛下」

畏まってファラと一緒に会釈をすると、エリアス王は「うむ」と頷いた。

「それとだ。段取りの時とは違い、少し物々しいのは立場と状況があるのでな。許してもらいたい」

「承知しております。ですが、故郷のバルディアでは強面《こわもて》の騎士に囲まれて育ちました故、慣れておりますからご安心ください」

ニコリと笑うと、エリアス王の横に並び立っていた父上が眉をピクリとさせた。

「リッド、お前は毎度のことながら一言余計だぞ」

「そうか、そうか。それは頼もしいことだ」

父上は呆れ顔で首を横に振り、エリアス王は楽し気に笑っている。二人の雰囲気が和らいだおかげか、場の緊張感が少し緩んだ気がした。その時、袴の袖がファラに軽く引っ張られる。「ん?」と振り向くと、彼女はそっと耳元で囁《ささや》いた。

「騎士の皆様は強面なんですね。私も今から会うのが楽しみです」

「あはは……まぁ、本当に怖い人もいるけどね。皆、優しいよ」

苦笑すると、彼女は目を細めて忍び笑っていた。

それから本丸御殿の前に用意されていた馬車に乗り込み、神前式を行う神社まで移動する。距離はそんなに離れておらず、馬車に揺られる時間は少ない。

神社に到着すると、レナルーテの軍人と華族と思われる大勢の人達が出迎えてくれたけど、想像以上の人の多さに驚いた。その人集《ひとだか》りから守るように、神社の入り口から境内までは、軍人で警備された道が出来ている。目を凝らすと、遠巻きに沢山の町民も見えた。レナルーテの国民からすれば、神前式はちょっとしたお祭りなのかもしれない。

「凄い数の人だね」

「王族の婚姻ですから、国中が注目しているみたいです」

小声でファラと話している間に、関係者が次々に馬車から降車していく。皆が出揃うと、エリアス王が先頭に立って案内を務めた。警護されている道を整列して進んでいくと、前方にダークエルフの神主と二人の巫女の姿が目に入る。彼等の待つ場所まで進むと、神主達がエリアス王と案内を替わり、先頭に立った。その後ろを僕とファラが続き、いよいよ境内の中に足を踏み入れる。

外と変わらず、厳重な警備が敷かれている境内。参列している華族達に目をやると、参進する僕達を見つめて、どこか満足気な表情をしていることに気が付いた。神前式は、『あの表情』が本当の目的なのだろう。

以前のレナルーテには、ファラと僕の婚姻を強く反対した『ノリス・タムースカ』とその派閥が存在していた。でも、彼等は婚姻阻止のためにと、強硬手段に出て色々とやり過ぎたのだ。

結果、ノリスを始めとした婚姻阻止派に属する者達は、ほとんどが断罪されたらしい。だけど、おかげで世代交代が進み、華族達の風通しはとても良くなったとも聞いている。実に皮肉な話だ。

とはいえ、レナルーテが帝国の属国になった密約とその経緯。これらを知っている華族達の中に、まだ不満を抱いている者達がいることは想像に難くない。だからこそ、婿であり、帝国貴族の嫡男である僕がこうして出向いたこと。レナルーテでファラと式を挙げることは、華族達の溜飲《りゅういん》を下げることに繋がっているのだろう。その時、隣を歩くファラが「リッド様……」と小声で呟いた。

「どうしたの？」

聞き返すと、彼女は目を細めて顔を寄せる。

「私はどのような目的や策略があろうとも、リッド様と式を挙げられることを嬉しく思っています。その、心待ちにしておりましたから」

「そうだね。でも、それは僕も一緒だよ。今日は二人で楽しもうね」

「はい！」

二人で微笑むと、胸を張って堂々と足を進めていった。


本殿に入場すると、聞き覚えのある独特の音色が辺りに響き始める。前日に行われた段取り確認の時には流れていなかった音色だ。驚きのあまり、音が聞こえてくる方に目をやった。そこでは、案の定というべきか。荘厳な衣装に身を包んだ人達が、独特な楽器を演奏している。

「リッド様、どうかされましたか。もしかして、苦手な音色でしたか？」

不思議に思ったのか、ファラが首を傾げた。

「え、いやいや。神秘的で素敵な演奏だと思うよ。聞いたことがない音色だったから驚いただけさ。あはは……」

誤魔化すように苦笑する。さすがに『雅楽《ががく》』と同じ音色で驚いたとは言えない。

「良かった。私、この音色が神秘的で好きなんです」

「そうなんだ。少し驚いたけど、この音色は僕も好きだよ」

ニコリと笑顔で答えると、彼女は嬉しそうにはにかんで俯《うつむ》いてしまった。多分、ファラの耳は上下に動いているだろうけど、白無垢で見られないのが残念だ。

神社本殿の中を進み、親族席に加え、関係者席が用意されている場所に辿り着く。

親族席には父上とメルが、関係者席にはクリスやディアナ達が座る。その時、父上のすぐ傍に、見慣れない帝国貴族の男性が静かに腰を下ろした。

彼は、昨日の夜に帝都から到着した使者らしく、父上と仲が良いそうだ。この事を聞いたのは今朝で、少しびっくりしたけどね。ただ、エリアス王も含め、政治関係者には周知の事実だったらしい。

帝国貴族の男性は、今日の朝から段取り確認に参加していたから、式の動きにも戸惑いはないようだ。席に関係者が出揃うと、神主と巫女の主導で儀式が進行される。

「それでは、『三献《さんこん》の儀《ぎ》』を執り行います」

厳かな雰囲気の中、神主が声を響かせると、控えていた巫女達が大中小の三つの盃《さかずき》と御神酒《おみき》を用意する。『三献の儀』とは『三三九度』とも言われる儀式だ。

巫女が注ぐ御神酒を小杯で新郎、新婦、新郎。

次いで、中杯で新婦、新郎、新婦。

最後は、大杯で新郎、新婦、新郎の順番で飲んでいく。

この際、それぞれの杯に注がれた御神酒は三口で飲み干すという決まりがある。

僕とファラは、皆に見守られて注目される中、一連の儀式を粛々と行っていく。小杯は過去、中杯は現在、大杯は未来を表しているそうだ。

三献の儀が終わると、次は『誓詞奏上《せいしそうじょう》』を行う。新郎新婦が『夫婦として生きていくこと』を、参列者と神様の前で誓う儀式だ。ファラとその場で立ち上がり、一緒に誓詞を読み上げる。

「今日を佳日《かじつ》と定め、謹《つつし》んで神の御前にて結婚の礼を執り行います。今より後、私達は夫婦の契りを結び合い、千代に八千代に互いを信じ、相和して夫婦の道に背かず助け合い。祖先を敬い子々孫々の繁栄を図り、終生変わらぬことを茲《ここ》に誓い奉ります」

口上を述べた僕達は、はにかみながらその場に座った。こうして誓いを口に出すと、改めて結婚を実感する。国同士の政であることはわかっているけど、婚姻の話がきた時から彼女を護り、愛することを誓った。その想いは今も変わらない。むしろ、式が進むにつれ、より強くなっていった。

「愛している。大好きだよ、ファラ」

「え⁉　は、はい……。私もお慕いしております」

唐突な言葉に驚いたらしく、彼女は目を丸くした。

「急にごめんね。でも、どうしてもこの場で伝えたいと思ったんだ」

「い、いえ、ありがとう……ございます」

彼女は嬉しそうに頬を赤く染め、俯いてしまう。その様子が可愛らしく、つい口元が緩んでしまった。

式は順調に進み、祝福と両家の繁栄を願った巫女の舞が行われる。最後に、斎主《さいしゅ》である神主が神前式の終わりを告げた。

僕達は立ち上がると、本殿に来た時と同じく神主の後に続き整列して歩き始める。次は、本丸御殿で披露宴を執り行う予定だ。なお、本殿から移動する際も沢山の華族とレナルーテの国民に注目を浴びており、ファラと苦笑する。

神社の外で待機していた馬車に辿り着くと、衣装を傷つけないよう丁寧に乗り込んだ。

「ファラ、手を出して」

「はい、ありがとうございます」

「足元、気を付けてね」

ファラが僕の手を取って乗車すると、住民が集まっている場所から黄色い歓声が轟《とどろ》く。何事だろう？　目をやると、ダークエルフの女性達が満面の笑みを浮かべていた。

見る限り、特に何か問題が起きた感じはない。とりあえず、ニコリと微笑み手を振ると、再び黄色い歓声が轟く。その時、ファラが僕の手をグイっと引っ張った。

「むぅ。リッド様、駄目ですよ。我が儘《まま》を承知で言いますけど、今日は私だけを見てほしいです」

「あはは。あの人達には、手を振っただけさ。それに親睦会の時に言ったでしょ、愛する人はファラだけだよ」

「あ、あう……」

彼女は耳まで赤くして目を泳がせる。本当に反応が可愛らしいなぁ。そう思っている間に、馬車がゆっくりと動き始めた。

「私達も一緒に乗っているのだが……お二人の眼中にはないようだな」

「ええ、全くです」

護衛としていたアスナが呆れ顔で呟くと、カペラが相槌《あいづち》を打つ。

「うん？　どうかした？」

二人は揃って首を横に振る。

「いえ、何でもありません」

「……？」

僕とファラは、首を傾げるのであった。

◇

神前式を執り行った神社から本丸御殿に馬車が到着すると、最初にカペラとアスナが降車する。その次に僕が降車すると、車内に残るファラに手を差し出した。

「降りる時も足元に気を付けてね」

「はい、重ね重ねありがとうございます」

無事に彼女が降りると、カペラが会釈する。

「リッド様、披露宴の前にお色直しをするとのこと。間もなく係の者が来るかと存じます」

「うん、わかった」と頷く間に、続々と後続車が到着する。

本丸御殿まで移動してきた馬車の並びは、先頭がエリアス王と王族。次いで、父上達。三番目が、僕達の馬車だ。でも、先に到着した皆の姿はない。次の会場か待合室に移動したのだろう。

程なく、メイド姿のダークエルフ達がやってくる。その中には、袴の着付けをしてくれたダリアの姿もあった。

「リッド様、ファラ様。これよりお色直しを行います。おそれいりますが、別々のお部屋にご案内させていただきます」

「わかりました。よろしくお願いします。じゃあ、ファラ。また後でね」

「はい、リッド様」

ファラを見送ると、僕も護衛のカペラと一緒に移動する。


「リッド様、着付けの直しが終わりました。何か違和感はありませんか」

「……うん、大丈夫です」

「畏まりました。何か違和感がありましたら、いつでもお申し付けください」

ダリアはそう言うと、ニコリと会釈して退室する。部屋にカペラと二人だけになると、袴が崩れないようソファーに腰を下ろした。

「ふぅ……やっと少し休憩できるね」

「お疲れ様でございます、リッド様」

「はは、ありがとう。でも、レナルーテにおける王族の婚姻っていつもこんな感じなの？」

彼は「いえ」と首を横に振った。

「今回の神前式と披露宴は、レナルーテの有力華族が一堂に集まった大規模なものです。リッド様とファラ様の繋がりが重要なものであると、国内に知らしめているのでしょう」

「大規模で重要か……。それなら今後はより色々と融通が利きそうだね」

思わず口元が緩んだ。政治色が強い『式』であることは認識していたけど、レナルーテがどこまで重要視しているのか？　その点は、レナルーテの関係者でないと判断が難しい。

でも、元暗部だったカペラが『大規模』と評している。式の前と後では、バルディア家に対する印象が、華族達の中で大分変わっているはずだ。

クリスも式に参加してもらったから、彼女と強い繋がりがあることも発信できた。つまり、クリスティ商会の影響力がレナルーテ国内でより大きくなる、ということだ。

「リッド様、少し悪い顔になっておられますよ。その表情は、あまりこの場で見せるべきではないかと存じます」

ハッとすると、慌てて顔を両手で揉み解した。

「そうするよ。カペラ、進言ありがとう」

「とんでもないことでございます」

会釈して顔を上げた彼は、「そういえば……」と続けた。

「帝国から公爵家の方がお見えになっていましたが、バルディア家と親睦が深いのでしょうか？」

「うーん。どうなんだろうね。帝都にはまだ行ったことがないし、貴族同士の繋がりは追い追い教えるって父上に言われているからさ。その辺はまだ詳しくないんだよね」

バルディア領は帝国の最北東に位置した辺境であり、帝都から遠く離れている。そのせいか、僕が記憶を取り戻してからそれなりの時間が経過しているけど、バルディア領を訪れた帝国貴族は居ない。父上が定期的に帝都へ出向いているから、訪ねてくる必要も無いのだろう。

帝都から来るのはバルスト、レナルーテ、ズベーラからの貿易商品を仕入れに来る商会ぐらいだ。まぁ、帝都からそれだけ離れているから、僕の行いに父上は目を瞑ってくれているのだろう。

「リッド、少し良いか？」

部屋の外から父上の声が聞こえてきた。

「はい。大丈夫です」

カペラが扉を開けると、部屋の外には父上と、帝国貴族の男性が立っていた。彼は神前式の時に見た顔だ。

「父上。失礼ですがそちらの方は……」

「この機にお前にも紹介しておこうと思ってな」

男性は颯爽《さっそう》と僕の前にやってきて、白い歯を見せた。

「初めまして、私はエラセニーゼ公爵家の当主『バーンズ・エラセニーゼ』です。君の事は、ライナーからよく聞いているよ。型破りな息子に振り回されていると……ね」

バーンズと名乗った男性は、スッと手を差し出した。突然の邂逅《かいこう》に戸惑いつつ、その手を握る。

「それは……初耳です」

父上にジト目を向ける。決まりが悪そうな表情を浮かべた父上は、そっぽを向いてしまった。まぁ、振り回している自覚はあるけどさ。心の中でやれやれと呟くと、バーンズ公爵に視線を戻す。

「初めまして、バーンズ・エラセニーゼ公爵閣下。ライナー・バルディアの型破りな息子、リッド・バルディアです。おそれながら申し上げますと、我が子に振り回されるのは、どのような親も通る道ではないでしょうか?」

彼は言い返されるとは思っていなかったらしく、目を瞬《またた》くと声に出して笑い始めた。

「我が子に振り回されるのは、親であれば誰しも当然か……ふふ、あはは。なるほど、ライナーが手を焼くわけだ」

父上は額に手を当て、やれやれと首を横に振っている。

「バーンズ、あまり余計なことは言わないでくれ」

「はは、別に良いじゃないか。私の子供達も似たようなものだしな」

二人の掛け合いと雰囲気から、親しい間柄が見て取れる。でも、『バーンズ・エラセニーゼ』という名前。どこか聞いたことがあるような気がしてならない。どこで聞いたっけ? 口元に手を当て思案したその時、脳裏に電流が走った。

「あ、あの、つかぬことをお伺いしますが、バーンズ公爵閣下には僕と年齢が近いお嬢様がいたりするんですか？」

「ああ、いるぞ。『ヴァレリ』という名前の娘でね。リッド君と同い年のはずだよ。君が帝都に来ることがあれば紹介しようじゃないか」

「……⁉　あ、ありがとうございます」

会釈したけど、内心では激しく動揺していた。

『悪役令嬢ヴァレリ・エラセニーゼ』は、前世の記憶にある乙女ゲーム『ときレラ！』の登場人物である。故に、もっとも近づきたくない相手だ。そんな彼女の父親に、こんなところで邂逅を果たすとは思いもしなかった。それにしても、悪役令嬢の父親と父上の親交が厚いとはね。まるで将来の断罪を暗示した『フラグ』じゃないか。

顔を上げると、バーンズ公爵は目を細めて「あぁ、そうだ」と話頭を転じた。

「私のことはもっと気軽に……そうだね、『バーンズ』とでも呼んでくれ」

「は、はい。バーンズ様でよろしいでしょうか」

「うむ。それで行こう」

気安くしてくれるのは嬉しいけど、なんだろうこの何とも言えない感じ……。彼との会話で背中に嫌な汗が流れ始める。その時、部屋の外から「リッド様」とダリアの声が聞こえた。

「ファラ様のお色直しが終わりました。部屋を移動していただいてもよろしいでしょうか」

「わかりました」

返事をすると、父上とバーンズ公爵が顔を見合わせる。

「もうそんな時間か。バーンズ、明日まではレナルーテに居るのだろう？」

「ああ。だが、明日の昼には帝都に向けて出発するつもりだよ」

彼の答えを聞くと、父上は視線をこちらに向けた。

「リッド。今後お前も、バーンズの世話になることがあるだろう。急で悪いが、明日の午前中は時間を空けておけよ」

「承知しました」と頷くと、二人は楽しそうに話しながら部屋を後にした。去り際、バーンズ公爵は「じゃあ、リッド君。詳しい話はまた明日しよう」と白い歯を見せる。二人が部屋を去って間もなく、「はぁー……」と深いため息を吐いた。

「よもやよもやで寝耳に水。これぞ虚《きょ》を衝《つ》かれたって感じだなぁ」

「リッド様、どうかされましたか？」とカペラが首を傾げた。

「あ、いや……なんでもない、大丈夫だよ。それより、ファラが待っているから早く行かないとね」

バーンズ公爵の件は明日考えよう。今はそれより、折角の披露宴をファラと楽しむべきだ。気持ちを切り替え、彼女の待つ部屋に急いで向かった。


「えっと、入って大丈夫かな」

「はい、どうぞ」

静かに襖を開けると、白無垢から綺麗な刺繍が施された気品ある黒い着物に着替えた彼女が、はにかんでいた。

「その……どうでしょうか。これは『黒引き振り袖』という着物になるんですけど……」

「うん、凄く似合っている」

白無垢姿も神秘的でとても綺麗だったけど、『黒引き振り袖』の姿には気品漂う美しさがある。

その姿に、図らずも見惚れてしまった。

「リッド様、あの……どうかされましたか」

ハッとすると、顔が熱くなるのを感じた。

「え、あ、いや、ごめん。凄く綺麗だったから、つい見惚れちゃってね」

「あ、あう……その、喜んでいただけて幸い……です」

ファラは、顔を赤らめて耳を上下に動かすと少し俯いた。

披露宴の段取りも事前確認はしている。でも、彼女の着物が決まっておらず、お色直しの段取りは省略されていたんだよね。だから、『黒引き振り袖』の姿を見たのは、今が初めてというわけだ。

その時、控えていたアスナが咳払いをする。

「恐れながら、そろそろ披露宴の会場に移動すべきかと存じます。皆様がお待ちかと」

「そ、そうですね。リッド様もよろしいでしょうか」

「うん。披露宴も楽しもうね」

手を差し出すと、ファラは照れながら握ってくれる。そして、手を握ったまま、一緒に会場に向けて歩き出した。

披露宴に入場すると、会場の華族達からどよめきが起きる。どうしたのだろうか？　ファラに目をやると、彼女は顔を赤らめていた。もしかしたら、彼女の着物に何か意味があるのかもしれない。気にはなったけど、披露宴の進行もあるから深く考える時間はなかった。

僕達が新郎新婦の席に着き、開宴の挨拶、新郎新婦の紹介、エリアス王の主賓《しゅひん》挨拶が行われた。

「我が娘である、王女の『ファラ・レナルーテ』。そして、帝国の剣と名高い、バルディア家の嫡男『リッド・バルディア』殿。二人の婚姻が、本日この場で行われること。これは両国にとって、未来に続く輝かしい懸け橋となるだろう。リッド殿、ファラ。二人の幸せを祈り、祝辞とさせていただく」

口上が終わり、会場に拍手の渦が起こる。落ち着いてくると、エリアス王は咳払いをした。

「では、次は来賓祝辞に参ろう」

祝辞を述べるのは、帝都から『皇帝の祝辞』を預かってきたバーンズ公爵だ。彼は、名前が呼ばれると白い歯を見せた。

「只今《ただいま》、エリアス陛下よりご紹介いただきました。バーンズ・エラセニーゼです。マグノリア帝国、アーウィン・マグノリア皇帝陛下より祝辞を預かってまいりました。本日、ここに多くの関係者の皆様のご参加を得て、『リッド・バルディア』殿と『王女ファラ・レナルーテ』様の神前式と披露宴が盛大に行われたこと、大変めでたく存じます。また、二人の仲睦《なかむつ》まじい姿同様、マグノリア帝国とレナルーテ王国の繁栄は、この機に約束されたものでしょう。本日、婚姻をする二人の幸せを祈り、祝福といたします。アーウィン・マグノリア皇帝陛下代読……おめでとうございます」

バーンズ公爵は、手紙を懐に戻すと一礼した。彼が顔を上げると、拍手の渦が再び巻き起こる。

バーンズ公爵は華族達に会釈すると、言葉を続けた。

「今回の式に伴いまして、多数の帝国貴族から『祝い状』を預かっております。しかし、すべてをご紹介する時間は残念ながらありません。従いまして、名前を数人だけご紹介させていただきたい。アウグスト・ラヴレス公爵、グレイド・ケルヴィン辺境伯、ベルルッティ・ジャンポール侯爵、ローラン・ガリアーノ伯爵。他、我が国ほぼすべての貴族より『祝い状』は届いております故、ご承知ください」

華族達が色めき立った。今回の式に、帝国は関心が無いと思っていたのだろう。だけど、バーンズ公爵は、帝国貴族のほぼ全てから『祝い状』を預かってきたと言った。つまり、帝国貴族達は、この式を注視していることになる。

でも、読み上げられた貴族の名前に、僕は心当たりがない。

強いて言うなら、父上がよく愚痴を溢《こぼ》す人物。ローラン・ガリアーノ伯爵ぐらいだろうか。ちなみに、クリスとの一件で、彼は帝都における影響力が著しく低下したらしい。とはいえ、『祝い状』を送って来るあたり、相当に面の皮が厚いと見える。

「先程読み上げられた帝国貴族の皆様は、バルディア家と縁が深いのでしょうか？」

ファラが顔を寄せて耳元で囁いた。

「ごめん。その辺りは、僕もまだ詳しくないんだ。でも、父上から聞いたことがない名前ばかりだったから、縁が深いということはないと思うけどね」

親族席に目をやると、父上は何やら顔を顰めている。祝い状の内容に、気になる点があったのかもしれない。バーンズ公爵の挨拶が終わると、父上が立ち上がった。

「レナルーテ王国の王女。ファラ・レナルーテ様を当家にお迎えできること、大変光栄に存じます。我が国のアーウィン皇帝陛下の祝辞とエリアス陛下のお言葉にあったように、我が息子とファラ様は両国の懸け橋となることでしょう。二人の門出を父親として、辺境伯として祝福させていただきます」

父上はそう言うと、一通の手紙を懐から取り出した。

「今回、領地で闘病中のため、この場に来られなかった私の妻。ナナリー・バルディアから祝辞を預かっております」

「え……」

予想外のことに呆気に取られると、ファラが小首を傾げた。

「リッド様、どうかされましたか？」

「あ、いや。母上の手紙について聞いてなかったから少し驚いたんだ」

小さく咳払いをすると、父上は手紙にゆっくりと目を落とした。

「この度、王女ファラ・レナルーテ様と息子リッド・バルディアの挙式が行われ、二人の新しい門出を心からお祝い申し上げます。私、ナナリー・バルディアは、現在闘病中につき今回の挙式に参列出来なかったことが残念でなりません。また、ご挨拶がこのような手紙となりましたことお詫び申し上げます。結びに、挙式に御参加いただきました皆々様に、心からの感謝と新郎新婦の末永い幸せをお祈り申し上げます……ナナリー・バルディア代読。二人共、おめでとう」

父上が手紙を読み終わると、会場内から大きな拍手が鳴り響く。

「あの、リッド様。ナナリー様は、闘病中ということでしたが体調は大丈夫なのでしょうか？」

心配そうに小声で尋ねてきたファラに、「うん」と頷いた。

「すぐに大事になるようなことはないと思う。今回の式にも絶対に参加すると言っていたんだけどね。父上と僕が許可しなかったんだ」

前回行われた顔合わせに参加できなかったことも、母上は悔やんでいた。今回は政治色が強いとはいえ、挙式である。母親としても、貴族としても役割が果たせないと、かなり落ち込んでいた。でも、父上と僕には、母上の『命』のほうが大切だ。それをわかってくれたから、母上も最後は折れてくれたのだろう。

「そうだったんですね……あ、それでしたらこういうのはどうでしょうか」

ファラは何か閃《ひらめ》いたらしい。耳打ちされた内容に、僕は目を瞬いた。

「それが出来れば嬉しいし、母上も喜ぶと思うけど本当に大丈夫なの？」

「はい。私から話をちゃんと通します。だから、ご安心ください」

彼女が考えてくれたことに、嬉しくなり目頭が熱くなった。

「ありがとう、じゃあ、お願いできるかな」

「承知しました。ふふ、お任せください」

可憐なファラの笑顔を見ると、胸がとても熱くなった。

「その……ファラが僕のお嫁さんになってくれて本当に嬉しいよ」

「え……!?」

想いを告げると、彼女は耳まで真っ赤にして目を泳がせる。そんな可愛らしい仕草を見て、思わず笑みを溢してしまった。


エリアス王や父上の挨拶が終わり、会場では食事が始まった。立食も許可されているから、華族達の挨拶回りがあちこちで行われているようだ。父上とバーンズ公爵の居る場所に目をやると、特に人集りができている。

まぁ、僕とファラも同じような状況だ。華族達が次々と挨拶に来るから、ずっと対応に追われている。その時、いきなり『殺気のような気配』を感じてハッとする。咄嗟《とっさ》にファラを守るように前へ出た。

「リッド様……?」

突然のことに、ファラはきょとんとしている。周りを見渡すと、殺気を感じた場所に佇《たたず》む人物を見つけて睨んだ。カペラも事態を察したらしく、側に控えている。

一体、どういうつもりだろうか。怒り心頭ではあるけど、あくまで『殺気のような気配』を察知しただけだ。相手の目的次第では、大きな問題にはならないかもしれない。

気配元に居たのは、歴戦の武士みたいな雰囲気をしたダークエルフで初老の男性だ。彼はこちらの視線に気付いたらしく、不敵に笑いながらやってくる。

何者だろう。そう思った時、護衛として側にいるアスナが深いため息を吐いた。それも、呆れ顔を浮かべて首まで横に振っている。彼は彼女の知り合いなのだろうか？　彼は手を振りながら豪快な声を発した。

「ははは！　驚かせて申し訳ない。流石《さすが》、孫娘が認めたリッド殿ですな。その歳で私の向けた『気配』に気付き、身を挺《てい》してファラ様を守ろうとするとはお見それしました。そうそうできるものではありませんぞ」

嫌な感じはしないけど、この人は一体何者なのだろうか。ふと彼の言った『孫娘』という言葉にハッとする。恐る恐るアスナに振り向くと、彼女はがっくりと頷いた。

「……祖父上、悪戯《いたずら》が過ぎますよ。事と次第によっては大変な事になります」

「何を言う、アスナ。この程度のことで騒ぎ立てるようであれば、上に立てる器ではないぞ」

「えっと、話が見えないんだけど……」

アスナと彼が血縁者であることはわかるけど、状況がいまいちわからない。困惑していると、彼は「おっと、これは申し訳ない」と頭を下げた。

「まだ、自己紹介が出来ておりませんでしたな。私の名は『カーティス・ランマーク』と申します。アスナの祖父になります故、以後お見知りおきを。ああ、それから金と政治のことは苦手ですが、軍事に困ることがあれば少しはお力になれるやもしれませんぞ。ははは！」

カーティスは豪快に笑っている。横目でファラの様子を窺うと、彼女も楽し気だ。状況から察するに、ファラも彼とは顔なじみなのかもしれない。急に肩の力が抜け落ちていくのを感じる。

「……私はリッド・バルディアです。よろしくお願いします」

手を差し出すと、彼はその手を気持ち良く握ってくれる。

「ええ、よく存じております。アスナが貴殿のことを認めておりましてね。隠居しておりましたが是非お会いしたいと思い、式に参加した次第です」

握手をしたまま、僕はあえてニコリと微笑む。

「そうでしたか。それは嬉しい事ではありますが、私とファラ王女の披露宴を騒ぎにするような悪ふざけ……次は許しませんよ」

そう言うと、彼にだけわかるように殺気と魔力を放つ。側にいたカペラとアスナは、すぐにその気配に気づいて眉をピクリと動かした。でも、カーティスは何も言わず、不敵に笑っている。

僕達の間に少し静寂が訪れる。それから少しの間を置いて、彼は僕の手を離すと会釈した。

「リッド殿。この度は大変失礼いたしました。しかし、その胆力と実力は実に将来が頼もしいですな。ファラ様とアスナをどうぞよろしくお願い致します」

「承知しております。ファラ王女は勿論《もちろん》、専属護衛であるアスナも責任を持って護ってみせますからご安心ください」

「約束ですぞ」

カーティスは、ふっと表情を崩して目尻を下げた。もしかすると、彼は彼なりにファラとアスナのことを気にかけていたのかもしれない。やり方が危なっかしいけど……。

「カァアァアティィイィイスゥ！」

どこかで聞き覚えのある声が会場に響くと、カーティスは渋い顔を浮かべた。

「おお、いかん。うるさい奴に見つかってしまったな。すまん、リッド殿。今日はこれにて失礼する」

「あ、はい。わかりました」

彼はこの場をそそくさと去ってしまう。それから間もなく、足早でずんずんとダークエルフの男性がやってきた。

「こんにちは、オルトロス殿」

声を掛けると、彼は鼻息を荒くして辺りを見回した。

「リッド殿。我が父、カーティスが何か失礼なことを致しませんでしたか⁉」

「ええっと、まぁ普通に自己紹介とか話をしただけですよ？　あはは……」

苦笑したのが良くなかったらしい。電流が走ったみたいにオルトロスの顔が引きつった。

「アスナ……お前がいながらカーティスの無礼を許したのではあるまいな」

彼はアスナに凄むが、彼女は呆れ顔で首を横に振った。

「はぁ……祖父上は竜巻のような自然災害です。言っても聞かないのは父上が良くご存じでしょう？」

「くぅぅ……式を通してアスナを見送りたいと殊勝《しゅしょう》なことを言うから参列を許したというのに……」

苦虫を噛みつぶしたような顔になったオルトロスは、手を拳にしてワナワナと震わせた。

「あの、気にしてませんから大丈夫ですよ」

宥《なだ》めるように声を掛けると、彼はハッとして深々と頭を下げた。

「リッド殿。我が父、カーティスが何か失礼なことをしたのであればいくらでも謝罪する。どうか、レナルーテの華族が無礼だと思わないでほしい」

「頭を上げてください、オルトロス殿。レナルーテの華族の皆様をそのように思うことはありません。それに、カーティス殿も悪い人ではないと思いますし……」

「おぉ、そう言っていただけると助かります」

彼の顔色がパァっと明るくなった。カーティスは、なんか色々な意味ですごい人みたいだ。

「で、では、私はカーティスを追います故、これにて失礼いたします」

「はい、わかりました」

オルトロスは会釈すると、そそくさとカーティスの後を追い、人ごみの中に消えて行く。まさに竜巻が通ったような出来事に茫然《ぼうぜん》としていると、ファラが口元に手を当て「ふふ」と笑った。

「カーティス様はアスナの祖父ですが、剣の師匠でもあるのです。何度かお話ししたことがありますけど、とても面白い方ですよ」

「あはは、そうみたいだね。機会があればちゃんと話してみたいよ」

僕達の会話を横目に、アスナは肩を落として深いため息を吐いていた。

「ふむ。皆、随分と楽しそうだな」

声を掛けられ振り向くと、そこに居たのは良く見知った二人だった。

「えへへ……にいさまと、ひめねえさまにあいにきちゃった」

「メル、それにレイシス王子。あ、ひょっとして、メルに会場を案内してくれていたんですか？」

「うむ。そちらにいるメイドのお二人も一緒にな」

レイシス王子が背後に控えるディアナとダナエにちらりと目をやると、二人は軽く頭を下げる。

彼がエスコートしてくれていたらしい。

「丁度良く、会話が一区切りしたように見えたのでな。声を掛けさせてもらったのだが……少し大丈夫かな？」

父上のいる場所を見やると、人集りは相変わらずだ。

「はい、僕も少し休憩したかったので」

「はは、そうか。私と話すことで休憩できるのであれば良かったよ」

レイシス王子達と談笑することで、ひっきりなしにやってきた華族達の流れがようやく落ち着きをみせ始めた。

「リッド様。私はあちらでメルディ様とお話ししていますね」

「うん、わかった。僕もレイシス王子とここで話しておくよ」

そう答えると、ファラ達は歩きながら談笑を始めた。彼女達の先には、ケーキなどの甘味が陳列されている。やり取りを隣で見ていたレイシス王子が、「うーむ」と首を捻《ひね》った。

「リッド殿を間近で見ていると、まるで私より年上のように感じるな」

「あはは、そんなことはありませんよ。ですが、そう思われるなら父上のおかげかもしれません」

ドキッとしつつ、離れたところで華族に囲まれている父上に目をやった。

「なるほど。御父上のライナー殿を尊敬しているんだな」

「ええ、そうですね。しかし、それはレイシス王子も同じではありませんか？」

「そうだな。私も父上のような『王』となれるように、日々精進しているのは間違いない。ノリスの一件からは特に……な」

レイシス王子の表情に少し影ができる。ノリスの一件とは、前回行われた僕とファラの顔合わせの時に起きた騒動のことだ。ノリス一派と言われる派閥が、様々な思惑から婚姻の妨害工作を行ったのである。

派閥の旗印として妨害工作に参加していたレイシス王子は、今よりかなり傲慢で浅慮だったと言わざるを得ない。

様々な経緯の末、御前試合で僕と彼は武術による直接対決を行った。その際、レイシス王子の性根を叩き直すため、僕は圧倒的な実力差を見せつけて返り討ちにしている。

以降の彼は改心して大人しくなったみたいだけど、やはりまだ思うことがあるらしい。

「レイシス王子は、あの時の事を後悔されているんですか」

「それは……そうだろう。ノリスの口車に乗せられ、大変失礼なことをしてしまった。いくら王子とは言え、リッド殿の嘆願がなければノリス達と一緒に断罪されていただろうからな」

彼は自嘲気味にそう言うと、首を力なく横に振った。あの事件は、レイシス王子の心にかなり深く突き刺さっているらしい。何とか励ますことはできないだろうか？　そう考え、掛ける言葉を思案する。

「……レイシス王子。僭越《せんえつ》ながら、人が人である以上、間違いを起こさないことはあり得ないかと存じます。『過ちて改めざる、これを過ちという』。先人の言葉にあるとおり、間違いを起こしたことより、どうすべきかを考えるべきかと」

「リッド殿……」

レイシス王子は目を丸くする。

「それに、間違いを起こしたことのない人間は、案外脆《もろ》いとも聞きます。レイシス王子が体験したことは、今はとても辛く心に刺さっているでしょう。しかし、必ず将来の役に立つ経験だったと存じます。従いまして、反省はしても後悔をなされないよう心掛けるべきかと……」

そこまで言ってハッとする。ちょっと喋り過ぎたな。

「差し出がましいことを申しました、お許しください」

レイシス王子は首を横に振った。

「いや、リッド殿の言う通りだ。経緯はどうあれ、私は間違いを起こしたのだ。それ故に、これからは視野を広く持つよう心掛けるべきだろう。リッド殿、良い言葉だった。感謝する」

先程までの影は無くなり、彼は明るい表情を取り戻している。そういえば、レイシス王子とこうして話すのは初めてかもしれない。きっと、あの時の事をレイシス王子なりに悩んでいたのだろう。あえて、ニコリと微笑んだ。

「ふふ、良かったです。兄上となった方には、笑顔でいてほしいですから」

「……!?　そ、そうだな」

急にレイシス王子の顔が赤く染まった。どうしたのだろう、僕の顔に何か付いていたのかな?

「どうかされましたか。少し、お顔が赤いですよ」

「い、いや、すまない。リッド殿の笑顔が、先日話した『ティア』にそっくりだったものでな。少し驚いたのだ。申し訳ない」

「え……!? あ、あははは。レイシス王子も冗談がお好きですね。そんなことあるわけないじゃないですか。気のせいですよ、気のせい」

終わったと安心した『ティア』の話題。まさか、ここでまた出て来るなんて予想外だ。そんな僕の気持ちとは裏腹に、レイシスが何やら思案する。

「う、うむ……。しかし、考えてみれば、ビスケット殿が変身したティアの姿が、リッド殿やメルディ殿にも似ているというのは、少し出来過ぎのような気も……」

「……!? そ、そうだ、レイシス王子。会場に入場した時、華族の皆様からどよめきがあった気がするんですけど、あれは何だったんでしょうか?」

「ああ、あれはな……」

よし、話題が逸れた。だけど、レイシス王子は「ん、待てよ……」と首を捻ると、何かを察したらしくニヤリと笑う。

「そうか。リッド殿は、『黒引き振り袖』の意味を知らないのか。それを承知でファラは……ふふふ、ははは」

「レ、レイシス王子……?」

困惑していると、彼は会釈した。

「すまない、リッド殿。その件だが、私の口から伝えるのはよそう。まぁ、気になるなら、ファラの母上であるエルティア様にこっそり聞くのが良いと思うぞ」

「は、はぁ……」

意味がわからず呆気に取られていると、レイシス王子が何かに気づいて目を細めた。

「リッド殿、噂をすれば何とやらだぞ」

「へ……？」

彼はそう言うと、背後を見るよう目で合図する。言われるがままに目をやると、エリアス王とリーゼル王妃。そして、エルティア母様がこちらに向かって来ていた。

「リッド殿。私は、あちらにいるファラ達と少し話してくる。先程の件、気になるなら父上達に聞いてみるとよいぞ。では、失礼する」

「え、レイシス王子⁉」

呼びかけも空しく、彼はファラ達のいるところに行ってしまった。

一体、何なんだろう？　そんなことを思っていると、背中から威厳に満ちた声が響く。

「婿殿、披露宴は楽しんでいるかな」

振り返ると、エリアス王と王族の方達が立っていた。

「はい、この度はこのような祝いの席を用意していただき、誠に感謝しております」

頭を下げて敬礼すると、エリアス王は首を横に振った。

「はは、そんなに畏まらなくてよい。華族達は、婿殿と少しでも近づきたいと目をぎらぎらとさせておる。勿論、気に入らない者や無礼者がいれば、すぐに教えてくれ。それ相応の対応を約束しよう」

「あはは……」

エリアス王は笑っているけど、多分本気だ。

リーゼル王妃とエルティア母様とも挨拶を済ますと、レイシス王子にはぐらかされた件をエルティア母様に尋ねてみることにした。

「えっと、お義母様……」

「……なんでしょうか、リッド様」

お義母様と呼ばれたエルティア母様は、眉をピクリと動かして冷たい視線をこちらに向ける。彼女が本当は心優しい人であることは知っているけど、それでもこの視線は少し怖い。

「その、会場に入場した際、ファラ王女が『黒引き振り袖』を着ていたせいか、華族の皆様が少しざわついていたみたいなんです。差し支えなければ、理由をお伺いしてもよろしいでしょうか」

「ほう……」

「まぁ……ふふふ」

何故か、エリアス王とリーゼル王妃が笑みを溢した。相変わらず意図がわからない。

エルティア母様も、何とも言えない表情を浮かべるが、やがて観念したように息を吐いた。

「リッド様、振り袖の色にはそれぞれ意味があるのです」

「あ、なるほど。じゃあ、『黒引き振り袖』も意味があるということなんですね」

「仰るとおりです。そして、この場において『黒引き振り袖』の意味は、『他の誰の色にも染まらない』という意味になります」

「へ……？」

僕が呆気にとられても、エルティア母様は意に介さず淡々と続ける。

「ファラ王女は、リッド様と添い遂げるという覚悟を、彼女自身の意思で華族と……私達王族に示したということになります」

「えぇぇええええ⁉」

告げられた内容にかなり驚愕した。そんな意図があるという話を、一切誰からも聞いていない。ファラなりに、きっと色々な想いがあったのだろう。

エリアス王は会話が終わったと見るなり、楽しそうに笑い出した。

「ははは、そういうことだ。婿殿、我が娘を改めてよろしく頼むぞ」

「は、はい。承知しております……」

ファラの覚悟に顔が熱くなるのを感じつつ、僕は畏まって頭を下げる。それから暫くして、披露宴は無事に閉宴した。

◇

式と披露宴が終わり、迎賓館の自室に帰ってきた僕は、着替えが終わるとベッドに仰向けに寝転んだ。

「ふぅ……楽しかったし、ファラも可愛かったなぁ」

天井を見つめながら、ふと今日の出来事を振り返る。

神前式は事前の段取り通りで良かったけど、披露宴は色々な華族の人達との挨拶や会話で大変だったな。

『黒引き振り袖』の意味は教えてもらったけど、ファラにはまだ聞けていない。でも、彼女が見せてくれた覚悟に、僕の気持ちも伝えるべきだろうな。

ファラは本丸御殿の自室に戻っている。僕が宿泊中の迎賓館に、彼女達が移動してくるという話もあったけど、止めてもらったのだ。

近日中に故郷を離れて、ファラ達はバルディア領で過ごすことになる。出来る限り慣れ親しんだ場所の時間を大切にしてほしい、と伝えたのだ。勿論、彼女が希望すれば、迎賓館にいる僕を訪ねて構わないと伝えている。

一日を振り返る中、ふとある人物の顔を思い出した。

……まさか、悪役令嬢の父親。『バーンズ・エラセニーゼ公爵』に出会うなんて、想像もしていなかったなぁ。

披露宴で一番の驚愕だった。

しかも『ヴァレリ・エラセニーゼ』がご息女とは。『ときレラ！』の悪役令嬢と同じ名前だし、こうなると確定だよね。明日の午前中に、父上の計らいで僕、父上、バーンズ公爵の三人で話す予定だ。

さて、どうしたもんかなぁ……。

バーンズ公爵と父上の会話を見る限り、気を許せるような仲であることは容易に察せられた。

悪役令嬢には、可能な限り近づくつもりはなかったのに、すでに縁が繋がっていたとは予想外だ。

運命からは逃れられない、とでも言うつもりだろうか。

「いや……そんなはずはない」

静かに首を横に振った。

父上とバーンズ公爵の繋がりには驚いたけど、考えてみれば『貴族』としては当然の関係性かも知れない。彼が皇帝の使者としてここに来ているということは、外交関係を任されている貴族の可能性が高いと考えられる。そうなれば、辺境伯の父上と親交が深いというのは、常識的にあり得ることだ。

「……こうなれば開き直って、明日は色々とバーンズ公爵に話を聞いて情報を集めてみるかな」

悩んでいてもしょうがない。むしろ、身動きがとりにくい現状で悪役令嬢の情報を得られる機会に恵まれたとも言える。うん、前向きに捉えていこう。考えがまとまると、安堵したのか意識が遠のいていく。でもその時、部屋の扉が叩かれてハッとする。

「リッド様、お休みのところ申し訳ありません。ファラ王女様がお見えでございます」

「え!? ちょ、ちょっと待って」

聞こえてきたのはカペラの声だ。ベッドから慌てて飛び起きて、急いで扉を開ける。そこに居たのはカペラと、彼の後ろにはファラとアスナの姿があった。

「リッド様、すみません……来ちゃいました」

顔を赤らめ、はにかむファラの表情に胸がドキッとする。

「うん。と、とりあえず部屋の中にどうぞ」

「は、はい。では、失礼いたします」

立ち話をするわけにもいかないと想い、彼女を室内に招き入れる。でも、護衛のアスナは、部屋の中に入ろうとはしない。

「アスナ、どうしたの?」

「姫様とリッド様は、ご夫婦と成られました故、私は外でお待ちしております。神前式を迎えた本日は、お二人でお過ごしください」

「へ……?」

呆気に取られるが、すぐにハッとして小声で尋ねた。

「ど、どういうこと?」

「今日は、神前式を執り行った日でございます。その大切な日を、リッド様と一緒に過ごしたいとお考えなのでしょう。姫様のお気持ち、どうか汲んでいただきたく存じます」

アスナは説明し終えると、頭を少し深く下げて敬礼した。すると、彼女の隣にいたカペラが補足する。

「神前式を行った男女は、その日から『夫婦』とみなされます。また、新たな夫婦の門出として、式当日は特別な意味を持つ日となるのです。それと、この件はエリアス陛下とライナー様もすでに承知しております」

「え……そうなの？」

聞き返すと、彼はこくりと頷いた。

「お二人共、『子供同士が同じ部屋で寝るだけだ。何も問題ないだろう』と仰せでございました。恐れながら、ここは『郷に入れば郷に従うべき』かと存じます」

「あー……。なるほどね」

何となく合点がいった。ファラの今後の事を考えて、慣れ親しんだ場所で少しでも長く過ごしてほしい、という気持ちに嘘はない。でも、神前式を終えた夫婦が当日の夜、同じ部屋で過ごすことに意味があるのだろう。そこには、レナルーテの政治的な意図も絡んでいるはずだ。

式を挙げた当日から別々の部屋で過ごしたとなれば、僕がファラの事を良く思っていないと邪推《じゃすい》される可能性もある。下手をすれば、変な噂が立つとも言い切れないだろう。

ファラやエルティア母様に気を遣ったつもりだったけど、エリアス王達の政治的な思惑とは一致しなかったのかもしれない。様々な思惑があるとは思うけど、ここまでするとはね。

気の遣い方……少し読み間違ったかもしれないなぁ。僕は、肩を竦めると頷いた。

「わかった。今日は、ファラと同じ部屋で一緒に過ごすよ。でも、何かあればすぐに呼ぶから、部屋の前には誰か待機していてね」

「承知しました。私とアスナ殿で交互に待機しておきます」

「ありがとう。無理はしないでね」

二人にお礼を伝えると、アスナが「はい。心得ております」と会釈する。

「リッド様。どうか姫様のことをよろしくお願いします」

「うん。ファラは、僕の『お嫁さん』だからね」

そう答えると、彼女は優しげに目を細める。

「リッド様、どうかされましたか？」

二人に返事したつもりが、ファラも反応してしまった。

「あ、ごめん。アスナとカペラが部屋の外で待機するって言うからさ。無理しないでねって話していただけだよ」

「姫様、リッド様の仰る通りでございます。私達は部屋の外におります故、何かあればお声かけください」

アスナは一礼すると、部屋の扉を丁寧にゆっくりと閉めていく。扉の閉まる音が鳴ると、室内は僕とファラだけの空間となった。

彼女と二人だけで過ごす時間は初めてかもしれない。ふと目が合って互いに照れ笑いを浮かべると、彼女をソファーに座るように促した。

「リッド様、すみません。折角の御好意でしたのに、このように押しかけてしまいまして……」

「いやいや、そんなことないよ。僕も本当はファラと一緒に居たかったからね。こうして、訪ねてきてくれて嬉しいよ」

「あ、ありがとうございます……」

彼女は嬉しそうに顔を赤らめて俯いてしまうが、耳が上下に少しだけ動いている。その様子があまりに可愛らしくて、つい顔が綻んでしまう。だって、見ていて可愛いんだもん。僕は場の空気を変えるように、あえて咳払いをした。

「そ、それはそうと、僕達は今日から『夫婦』になったわけだし、お互いの呼び方を変えてみない？」

「あ……そ、そうですね。それでしたら私の事は公の場でも『ファラ』と呼んでいただければ……幸いです」

嬉し恥ずかしそうにする彼女は、上目遣いでこちらを見つめた。赤くなった耳が少し上下している様子と合わさって、相変わらずとても可愛らしい。

「わかった。じゃあ、今後は皆の前でも気にせずに『ファラ』と呼ばせてもらうね。僕の事も『リッド』で良いからね」

「は、はい、ありがとうございます。でも、その、慣れるまでは今まで通り『リッド様』とお呼びしてもよろしいでしょうか……？」

「うん、勿論だよ。僕の事は、ファラの好きなように呼んでくれて良いからね」

「はい、リッド……様。あ、あはは、すみません。やっぱり何だかまだ慣れないです」

「少しずつで良いと思うよ。僕達には時間が沢山あるからね」

二人して「あはは……」と照れ笑いを浮かべた僕達は、今日の神前式を振り返り談笑する。お互いに初めてのことであり、式は厳かな雰囲気でとても緊張したけど、凄く嬉しくて楽しかった。

「僕が一番感動したのはやっぱりファラの白無垢姿だね。準備の時とは違ってお化粧もしていて、本当に素敵だったからさ」

「ありがとうございます。お化粧はあまり慣れていなかったのですが、今日は少しでも綺麗に見えるようにとダリアにお願いしたのです」

頬を少し赤く染めた彼女は、『白無垢』を着ていた時の事を嬉しそうに話してくれる。でも、その時、「あ、そういえば……」とファラが話頭を転じた。

「披露宴の時、兄上や母上達とも楽しそうにされていましたけど……何をお話しされたんですか」

「あー……」

どう答えたものかな。レイシス王子との会話は、『黒引き振り袖』の件と、以前の彼が行った振る舞いについての反省だ。彼の立場を考えれば、反省はあまり話すべきではないだろう。エリアス王やエルティア母様とした会話は、ファラが披露宴で着ていた『黒引き振り袖』の件についてだ。でも、この場で『黒引き振り袖』が意味する決意を知っていたと口にするのは、少々無粋かな。

「えっとね、皆からファラをよろしくって言われていたんだ」

色々と考えを巡らせて答えたつもりなんだけど、ファラはお気に召さなかったらしい。彼女は、僕の目をじっと見つめると、頬を膨らませて訝しんだ。

「むぅ……正直に言ってください。リッド様の嘘って、案外すぐにわかるのですからね」

「あはは、そんな……嘘なんてついてないよ」

苦笑したのが、なお良くなかったらしい。

「そう言われると、余計に気になります！」とファラが意固地になってしまう。

根負けした僕は、やれやれと肩を竦めた。

「わかった、正直に話すよ……だけど、怒ったりしないでね」

「ふふ、良いですよ。だけど、私が怒るかもしれないなんて……何をお話しされたんですか？」

彼女は冷たい眼差しを向けつつ、口元を緩めている。

「えっと、レイシス王子、エリアス王、エルティア母様と話したのは……ファラが披露宴で着ていた『黒引き振り袖』の意図や意味だね」

「え……？　えぇぇぇぇぇぇ⁉」

予想外の答えだったのだろう。彼女は、耳まで真っ赤になった。

「ま、待ってください。な、なんで兄上と母上がそのことをリッド様にお伝えになったのですか⁉」

「い、いや、正確には僕から聞いたんだけどね」

「えぇぇぇぇぇ」

ファラは耳を上下させ、ますます困惑してしまった。

可愛い反応だなぁ。僕は、『黒引き振り袖』のことを皆に尋ねるに至った経緯について、順を追って説明した。

彼女は「うぅ……兄上」と怨めしそうに呟いた。

「あはは……」

僕が苦笑していると、彼女はがっくり項垂れる。

「まさか、そんなことになっているとは想像もしていませんでした。ですが、リッド様も気になっておいでならお尋ねになってくだされば良かったのに……」

「ごめんね。次からはそうするよ。それで、その……良ければどうして披露宴で『黒引き振り袖』を身に纏ってくれたのか、聞いても大丈夫かな？」

彼女はハッとすると、おずおずとはにかんだ。

「そ、それはですね。その、勿論、母上がリッド様にお伝えした意図もありますけど、それだけじゃないんです」

「どういうこと？」

彼女は、『黒引き振り袖』を着るに至った経緯を語ってくれた。

披露宴に出るにあたり、白無垢から他の着物に着替えることは決まっていたそうだ。でも、どんな着物を身に纏うかをずっと悩んでいたらしい。その中で、『他の誰にも染まらない』ということを意味する『黒引き振り袖』であれば、婚姻における王家の意思も示せると考えたそうだ。

ふと気づけば、ファラの表情は凛としていた。

「私とリッド様の結婚は、対外的に見れば政略結婚と思われるでしょう。でも、そうだとしても私は……私の意思でリッド様と結婚したいと思ったんです。『他の誰にも染まらない』というのは、私の意志表示でもあるんです」

「ファラ……」

透き通るように優しく、強い雰囲気を持った彼女の姿に息をのんだ。

「それに、政略結婚する可哀想な姫と思われたくはありません。私は自ら進んで、リッド様に嫁ぐという意志を『黒引き振り袖』に込めたんです。ふふ、自己満足ですけどね」

ふっと表情を崩して、彼女は可愛らしくはにかんだ。その表情に、ドキッとした。

「そんなことないさ。どちらの意図も凄く嬉しいよ。改めて、僕のところに来てくれてありがとう、ファラ」

「い、いえ、私もお相手がリッド様で本当に嬉しいです」

ファラは、耳までうっすらと顔を赤く染めるが、僕も顔の火照りを感じた。きっと、二人して顔が赤くなっていたことだろう。そして、目を見つめ合った後、僕達は揃って笑みを溢していた。


その後、夜も更けてきたので、僕達は同じベッドで横になる。ソファーで寝ると伝えたんだけど、ファラから「それは駄目です」と頑なに言われた結果、根負けしたのだ。

夜の静けさも相まって、彼女の存在がとても身近に感じて胸がドキドキする。

「リッド様、もう寝られましたか」

「い、いや。どうしたの？」

振り向くと、ファラの顔が月明かりで照らされており、とても綺麗だった。

「その、良ければ手を握ってもよろしいでしょうか」

「え⁉　う、うん。勿論」

ファラが小声でおずおずと言った言葉に頷くと、僕達はベッドの中でお互いに手を伸ばしていく。手が触れあうと、胸が高鳴った。

彼女の手は小さいけれど温かくて、とても優しさを感じる。手を繋いだ後、僕達は瞳を見つめ合い、揃って照れ笑いを浮かべた。

それから間もなく、神前式と披露宴で疲れていたのだろう。僕達は、一緒に眠りに落ちていった。


「う……ううん」

目を覚ました僕は、目を擦りながらゆっくりと体を起こす。隣に目をやると、ファラが静かな寝息を立てていた。

可愛らしい寝顔を見て、くすりと口元が緩んでしまう。彼女が起きないようにベッドから静かに出ると、僕は手早く身支度を整えていく。

着替えが終わると同時に「ううん……」と、くぐもった声がベッドの方から聞こえてきた。振り向くと、可愛い寝顔だったファラが、目を擦りながら体を起こしている。

「おはよう、ファラ。よく眠れたかい」

「……?」

寝起きのせいか、彼女はきょとんと首を傾げている。でも、すぐにハッとした彼女は、掛け布団を手元に引き寄せると顔を隠してしまった。

「お、おはようございます。リッド様」

「ふふ、僕は着替えが終わったから部屋を出て、アスナに声をかけてくるよ」

「はい……ありがとうございます」

照れている彼女に微笑みかけると、僕はそのまま退室した。

「カペラ、アスナ。二人共おはよう」

「おはようございます、リッド様」

二人が顔を上げると、言葉を続けた。

「アスナ、悪いけどファラのことをお願い。部屋の中に僕が居ると、着替えとか準備に困るだろうからね」

「承知しました。お心遣い、感謝します」

「じゃあ、僕はカペラと一緒にロビーに居るからね」

「畏まりました。姫様にも申し上げておきます」

「うん、お願いね」

そう言って頷くと、僕はその場を後にする。


迎賓館のロビーに到着し、備え付けのソファーに腰を下ろした。ここは、来賓同士が談笑しやすいように配備されたのだろう。小さめの机とソファーが幾つも置いてある。前世の記憶にあるホテルのロビーと同じような配置だ。

「リッド様、お茶菓子と紅茶をお持ちしました」

「ありがとう、カペラ。良ければ、君も座って話し相手になってくれない」

「承知しました。では、失礼します」

彼はゆっくりとソファーに腰を下ろした。同時に、ずっと気になっていたことを問い掛ける。

「そういえば、カペラはエレンと結婚したことをご家族とかに話したの？」

「いえ、私に家族はおりません故、ザック殿に報告したのみでございます」

首を小さく横に振ると、彼は淡々と答えた。

「そっか。良ければ、カペラの幼い頃の話とか聞いて大丈夫かな」

「そうですね。では、あまり面白い話ではありませんが……」

その時、こちらにゆっくりと歩いて来る人物に気付いた。カペラを一旦制止すると、その人物に微笑みかける。

「おはよう、ザックさん」

「おはようございます、リッド様。お二人共に早いご起床ですな」

「いつもより、少し早く目が覚めたんだ。それで、朝食までここで時間を潰そうと思ってね」

ザックは、僕とカペラを交互に見つめると、何かを察したように目尻を下げた。

「そういえば、昨日の夜はファラ王女がリッド様の部屋にお訪ねになったとか……楽しい時間をお過ごしになりましたかな」

「そうだね。ファラと二人だけで過ごす時間は初めてだったし、神前式と披露宴の話も出来て楽しかったよ」

「そうですか。それはようございました」

ザックは、満足そうに会釈する。でも、その裏に何か黒いものを感じて、「これは、僕の独り言なんだけどさ」と呟いた。

「きっと今日明日には、僕とファラが迎賓館で過ごしたことが華族の間で噂になると思うんだよねぇ」

「ほう、それは何故そうお思いになるのですかな」

相変わらず、狸《たぬき》だなぁ。そもそも、神前式と披露宴は、僕とファラの婚姻が正統であることを華族達に知らしめるために行われたものだ。さらに念を入れ、僕達が仲睦まじいことを知らしめれば、華族達をより安心させて国内政治は安定しやすくなる……というところだろう。

『独り言』を楽しそうに聞いているけど、ザックにこれだけは言っておかないといけない。彼の目を見つめて凄み、「でもね、ザックさん」と呟いた。

「ファラはもう僕の妻であり、バルディア家の一員だからね。僕達を利用するのは構わないけど、彼女を……妻を悲しませるようなことは許さないよ」

「……そのお言葉。私の胸に刻んでおきましょう」

彼が畏まって一礼したその時、ロビーに「リッド様!」と僕を呼ぶ、可愛らしい声が響く。振り向くと、身支度を終えたファラがアスナと共に小走りでこちらに向かって来ていた。

「では、私は朝食の準備もあります故、これにて失礼いたします」

「うん。またね」

ザックは、会釈するとこの場を後にした。その際、こちらに向かってくるファラ達と彼がすれ違うと、互いに挨拶をしたのが見える。ザックとファラ達は笑みを浮かべており、少し親密な雰囲気が感じ取れた。

「リッド様、気を遣わせて申し訳ありませんでした」

「気にしなくて大丈夫だよ。それより、ファラの予定を聞いても良いかな。僕は朝食が終わった後、帝都から来られたバーンズ公爵と父上の会談に参加しないといけないんだよね」

彼女は息を落ち着かせながら頷いた。

「それでしたら、私は朝食までご一緒して、その後は本丸御殿に戻ろうと思います」

「わかった。それと、バルディア領に行く時は『木炭車』を使うから、急いで持っていきたい荷物は、別に小さくまとめてもらった方がいいかも」

木炭車と聞いた彼女は、ハッとして嬉しそうに目を細めた。

「わかりました。ふふ、『木炭車』に乗れるのを楽しみにしております」

今回、迎賓館に来た時に木炭車をファラは見ているから、興味津々なのだろう。だけど、彼女との会話中も、頭の片隅にはバーンズ公爵との会談がちらついていた。

もし、断罪される運命を変えられなければ、きっと彼女にも辛い思いをさせてしまう。この時僕は、家族、バルディア家に加えファラも断罪から守ってみせると、改めて決意するのであった。

リッドとバーンズ・エラセニーゼ公爵

朝食を僕、父上、メル、ファラの四人で済ませると、ファラはバルディア領に持っていく荷物の確認で本丸御殿に戻った。この時、メルが「わたしもひめねえさまと、ほんまるごてんにいってもいい？」と尋ねたところ、ファラと父上が了承。メルは大喜びでファラと一緒に、本丸御殿に向かった。なお、護衛として、ダナエとディアナもメルに同行している。

僕と父上は、予定通りに訪れたバーンズ公爵との会談を、迎賓館の来賓室を借りて行う運びとなった。机を囲むようソファーに腰掛けると、バーンズ公爵は白い歯を見せる。

「リッド君、神前式と披露宴では立派だったよ。改めて、結婚おめでとう」

「ありがとうございます、バーンズ様」

畏まりお礼を伝えると、バーンズ公爵は「ほう」と相槌を打った。

「ライナー。君の息子は噂通り中々に聡明じゃないか。これなら、バルディア領の将来は安泰だな」

「そうだと良いがな。しかし、少々悪戯が過ぎるところがあるからな。やはりまだまだ目が離せん子供だよ」

「そうか。いや、それにしても、ライナー。お前は、以前よりかなり明るくなったな。それも、リッド君のおかげかな？」

父上は決まりの悪い表情を浮かべた。

「茶化すな、バーンズ。それより本題だ。式が無事に終わった以上、我々が領地に戻り次第、帝都にリッドとファラ王女を連れていかねばならんからな」

「はは、そう言うな。私を含め、帝都にいるお前の友人は、皆一様に心配していたのだぞ」

心配していたとはどういうことだろう？　不思議に思い、僕は首を傾げた。

「……差し支えなければ、その『心配』についてお伺いしてもよろしいでしょうか？」

「うん？　まぁ、そうだな。強いて言うなら、ただでさえ鋭い目つきが、一時は人を視線で殺せそうなほど悪い時期があった……という感じだな」

「は、はぁ」

確かに父上の目つきは鋭い。でも、それだけで人を殺せそうって、どんな目つきだったんだろう。横目でチラリと見ると、父上がわざとらしく咳払いをした。

「その辺でもう良いだろう」

「はは、わかった、わかった。そう怖い顔をするな」

「全く……」

終始楽しそうにおどけるバーンズ公爵に、父上は呆れ顔でため息を吐く。話題は帝都の動きに変わった。バーンズ公爵曰く、『化粧水』や『木炭』を中心に、貴族達がバルディア家に注目しているらしい。

「おそらくだが、リッド君とファラ王女が帝都に訪れた時はかなりの貴族が集まるだろう。それを見越して、準備期間も考えておいた方がよいだろうな。それに、『懐中時計』や『木炭車』もお披露目するつもりなのだろう？」

「ああ、そのつもりだ。その点は、リッドから説明してもらおう。話せるな？」

「はい、父上。では、バーンズ様にご説明させていただきます」

僕は畏まると、『木炭車』の使用に重要となる道路整備を中心に話を進めていく。

バーンズ公爵が悪役令嬢の父親であることは気掛かりだけど、帝国の中央貴族。それも、『公爵』という立場の人と関係を構築できる機会は限られる。

『虎穴に入らずんば虎子を得ず』……今後のことを考えれば、多少の危険を冒したとしても、彼との繋がりは作っておくべきだろう。うまく事が進めば、『悪役令嬢』を監視できるかもしれないしね。

そんな事を思いながら、丁寧に説明を続けていく。

『木炭車』に必要な道路整備、木炭の補給所。それらの施設設置にかかる初期投資の必要性。でも、投資以上の見返りがあること等々。

バーンズ公爵は、真剣な表情で話に耳を傾けていた。途中、質疑応答の時間や父上の補足説明も入る。粗方の説明が終わると、バーンズ公爵は、「ふむ」と頷いた。

「……確かに、リッド君は噂に聞く通り『型破りな神童』という感じだな。その歳で、ここまで理路整然と説明ができるとは、末恐ろしい。君とは、政敵となりたくないものだな」

「あはは……」

苦笑していると、彼はニヤリと口元を緩めて父上に目をやった。

「話はわかった。私からも『木炭車』や『懐中時計』の件は、帝都の貴族達に根回しをしておこう。リッド君達が帝都に来るのが今から楽しみだよ」

「バーンズ、あまり派手に宣伝する必要はないのだぞ。政治ショーにするつもりはないからな」

「言われずともわかっているさ、ライナー。私は君より政治の駆け引きがうまいつもりだ。そう言うのを、教国トーガでは『神に教えを説く』と言うらしいぞ」

バーンズ公爵は、楽しそうに笑い出した。父上はやれやれと小さく首を横に振っている。場の空気が少し緩んだので、ずっと気掛かりだったことを問い掛けた。

「あの、バーンズ様には『ヴァレリ』というお嬢様がいると伺いましたが、どのような方なのでしようか？」

「ヴァレリか？　そうだな……」

彼は口元に手を当てると、少しの間をおいて目を細めた。

「我が娘ながらとても可愛いらしいぞ。だが、少々気が強くてね。我が儘なところがあるとも言えるかもしれん。まぁ、子供なんてそんなものだろうし、私と妻も娘には甘くてね。しかし、それがどうかしたのかな」

何か引っかかりを感じたらしく、バーンズ公爵は怪訝《けげん》な表情を浮かべる。

「い、いえ。私は帝都に行った事がないので、同い年の子がどんな感じなのかなと思いまして……」

「はは、そうか。なら、君が帝都に来た時に私の家族を紹介しよう」

「はい、ありがとうございます」

バーンズ公爵は、僕の答えに納得してくれたらしい。お礼を伝えたその時、部屋の扉が叩かれる。

「失礼します」と入室したカペラは、僕の耳元に顔を寄せた。

「リッド様。そろそろ研究所建設地の視察に行くお時間となりますが、如何しましょう?」

「あ、ごめん。もうそんな時間か」

指摘にハッとすると、上着の内ポケットから懐中時計を取り出した。確かに、思った以上に時間が経過している。結構、皆で話し込んでいたらしい。

「申し訳ありません。この後も予定がありますす故、私はこれで失礼させていただきます」

「良かろう」と父上は頷くと、バーンズ公爵に目を向ける。

「バーンズ、まだ時間はあるのだろう?　少し話したい事がある。付き合え」

「わかった。では、リッド君。帝都で会えるのを楽しみにしているよ」

「はい、私も楽しみにしております」

にこりと頷くと、僕はカペラと部屋を後にした。


それにしても、気が強くて、少々我が儘なところがある少女、『ヴァレリ・エラセニーゼ』か。

前半の話し合いが思ったより長引いたことで、彼女の情報はそこまで得られなかった。

やっぱり、直接会ってどんな人物か確かめるべきだろうな。それも、早急に。

知らないところで悪役令嬢に何かされるより、目の届く範囲で監視できれば危険度も少しは下げられるはずだ。今回の会談で、帝都に行けば、僕が彼女に出会えるのはほぼ確実になったからね。

はてさて、『ヴァレリ・エラセニーゼ』は、どんな女の子なのかな。

ニキークとの再会

「よぉ、坊ちゃん。久しぶりだな」

「ニキークさん。ご無沙汰しております」

ダークエルフのニキークは、目を細めて白い歯を見せた。

父上とバーンズ公爵との会談が終わった後、僕はカペラ、ビジーカ、クリス達と合流。オルトロスの案内で現在建設中である研究所の視察に訪れていた。なお、研究所の建設は、エリアス王との会談で決まったことだ。

「それにしても、驚いたぜ。まさか、わしが坊ちゃんのお抱えで、国とやり取りするようになるなんてよ。役人達が来た時には、何事かと思ったぜ」

ニキークは、口調こそ荒いが好意的な感情が読み取れる。

「あはは、驚かせてすみませんでした。ニキークさんの研究が認められたということですよ」

「そ、そうか？　まぁ、たまにはこういうのも悪かねぇな」

照れ隠しだろう、彼は鼻先を指で擦った。ニキークは現地協力者の薬師であり、『ルーテ草』や

『月光草』の栽培方法と研究の第一人者だ。彼には、現在建設中の研究所を任せる予定なんだよね。

ちなみに、ニキークは表向きバルディア家に仕えている。

属国であるレナルーテ所属のままだと、影響力の強い帝国貴族に情報開示を求められた際、断れない恐れがあるからだ。でも、ニキークと研究所の所属が『バルディア』なら、何か言われても問題ない。レナルーテは表向き、バルディア家の研究支援に土地を貸しているだけと、言い訳が出来るからね。

「ところで坊ちゃん。その後ろにいる男は何者だい？」

僕の背後に立つビジーカが気になったらしく、ニキークが目をやった。

「あ、ごめん。彼は『ビジーカ』。バルディアで『魔力枯渇症』を含めて、様々な病気を研究している医師なんだ」

そう言うと、ビジーカは一歩前に出て右手を差し出した。

「どうも、ご紹介いただきました『ビジーカ・ブックデン』と申します。ニキーク殿が書かれた『ルーテ草と魔力枯渇症』に関する論文は非常に興味深いものでした。是非とも、今後は一緒に研究をしていきたい所存です」

「お、おう！　よろしくな。あの内容を理解するとは、あんたも中々に詳しいようだな。だがよ、レナルーテには『魔力枯渇症』の患者がおらんぜ。研究は、バルディアに居た方がしやすいんじゃないか？」

握手を交わしたニキークは、問い掛けるように僕に視線を向ける。彼の指摘はもっともだけど、その問題は解決済みだ。

「その点は大丈夫だよ。こっちの施設がある程度完成したら、『魔力枯渇症』を発症している狼人族の男の子をビジーカと一緒に移送する予定なんだ」

「本当か⁉」

ニキークは目を丸くするが、どこか嬉しそうである。そんな彼の感情を理解したのか、ビジーカが「えぇ」と頷いた。

「その男の子は、非常に良い実……ではなく協力者です。バルディア家に仕えております故、すべてを覚悟の上で治験に協力、挑んでくれていますよ」

「ほほう……」

ニキークが何かを察したのか、目の奥に怪しい光が灯った。

「それは、わしも会うのが楽しみだな」

「そうでしょう、そうでしょうともニキーク殿……ふふふ」

二人は何やら通じるところがあったらしい。急に彼等だけの世界を構築して不敵に笑い出す。傍から見ると、その姿は何やらどす黒い何かを感じさせるものでもあり、この場にいる皆は、顔を引きつらせていた。

ラスト。大変かもしれないけど、誰かが先陣を切らないといけないんだ。どうか、人身御供……は言い過ぎか。何はともあれ、魔力枯渇症で苦しむ母上のためにも頑張ってね。

「ゴホン。そろそろ、次に進んでよろしいですかな？」

オルトロスがわざとらしく咳払いをして皆の耳目を集めた。

「う、うん。よろしくお願いします」

僕の返事を聞くと、彼は会釈する。

「では、改めて研究所の敷地や施設などのご説明をさせていただきます」

施設の設計は、ニキークの意見を参考にしながら進めている。規模としては、結構大きな施設になるだろう。建設現場を見て回る中、クリスがスッと挙手をする。それを見たオルトロスが首を傾げた。

「クリス殿、何か気になる点でもありましたかな？」

「はい。恐れながら、荷受けをする場所はどの程度の規模をお考えでしょうか？」

「荷受け……ですか。それは、普通に馬車が数台程度……」

彼はそこまで言って、ハッとする。クリスは、畏まり丁寧に続けた。

「バルディア領向けの輸送は、クリスティ商会が請け負うでしょう。その際は、馬車ではなく『木炭車』となる予定です。従いまして、荷受場所はもう少し広くするべきかと存じます」

「そうだね。今後、『木炭車』の台数も少しずつ増えていくし、将来的なことも考えて荷受場所の規模は大きめにしてほしいかな。オルトロスさん、お願いしても問題ありませんか？」

彼女の言葉に同意を示すと、彼は頷いた。

「承知しました。こちらこそ、気付けずに申し訳ない。その点、すぐに手配するようにいたしましょう」

「いえいえ、こちらこそ無理を言って申し訳ないです」

心なしか、オルトロスは安堵したように見えた。

その次に視察した場所は、月光草の栽培施設だ。到着するなり、ビジーカは研究者として、クリスは商売人として、それぞれの思惑ではしゃいでいたのが印象的だった。

視察中、ビジーカはニキークとかなり意気投合したらしく、二人はずっと立ち話をしている。

オルトロスとクリスも、先程の荷受場所の件をきっかけに良く話しているようだ。でも、彼と話している彼女の表情をよく見ると、目が獲物を見つけたかのように怪しい光を放っている。

まぁ、オルトロスはレナルーテの中核にいる華族だろうから、クリスの嗅覚は間違っていないとは思うけど。

一通り視察が終わると、ビジーカとニキークから情報共有をもっとしたいという申し出を受けたので、これを了承。念のため、ビジーカには別途に護衛を付けることになった。

クリスも今後の取り引きのことで、オルトロスと商談をしたいということで、彼女にも護衛を手配する。皆より一足先に迎賓館にカペラと帰ると、ザックが出迎えてくれた。

「リッド様、お帰りなさいませ」

「ただいま、ザックさん。建設現場をオルトロスさんに案内してもらったけど、凄く良い感じだね。完成が楽しみだよ」

彼は目尻を下げて会釈する。

「お気に召していただき、何よりでございました。エリアス陛下もお喜びになると存じます」

顔を上げたザックは、「それはそうと……」と話頭を転じる。

「エルティア様がリッド様と面談をしたいと来賓室でお待ちでございますが、如何いたしましょう？」

「エルティア母様が？　わかった、すぐに行くよ」

昨日のファラに続いて、エルティア母様までどうしたのだろうか。

僕は急いで、彼女の待つ来賓室に足早に向かった。


部屋に入ると、ソファーに腰を下ろしたエルティア母様と立ち控えるダークエルフの侍女数名が待っていた。

「エルティア母様、お待たせして申し訳ありません」

「いえ、急に面談を申し入れたのは私です。リッド様は気になさらないでください」

簡単な挨拶を交わして、エルティア母様の正面にあるソファーに腰掛けると、彼女の侍女が紅茶を僕の前に差し出してくれる。

「彼女の淹れた紅茶はとても美味しいですから、ご安心ください」

「ありがとうございます。では、頂きます」

侍女とエルティア母様が微笑む中、紅茶に口を付ける。外が少し肌寒かったこともあり、あったかい紅茶はとても体に優しい。

「ふぅ……とっても美味しいです」

「気に入っていただけて何よりでございました。ですが……」

「……？」

紅茶の感想を聞いたエルティア母様は、何やらもったいぶる。意図がわからず首を捻っていると、彼女から冷たい眼差しを向けられた。

「不用心ですね。もし毒入りだったらどうするおつもりですか？」

「毒……ですか」

口を付けた紅茶に目を落とした。でも、すぐにエルティア母様なりの愛情表現と心配であることを察して、「ふふ」と噴き出してしまった。

「エルティア母様に限ってそれは有り得ないですよ」

彼女は呆れ顔で額に手を添えると、やれやれと首を横に振った。

「はぁ……何故そう言い切れるのですか？　私ではなくても、侍女が入れている可能性もあります。リッド様の優しさは素晴らしいと存じますが、少し不用心だと申しているのです」

エルティア母様はそう言うと、冷たく射貫くような視線を僕の背後に向けた。

「カペラ。少したるんでいるのではありませんか。ザックが貴方をリッド様の従者に推したのは、こういった対応のことも考えてのことでしょう」

「仰せの通りでございます。返す言葉もございません」

冷たい口調の指摘に、彼は畏まって一礼した。何やら空気が張り詰めてきたので、僕はわざとらしく咳払いをする。

「と、ところで、ずっと気になっていたんですけど、エルティア義母様とカペラは以前から知り合いだったのでしょうか？」

「あら、リッド様はお聞きになっておりませんでしたか。私とカペラは元同僚です」

「え……も、元同僚ですか？」

予想外の答えに目を瞬くと、ゆっくりとカペラに目をやった。

「確かに、エルティア様は私同様、ザック様に仕えていた時期があります。しかし、エルティア様はその実力を認められ、エリアス陛下の専属護衛を任されておりました。リバートン家の直系でもありました故、同僚ではなく私の『上司』だったと言うべきでしょう」

「まぁ、随分と冷たい言い方をしますね。私はエリアス陛下の専属護衛を任されておりましたが、貴方もザックの右腕として様々な任務にあたっていました。立場はそう変わらなかったと思いますよ」

二人は懐かしむように親しい雰囲気で話しているが、僕は驚きの事実を思いがけず知ってしまった気がする。エルティア母様が、リバートン家の一員であることは認識していたけど、まさかザックに仕えてエリアス王の専属護衛という立場であったとは知らなかった。

「少し話題が逸れましたね」

彼女はそう言うと、冷たい眼差しをこちらに向ける。

「何にせよ。エリアス陛下の護衛をしていた身の意見としても、リッド様は少々不用心です。貴殿は、『守るべきもの』が増えるのですよ？　どうか、それを自覚してください」

「承知しました。仰る通り、少し気が緩んでいたかもしれませんね。御忠言いただきありがとうございます」

エルティア母様が相手だからということで、警戒心を緩めていたのは事実だ。心配してくれている気持ちは言葉と雰囲気から伝わってくるからね。僕の答えを聞くと、彼女は安堵したような表情を浮かべた。

「差し出がましいことを申したとは存じますが、どうかお許しください」

「いいえ、エルティア母様のご指摘は間違いではありません。どうか気になさらないでください。それよりも、今日はどうしてこちらに？」

本題をまだ聞いていないので問い掛けると、彼女は侍女達に目配せを行った。その視線に頷いた侍女達は、何も言わずに部屋を退室する。人払いをして話したい……か。僕も目配せをしてカペラに退室してもらった。

扉が閉まる音が小さく響き、部屋に静寂が訪れると、エルティア母様が身を少し乗り出した。

「これからの生涯。帝国で過ごすあの子には、様々な困難が待ち受けていることでしょう。ですが、私はもう見守ることしかできません。だからどうか、あの子のことを……ファラを宜しくお願いします」

僕を見据える彼女の瞳には、厳しくも優しい光が宿っている。その想いに応えるべく、彼女の目を見つめて「勿論です」と力強く頷いた。

「エルティア母様。ファラは僕の妻であり、すでにバルディア家の一員です。もし、彼女に困難が訪れても必ず僕が守り、支え、打破してみせます。どうかご安心ください」

「リッド様、ありがとうございます。そのお言葉、信じます」

彼女は、ニコリと優しく微笑んだ。

綺麗だけど、とても可愛い表情に胸がドキッと鼓動する。でも、エルティア母様の表情は、ファラが時折見せる笑顔にとても似ていた。見蕩れていると、エルティア母様は無駄のない所作で立ち上がる。

「お忙しいところ、申し訳ありませんでした。私はこれにて失礼します」

「え、は、はい。承知しました」

ハッとして返事をした時には、いつもの冷たい表情に彼女は戻っていた。彼女が来賓室を後にすると、入れ替わりにカペラが戻ってくる。ふとエルティア母様の笑顔が脳裏に蘇った。

「ね、カペラ。エルティア母様ってさ。専属護衛の任務に就いていた時はどんな感じの人だったの?」

「エルティアですか?」

彼は「ふむ」と口元に手を当て少し俯いた。

「そうですね……今と同じく凛として気高く、気品のある方でしたよ。ですが、当時は今より良く笑っておられました。普段の凛とした雰囲気とは違う、可憐で、優しい笑顔に心を射貫かれた者は数知れないとか。エリアス陛下との婚姻が決まるまで、縁談の話も途切れることがなかったと聞き及んでおります」

意外な情報が出てきたことで、「へぇー……」と深い相槌を打った。

エリアス王も、あの破壊力抜群の微笑みに魅入られたのかもしれないなぁ。ふいにある閃きが生まれて、つい悪戯心に火が付いた。

「それにしても、カペラは詳しいね。もしかして、昔はカペラも心を射貫かれたとか？」

「……かもしれませんね。妻には内緒でお願いします」

彼は感慨深そうに回想すると、こちらに振り向き真面目な顔で会釈する。

「え……」

出来心で言った冗談だったのに、とんでもない爆弾発言を聞いてしまった。予想外の反応に、どうしたものかと困惑していると、カペラが真面目な顔を崩して「ふふ」と噴き出して笑い始める。

「リッド様。冗談ですから、本気になさらないでください。私とエルティア様は、昔同じ組織に勤めていた……ただそれだけでございます」

「そ、そうなんだ。あはは、ごめんね変なこと聞いちゃって」

笑いながら誤魔化したけど、この話題に触れることはもう止めよう。藪蛇になりかねない。

エルティア母様との会談が終わると、僕は視察の報告をするため父上の部屋を訪れた。バーンズ公爵の姿は無く、僕達が視察している間に帝都へ向けて出立したそうだ。

父上曰く、彼は、僕に帝都で会えること。家族を紹介できることを楽しみにしてくれているらしい。エラセニーゼ公爵家の方々と挨拶をするのは良いけど、その前に何か考えておかないといけないな。

何はともあれ、予定外のこともあったけど、ファラとの神前式と披露宴。建設中である研究所の視察。レナルーテですべきことは終わり、バルディア領に帰る日は間近となった。

バルディア領とファラの門出

その日、迎賓館の前ではエレン達が慌ただしく木炭車の準備に取り掛かっていた。

いよいよ、バルディアに帰る日になったのだ。でも、ファラからすれば故郷を遠く離れ、新たな土地での暮らしに旅立つことになる。

そして今、僕は迎賓館の一室でファラ達と出発の準備が終わるのを眺めていた。

「ファラ、やっぱり不安？」

どこか寂しそうだったので声をかけると、彼女はハッとして首を横に振った。

「い、いえ。そのようなことはありません。ただ、いよいよだなと少し感慨に耽っておりました」

「そうだよね。でも、そんなに心配しなくても大丈夫だよ。ここだけの話だけどね、僕は、将来的にバルディア領とレナルーテの往来を、もっと短時間かつ簡略的に出来るようにするつもりなんだ」

「え……そんなことが可能になるんでしょうか」

突拍子もない話に聞こえたのだろう。彼女は、きょとんとして小首を傾げた。

「まぁ、やってみないとわからない部分はあるけどね。でも、バルディアにいる皆が今の調子で頑張ってくれれば間違いなく可能だと思っているよ」

木炭車は、今後の技術開発のための試金石でもあった。その開発に成功した今、次の段階に進む構想もすでに練っている。とはいえ、まだ暫く時間は掛かりそうだけど。

「凄いですね。リッド様のお考えには、いつも勇気づけられてばっかりです。ふふ、その時を楽しみにしていますね」

ファラの表情がさっきよりも明るくなった。その様子に安堵すると、彼女の側に控える専属護衛のアスナに目を向ける。

「アスナはどうだい？　何か不安な事はあるかな」

「気にかけていただき、ありがとうございます。しかし、ご心配には及びません。姫様の専属護衛となった時から覚悟していたことでございます故、家族も皆承知しております」

彼女は会釈するが、顔を上げると不敵に笑った。

「ふふ……しかし、私個人としてはバルディア騎士団の皆様と是非お手合わせ願いたいと思っております故、楽しみなことも多いんですよ」

「ま、まぁ、無理しない程度なら騎士団の皆も、手合わせはしてくれると思うよ」

アスナらしいなぁ。でも、彼女が第二騎士団の皆と顔を合わせたら、なんだか凄いことになりそうな気もする。

兎人族のオヴェリアや猫人族のミアとか、ディアナに矯正されたとはいえ、まだまだ喧嘩っ早いしなぁ。心配をよそに、アスナは満面の笑みで頷いた。

「それは実に楽しみです。是非、ルーベンス殿やディアナ殿と手合わせをお願いしたいですね」

「あはは……お手柔らかにお願いね」

「あ、あの、リッド様！」

ファラが急に声を発した。びっくりして振り返ると、彼女は身を乗り出して僕の鼻先に顔を寄せており、胸がドキッとする。

「ど、どうしたの？」

「実は私も少し武術を習いまして……バルディア領に行ったら、リッド様と『手合わせ』をお願いしてもよろしいでしょうか」

「え……ファラが武術を？」

「はい。以前、リッド様やアスナの御前試合を見て、私も並び立ちたいと思ったんです」

ファラは、顔を赤らめてはにかんだ。彼女が突拍子もないことをするのは、以前のメイド服の件で承知していたけど、まさか武術まで習い始めるとは夢にも思わなかった。それに、彼女とやり取りした手紙でもそんな話はなかったはずだ。驚きを隠せず、目を瞬いた。

「それは知らなかったよ」

「この件は驚かそうと思って秘密にしていたんです」

僕の反応を見たファラが悪戯っぽく笑うと、その様子にアスナが目を細めた。

「リッド様。姫様の武術の才は中々でございます故、手合わせを楽しみにしていてください」

「うん。じゃあ、バルディア領に戻ったら見せてもらおうかな」

「はい。よろしくお願いします」

ファラは、嬉しそうに会釈した。

それにしても、アスナが認める『武術の才』ってどれほどのものなのだろうか？　どことなく嫌な予感を覚えたその時、メイド姿のダークエルフが二人、入室してきた。

「ファラ様、荷物の積み込みが終わりました」

「はい。報告ありがとう、ダリア、ジェシカ」

ファラの言葉で、僕はハッとして首を捻った。

「あれ、ダリアさん。貴方もファラと一緒にバルディア領に来られるんですか？」

彼女は、神前式と披露宴で僕に着付けをしてくれた女性だ。

「はい。私はレナルーテの文化、礼儀作法に通じております故、ファラ様にご同行させていただく事になりました。リッド様、改めてよろしくお願いします」

ダリアは畏まり、礼儀正しく頭を下げた。

なるほど。ファラが、バルディア領でもレナルーテの文化と礼儀作法を学べるようにという配慮だろう。エリアス王……いや、エルティア母様の指示かもしれないな。

「うん、よろしくね」と頷くと、もう一人のダークエルフに目をやった。

「……『ジェシカ』でございます。以後、よろしくお願いします」

彼女は、無駄のない所作で頭を下げる。

「うん、これからよろしくね」

彼女は淡々としているけど、目に鋭いものを感じる。その時、ジェシカの視線が僕の側に控えるカペラに向けられた気がした。でも、彼女達は報告を終えるとすぐに退室してしまう。

カペラを横目で見るも、特に変わりは無い。

うーん、気のせいだったのかな。そう思った時、カペラが畏まった。

「リッド様、ファラ様。もうじき『木炭車』の準備も終わりましょう。そろそろ、移動されるべきかと存じます」

「あ、そうだね。じゃあ、行こうか」

「はい」

僕とファラは頷くと、部屋を後にした。


迎賓館の外に出ると、荷台が牽引《けんいん》できるよう連結された木炭車を先頭にした馬車の一団が並んでいた。中々、見ることのできない圧巻の光景かもしれない。

「にいさま、ひめねえさま！」

可愛い声が聞こえた方に振り向くと、メルが嬉しそうに駆け寄ってきた。

「もくたんしゃは、もうじゅんびできたって」

「そっか。教えてくれてありがとう」

頭を優しく撫でると、メルはくすぐったそうにはにかんだ。

周りを見渡すと、迎賓館の前では出発準備のための人集りができている。この準備が終わるまで、僕とファラは迎賓館の中で邪魔にならないよう待っていたわけだ。

でも、メルは出発準備の様子を間近で見たいと、ディアナとダナエを引き連れてはしゃいでいたのである。その時、「リッド」と名前が呼ばれて振り向くと、父上とザックがこちらに向かって歩いて来た。

「丁度良かった。準備が終わったのでな。そろそろ、お前達を呼ぼうと思っていたところだ。もうすぐ出発するぞ」

父上は、ファラに優しげな視線を向ける。

「ファラ王女、準備は大丈夫ですかな？」

「ご心配、ありがとうございます。準備も別れの挨拶も既に終わっております故、いつでも大丈夫です。それとライナー様、私のことは気軽に『ファラ』とお呼びください」

畏まって微笑む彼女に、父上は「わかった」と頷いた。

「では、これからは少し気軽に話させてもらうよ。ファラ」

「はい、よろしくお願いします」

ファラと父上が揃って笑みを浮かべたその時、エリアス王を筆頭にした王族の方々が歩いて来ていることに気が付いた。その一団からレイシス王子が「リッド殿！」と駆け寄ってくる。

「レイシス王子。お見送りありがとうございます」

「はは。そう畏まらないでくれ。もうリッド殿と私は兄弟なのだ。もっと気軽にしてくれ」

「そうですか？　それでしたら……今後は『レイシス兄さん』と呼んでもよろしいでしょうか？」

「ああ、好きなように呼んでくれて構わんぞ。それに言葉も崩してくれて構わない」

彼の言うとおり、義理の兄弟となったのに『レイシス王子』は少し他人行儀だろう。『兄さん』と呼べば、周りに僕達の関係性もすぐに伝わるからね。

彼から言質も取れたので、「わかりました」と僕は微笑んだ。

「改めて、これからよろしくお願いします。レイシス兄さん」

「⁉　や、やはり……」

何かを言い掛けるが、彼はすぐにハッとして「ゴホンゴホン！」とわざとらしく咳払いを始めた。藪蛇になりそうなので、僕はあえて微笑んだままで尋ねない。いや、尋ねるものか。

息を整えたレイシス兄さんは、僕の目を見据えて右手を差し出した。

「リッド。改めて妹、ファラのことを頼むぞ」

「はい、勿論です」

彼の右手を力強く握り返した。彼は安堵した様子で表情を崩すと、ファラに視線を向ける。

「お前は私の自慢の妹だ。何があっても心を強く持て。良いな」

「兄上……はい、心得ました」

彼女は少し目を丸くしたが、すぐに嬉しそうに頷いた。

「はは、子供達が仲睦まじいようで何よりだ」

エリアス王の声にハッとして振り向くと、王族の方々がすぐ近くまでやって来ていた。彼は、僕と父上を交互に見ると自身の顎を撫でる。

「さて……婿殿、ライナー殿。言わずもがな、貴殿達との間には、必ず我が娘が居ることをくれぐれも忘れることが無いように頼むぞ」

「承知しておりますとも、エリアス陛下」

答える父上の表情は、営業スマイルだ。

エリアス王も、立場上からあえて言っているのだろう。僕も続くように答えた。

「はい。ファラ王女のことはお任せください」

「うむ、よろしく頼むぞ」

エリアス王は満足した様子で頷くと、視線をファラに向けた。

「お前には色々と苦労を掛けるが、これも王族として生まれた者の役目だ。その責務を忘れることが無いようにな」

「はい、父上」

彼女は畏まりつつ、ニコリと頷いた。

エリアス王とレイシス兄さんに続き、リーゼル王妃とエルティア母様がファラに声を掛けていく。リーゼル王妃は優しく、エルティア母様はいつも通り少し冷たく突き放すように。でも、ファラはとても嬉しそうにしていた。

そうしていると、ドワーフのアレックスがこちらにやってきた。

「ライナー様、リッド様。木炭車の準備が終わりましたが、すぐに出発なさいますか？」

「うむ、そうだな」

父上は頷くと、辺りに響き渡る声を発した。

「では、これよりバルディア領に向けて出立する。リッド、ファラ、メルの三人は、私が運転する木炭車に乗りなさい」

「承知しました」

返事をすると、ファラとメルに振り向いた。

「じゃあ、木炭車に乗ろうか」

「はーい。えへへ、ひめねえさまといっしょだね」

「はい。よろしくお願いします」

エリアス王を含め、王族の方々と別れの挨拶を済ますと僕達は木炭車に乗り込んだ。父上が運転席に乗り込み、木炭車をゆっくりと動かし始めると、ファラに別れの言葉が辺りから巻き起こる。

彼女は、車窓から顔を覗かせると家族、兵士、侍女達に手を振った。父上も、木炭車をすぐに加速させるようなことはせず、丁寧にゆっくりと進めていく。彼等は段々と遠くなり、やがて見えなくなった。

城門を通り城下町に出ると、レナルーテの兵士が外まで先導してくれる。ファラは、その間に見える城下の町並みを、心に刻むように眺めていた。

木炭車が城下町も過ぎて外に出ると先導も終わり、兵士達とも別れる。

ここからは、バルディア領に向けて真っすぐ進むだけだ。父上が木炭車をゆっくりと加速させていく。遠ざかるにつれ、段々と小さくなっていくレナルーテのお城と城下町を、ファラはずっと眺めていた。木炭車からお城や城下町が完全に見えなくなると、ファラは隣に座っている僕の胸に飛び込み、声を震わせる。

「……申し訳ありません。今だけ……少しだけ、リッド様の胸をお借りしてもよろしいでしょうか」

「うん。大丈夫。落ち着くまでこうしていると良いよ」

それから暫く、車内には彼女の小さな嗚咽《おえつ》が響くのであった。

◇

父上が運転する木炭車の中、ファラは僕の胸に顔をうずめている。つい先程まで、嗚咽を漏らしていたけど、今は聞こえない。彼女の肩に手を掛け、優しく呼びかけた。

「ファラ……落ち着いたかな」

「はい、ありがとうございます、リッド様。すみませんでした。もう、大丈夫です」

顔を上げた彼女の目は赤くなっているけど、健気に笑顔を見せている。僕はニコリと目を細めると、顔を寄せて優しく囁いた。

「そっか、それなら窓から外を見てごらん」

「外ですか……うわぁ」

彼女は、木炭車の車窓から流れ去っていく景色を目の当たりにすると、驚きの表情を浮かべた。まだレナルーテ国内であり、外は田園風景でとても良い眺めだ。

「喜んでくれて良かったよ」

「はい、ありがとうございます」

少し明るさを取り戻したファラの表情に安堵して程なく、僕が乗り物酔いに襲われたのは言うまでもない。

乗り物酔いをしやすいことを知っている同乗者の父上やメルは笑っていたけど、ファラはとても心配してくれた。そんな彼女に見守られる中、酔いも限界になった僕は深い眠りに就く。

◇

「リッド様……リッド様、起きてください。お屋敷に着きましたよ」

「う、ううん」

体を優しく揺さぶられた僕は、「ふわぁ……」と大きなあくびをして体を伸ばすと、目を手で擦った。

「おはよう……」

「ふふ、リッド様。朝ではありませんよ。無事、バルディア領のお屋敷に着きました」

意識がはっきりしてくると、目の前にファラの顔があった。

「え……あ、本当だ。ごめん、僕ずっと寝ていたね」

木炭車は、バルディア本屋敷の前に到着して止まっている。周りを見渡すと、屋敷の皆が荷卸しで慌ただしく動いていた。車内に残っていたのは僕達だけらしい。

ファラと一緒に車を降りると、「リッド」と声を掛けられる。振り向くと、父上とガルンがこちらを見つめていた。

「起きたようだな。一応、ファラには今日明日、本屋敷で過ごしてもらう予定にしているが、それで良いな」

「はい、問題ありません。母上にファラを紹介したいですから」

目をやると、彼女は少し顔を赤らめてはにかんだ。その時、父上の側にいるガルンを見てハッとした。

「あ、そうだ。紹介が遅れたね。父上と話している彼は、執事のガルンだよ。何か困ったことがあれば、何でも聞いて良いからね」

急な紹介にはなったけど、ガルンは動じず、ファラに向かって丁寧に一礼する。

「リッド様に御紹介に与りました、執事を任されております『ガルン・サナトス』と申します。屋敷の者一同。ファラ様が来られるのを心待ちにしておりました」

彼は顔を上げてそう言うと、目尻を下げた。その表情は、今まで見たガルンの表情で一番優しげだ。

「は、はい。ガルンさんですね。この度、リッド・バルディア様に嫁いで参りました。ファラ・レナルーテです。以後、『ファラ・バルディア』となります故、よろしくお願いします」

少し緊張した面持ちで口上を述べると、彼女は会釈する。ファラが名乗った名前に、改めて彼女がバルディア家の一員になったと実感して思わず胸がドキっとした。

「ご丁寧なご挨拶を頂き、誠にありがとうございます。しかし、ファラ様はリッド様の奥様でございます故、私に畏まる必要はございません。どうか気軽に『ガルン』とお呼びください」

「ありがとうございます。承知……あ、わかりました。では、改めてよろしくお願いします」

二人のやり取りが終わると、父上が咳払いを行った。

「では、そろそろナナリーのところに行くとしよう。妻は、君のことを心待ちにしていたからな」

「確かに、母上がファラに一番会いたがっていましたね」

「そ、そうなんですね。私も、ナナリー様には早くお会いしたいと思っておりましたので、そう言っていただけると嬉しいです」

ファラの瞳に期待の色が宿るが、ハッとして困り顔を浮かべた。

「あ、でも、例の件はどうしましょう？」

「どうしたの？」

聞き返すと、彼女はそっと僕に耳打ちする。

「あはは。そうか、そうだったね。うん、そうしよう。父上、少しよろしいでしょうか」

「うん、どうしたのだ？」

ファラから耳打ちされたことを伝えると、父上は顔を綻ばせる。

「良かろう。ナナリーがとても喜ぶな。では、私は先に部屋に向かおう。二人は準備が出来次第、部屋に来なさい」

「はい、父上」

返事をして頷くと、父上は屋敷の中に入って行った。おそらく、母上の部屋に向かったのだろう。

そういえば、メルを見ていないな。周りを見渡してみるが、メルの姿は見当たらない。

「ねぇ、ガルン。メルを見てないかな」

「メルディ様でしたら、屋敷に到着してすぐナナリー様の部屋に向かわれました」

「あ、そうなんだね」

メルは、レナルーテの出来事が凄く楽しかったらしい。そのせいか、あちらに居る時から母上に沢山話したいことがあると、嬉しそうに語っていた。だから、屋敷に着くなり、母上の部屋に行ったのだろう。喜び勇んで母上の部屋に走って行くメルの姿が目に浮かび、つい「ふふ」と笑いが込み上げた。

「……？　リッド様。どうかされましたか」

隣にいたファラが、小首を傾げる。

「え、いや、なんでもないよ。それより、早く準備をして母上のところに行こうか」

「はい。では、私はダリアやジェシカ達に声を掛けてきますね」

「うん、お願い」

僕達は母上に会う準備を急いで進めた。

◇

「ふぅ……いよいよ、ですね」

屋敷の一室で、母上に会うための準備を終えたファラは、緊張で顔が強ばっている。

「大丈夫だよ、ファラ。母上は、ずっと君に会いたがっていたからね」

「うぅ……だからこそ、緊張するんです」

耳を上下させて必死な形相をしている彼女だけど、僕からすればとても可愛らしくて、つい頬が緩んでしまう。そのやり取りを側で見ていたアスナが、ファラに微笑みかける。

「僭越ながら、ライナー様もナナリー様が姫様を心待ちにしていると仰せでした故、真っ直ぐなお気持ちでお伺いすればよろしいかと存じます」

彼女がそう言うと、僕達の着付けをしてくれたダリアが「アスナ様の言う通りでございます」と頷いた。

「それに、お二人はいま神前式の時と同じ素敵なお姿ですから、きっとナナリー様も喜んでくれるでしょう」

「ありがとう、二人共」

ファラは二人に、軽く頭を下げた。

僕達の服装は、ダリアが言ったように式の時と同じものである。ちなみに、これを提案してくれたのはファラだ。

式に参列出来なかったことを、母上がとても残念がっていたという話を伝えた時のこと。ファラは、式に使った衣装一式をバルディアに持参して、母上に晴れ姿を披露しようと言ってくれた。

衣装一式を用意してくれたのはレナルーテだけど、ファラから事情を聞いたエリアス王とエルティア母様は、二つ返事で了承してくれた。そうして、衣装一式を持ち帰ってこられたというわけだ。

ファラの気持ちには、感謝してもしきれない。

彼女の手を優しく握ると、ファラは「え⁉」と顔を赤らめた。

「それじゃあ、そろそろ母上のところに行こうか」

「は、はい……参りましょう」

おずおずと手を握り返してくれた彼女を連れて、僕は母上のいる部屋にゆっくりりと足を進めた。

◇

母上の部屋に行くまでの間、僕達の姿を見た皆は揃って目を丸くした。でも、すぐにうっとりとしている。ファラの姿に目を奪われている……そう言った方が正しいかもしれない。

そもそも、バルディア領……いや、帝国でこの花嫁衣装を見ることはほとんどないはずだ。皆が驚くのも無理はない。それ以上に白無垢姿のファラが神秘的というか、神々しい感じがするためだろう。

そうした視線に気付いたのか、彼女が心配そうに小声で呟いた。

「リッド様、先程から屋敷の皆様が驚いていているみたいですけれど……どうしたのでしょうか」

「ふふ、多分それはね。ファラの可愛らしい姿に目を奪われているんじゃないかな」

「えぇ⁉　そんなわけありません。私は、こちらに来たのは初めてなのですよ？」

目を瞬いて否定する彼女に、少し悪戯っぽく返した。

「あはは。屋敷の皆も、君が来るのをずっと心待ちにしていたからね。そんな中、白無垢姿の君を見れば皆はこう思うはずさ。まさに『招福のファラ』だってね」

「な……⁉」

彼女は『ボン』と耳まで顔が赤くなると、照れ隠しのように俯いてしまう。

「リッド様は……意地悪です」

「え、何か言った？」

ファラの声がよく聞こえず、足を止めて顔を寄せて聞き返した。でも、彼女は顔を背けると、ツンと口を尖らせてしまった。

「いいえ、何でもありません！」

「え……？」

僕が呆気に取られていると、傍に控えるアスナがわざとらしい咳払いをした。

「毎度、ごちそうさまです」

◇

「ここが、母上の部屋だよ。準備はいいかい」

部屋の前に辿り着くと、隣で緊張しているファラに優しく声を掛けた。

「すぅ……はぁ……はい、大丈夫です」

彼女は胸に手を当て、ゆっくりと深呼吸をすると微笑んだ。

「うん。じゃあ、行くね」と彼女の手を強く握り頷いた。

「母上、リッドです。僕の妻となりましたファラを紹介したいのですが、よろしいでしょうか」

扉を丁寧に叩き、部屋の中にいる母上にしっかり聞こえるように声を張り上げる。

「……どうぞ、お入りなさい」

ん……？　何かいつもより母上の声が冷たく感じて、扉を開けるのを思わず躊躇した。

「リッド様、どうかされましたか」

「え、あ、ごめんごめん。何でもないよ、ファラ。多分、気のせいだね」

「……？」

扉をゆっくりと開けると、部屋の雰囲気がいつもと違っていた。何やら空気が張り詰めており緊張感に満ちている。

目を向けると、ベッドで母上が上半身を起こしており、こちらを静かに見つめていた。その奥側には、父上とメル。二人の背後にはディアナとダナエが姿勢を正して立っていた。

こんなに重々しく、緊張感のある雰囲気は初めてだ……というか、なんでこんな状況になっているんだろう。そう思った時、母上が嬉しそうに微笑んだ。

「ふふ、素敵な姿ね。おかえりなさい、リッド」

「は、はい。只今戻りました。それと、この服装はレナルーテの神前式と披露宴で使用したものです」

いつもと違う雰囲気に、戸惑いながらも着ている服を紹介する。母上は目を細めて「そうなの」と頷くと、ファラに目を向けた。

「じゃあ、そちらの女の子が……」

「……!?　ご挨拶が遅くなり申し訳ありません。レナルーテ王国、元第一王女の『ファラ・レナルーテ』と申します。この度、リッド・バルディア様と婚姻しました故、『ファラ・バルディア』となりました。以後、バルディア家の一員となりますこと、よろしくお願いします」

彼女は母上の視線に一瞬だけ驚いた様子を見せるが、すぐに表情を切り替え、立派な口上を述べて一礼する。

ファラが顔を上げると、母上が毅然とした声で答えた。

「ようこそおいでくださいましたファラ王女。私はリッドの母、ナナリー・バルディアです。闘病中につき、ベッドの上からのご挨拶で申し訳ありません。こちらこそ、よろしくお願いします」

「はい……」

二人とも挨拶を終えたけど、母上の緊張感は健在であり、ファラの表情も硬い。

室内にも、張り詰めた空気がまだ漂っている。母上の言動が気になる中、父上やメル達に目をやると違和感を覚えた。意図が良くわからないけど、どうやら全員が『無表情に徹している』みたい。

「その姿も……式で身に纏ったものでしょうか」

母上はファラの衣装をまじまじと見つめた。

「仰る通りです。これは、レナルーテ王国の花嫁衣装で『白無垢』と申します」

「白無垢……なるほど、良ければ近くで見せてもらえますか？」

「は、はい。勿論です」

ファラは強ばった顔で、こちらを横目に見る。僕は、彼女と目を合わせて『大丈夫』と頷いた。

緊張感漂う中、ファラが恐る恐ると足を進める。程なく、母上の手が届くところまでファラが近寄った。そんな彼女の表情と白無垢姿を、母上は静かに無言で眺めている。

「あ、あの、どうでしょうか」

張り詰めた雰囲気に耐えきれなくなったのか、ファラが尋ねた。

「えぇ、とても素晴らしいですよ。さて、ファラ王女。私達は先程、互いに挨拶を済ませましたね。これからは『家族』として接することを許していただけますか？」

「え？　あの……はい、勿論です。それと、その、ナナリー様さえよろしければ、私のことはどうか『ファラ』と気軽にお呼びください」

「では、お言葉に甘えさせていただきます。ファラ」

母上は目を細めて頷くと、彼女の手を引き寄せてそのまま胸元に抱きしめる。突然のことに、僕もファラも呆気に取られてしまった。

「は、母上……？　どう……」

何事かと、僕が声を掛けようとしたその時、緊張感を漂わせていた母上が、喜色満面の笑みを浮かべた。

「可愛い！　ファラ、貴女はとっても可愛いわ。良く来てくれましたね。こうして会えるのを、ずっと心待ちにしていたのよ。本当に嬉しいわ」

「え……えぇ!?　あ、あの、ナナリー様、これはどういう……？」

「リッドとファラが結婚したとはいえ、私達が顔を合わせたのは今日が初めてになるでしょう？貴族の妻として、リッドの母として、最初の挨拶だけは少し格式を重んじたの。驚かせてごめんなさいね」

母上はそう言うと、少し悪戯っぽく微笑んだ。

「あ……そういうことだったんですね」

ファラは、母上の説明を聞いてほっと胸をなで下ろしている。僕は、ため息を吐くと、父上と母上にジト目を向けた。

「それでしたら、最初から仰ってください。ファラがどんなに不安だったか……少し悪戯が過ぎますよ」

「う、うむ、すまん。私は、二人に前もって伝えようと言ったのだが……ナナリーが、ファラの驚く姿も少し見たいというものでな」

「まぁ、酷い！　私の話に乗った時点で、貴方も共犯なんですからね」

バツの悪そうな表情を浮かべている父上に、母上がすぐにピシャリと指摘を行う。

確かに、母上の案を呑んだ時点で父上も共犯者だ。

ふとベッドの奥に目をやると、メルはきょとんとしていた。また、メルの側に控えるディアナとダナエは、呆れ顔で苦笑している。

皆して、何をやっているのやら。やれやれと、僕が首を横に振ったその時、「良かった……良かったです」とファラの震える小声が聞こえてきた。

「あら、あらら……ファラ、ごめんなさい。少し驚かせ過ぎてしまいましたね」

母上はそう言うと、彼女を優しく抱擁して頭を優しく撫でた。

「い、いいえ、大丈夫です」とファラは首を横に振ると、笑顔を浮かべた。

「それよりも、私もナナリー様のことを『御母様』と呼んでもよろしいでしょうか」

「勿論です。リッドの妻となってくれたファラは、これから私の娘でもありますからね。遠慮は不要ですよ」

「はい、これからよろしくお願いします。御母様」

ファラと母上は、挨拶を終えると互いに顔を綻ばせて談笑を始める。ファラの専属護衛であるアスナの紹介も済ませた。

ちなみに、この後だけど。僕達の神前式と披露宴の様子や花嫁衣装について、母上から終始質問攻めにあったことは言うまでもない。

◇

母上にファラの紹介と挨拶が無事に終わり、時間が許す限り皆で談笑を楽しむと、僕達は着替えと荷物の片付けのため部屋を後にした。

着替えはすぐに済んだけど、レナルーテから持ってきた荷物はそうはいかない。

片付けが落ち着く頃にはもう日が沈んでしまう。旅の疲れもあるので、ファラ達には予定通り、本屋敷で休んでもらうことになった。

新屋敷をファラとアスナ達に案内するのは、明日以降になる。今後、彼女達と過ごす時間は沢山あるから急ぐこともないだろう。

ファラ達を貴賓室に案内し、僕は自室に帰ってベッドに仰向けで寝転んだ。

「ふぅ……無事に式も終わった。また明日から色々としないといけないことが多いから頑張ろう……」

そう呟くと、僕は強烈な睡魔に襲われ、意識は微睡《まどろ》みに落ちていった。


「リッド様、よろしいでしょうか?」

どれくらいの時間が経過したのか。部屋の扉が丁寧に叩かれる音で、僕は目を覚ました。

寝起きで頭が重くぼうっとする中、目を擦りながら扉に近寄った。

「ううん……その声は、ディアナかな。どうしたの?」

扉を開けると案の定、彼女が立っていた。

「お休み中、申し訳ございません。実は、ファラ様がリッド様のお部屋に伺いたいとのことでございます」

「え……なんだって?」

彼女の答えに、僕の眠気は吹っ飛んだ。

「ええっと、どういうこと?」

理解が追いつかずに聞き返すが、ディアナは小さく首を横に振った。

「恐れながら、私に申されてもお答え致しかねます。ファラ様は、リッド様の奥様でございますから、部屋を訪れることは問題ないかと。後は、ご本人にお尋ねになるべきかと存じます」

「あ、それもそうだね。わかった。じゃあ、ファラを案内してくれるかな」

「承知しました」

彼女の背中を見送って間もなく、僕はハッとする。ファラが来ても大丈夫かと、部屋の中を見渡すと、慌てて軽い片付けを始めた。


「……失礼します。リッド様」

「いらっしゃい。ファラ」

彼女は頬を少し赤く染め、はにかみながら入室する。でも、専属護衛であるはずのアスナは、何故か部屋に入ろうとはしない。廊下側で微笑んでいるだけだ。

「あれ、アスナは入らないの？」

「お気遣い頂き感謝します。しかし、私はこちらで待機させていただきます故、お二人でお過ごしください」

アスナは会釈して顔を上げると、僕を見つめてニコリと笑った。

「あはは……うん、わかった。じゃあ、何かあれば声を掛けるね。それからディアナ、アスナのことをよろしくね」

どうやら彼女は、最初から部屋に入るつもりはなかったらしい。

「承知しました」とディアナは会釈する。

「では、アスナ殿はこちらに……」

「かたじけない。では、姫様。何かありましたらお呼びください」

「はい。アスナもちゃんと休んでくださいね」

アスナはファラの言葉に頷くと、ディアナの案内に従いこの場を後にした。

扉が静かに閉じられると、部屋は僕とファラの二人だけの空間となる。どことなく、気恥ずかしさが漂う中、僕は咳払いをして口火を切った。

「あはは、改めていらっしゃい。良かったら座って話さない？」

「は、はい……」

彼女は促されるまま、部屋のソファーに腰を下ろした。

「すみません、リッド様。急にお部屋にお邪魔してしまいまして……」

「いやいや、そんな気にしなくて大丈夫だよ」

僕は部屋に常設されている水差しを手に取り、水をコップに注いで差し出した。

「ありがとうございます」

ファラは、小さな手でそのコップを受け取った。

部屋の窓から外を見ると、辺りは夜の闇に包まれている。

こんな時間にどうしたのだろう？　何か困ったことでもあっただろうか。心配になり、あえて彼女の横に腰掛けた。

「それで、どうしたの？」

「あ、いえ、その困ったことがあったわけでは……というより私自身の問題というか……」

ファラは、しどろもどろにそう言うと、目を泳がせて恥ずかしそうに俯いてしまう。

「……？」

首を傾げていると、彼女は少しの間を置いてポツリと呟いた。

「……その、笑わないでくださいね」

「うん。勿論だよ」

目を細めて頷くと、彼女はゆっくり言葉を続ける。

「その……なんだか急に心細くなりまして……。リッド様に会いたいなぁ……と思ったら、気持ちが止まらなくなっちゃって……あはは」

ファラは顔を赤らめ耳を上下させると、恥ずかしそうに目を伏せる。

か、可愛い……。可愛らしい言動に思わず見惚れてしまった。静寂が訪れると、いたたまれなくなったのか、彼女が恥ずかしそうに「リ、リッド様……」と口火を切る。

「何か言ってください。それとも、やはりお邪魔でしたか……？」

「……!?　いやいや、そんなことないさ」

首を慌てて横に振ると、ニコリと微笑んだ。

「僕もファラが会いに来てくれて凄く嬉しいよ」

「本当ですか……良かった」

彼女は安堵したらしく、胸を撫でおろした。

「心配させてごめんね。でも、ファラのことを邪魔に思うなんてことは、絶対にないよ。何か不安になるようなことがあったら何でも教えてね」

「……⁉　はい、ありがとうございます」

嬉しそうに彼女は頷いた。

でも、ファラが発した言葉で気になる部分があったので、優しく問い掛ける。

「ところで、ファラ。さっきの『急に心細くなった』というのは大丈夫？」

「あ、はい。ここに来たら、もう大丈夫になりました。ふふ、リッド様のおかげですね」

あどけない可憐な表情の彼女に、ドキッとしながら頷いた。

「そ、そっか。それなら良かったよ。じゃあ……折角だからレナルーテとバルディアの違いを聞かせてもらえるかな」

「わかりました。まず違うのは……」

今日だけでも気付けた様々な文化の違いを、ファラは色々と楽しそうに話してくれる。

しばらく談笑していたけど、さすがに夜も更けてきたし、彼女も少し眠そうに目を擦り始めた。

「ふふ、そろそろ寝ようか」

「そうですね……。あの、一つお願いがあるんですがよろしいでしょうか？」

ファラは、急に神妙な表情を浮かべる。

「それは良いけど。突然、改まってどうしたの」

恥ずかしそうに彼女は俯くと、僕を上目遣いで見つめながら呟いた。

「レナルーテの時のように、今日も一緒に寝ても良いですか……？」

思いがけないお願いに呆気に取られるが、すぐにハッとして咳払いをする。

「わかった。じゃあ、アスナにもその事を伝えないとね」

「ありがとうございます、リッド様」

ファラの表情がたちまちパァっと明るくなる。

多分、彼女は最初から一緒に過ごしたくて来たのだろう。すぐに、部屋の外で待機しているアスナに声を掛けると、ファラが僕の部屋で寝ることを伝えた。

驚くかと思いきや、アスナは「承知しました」と答えるだけだった。彼女もファラの意図を知っていたか、気付いていたのかもしれない。

僕とファラは同じベッドで横になると、レナルーテの時のように手を繋いだ。

「じゃあ、お休み。ファラ。あ、それと明日は『新屋敷』を案内するから楽しみにしていてね」

「新屋敷……はい、とっても楽しみです」

繋いだ手を通じて感じる温もりに、彼女が僕の妻となったこと、側に来てくれたことを改めて実感する。そして、明日の予定を彼女とベッドの中で話していたけど、僕達は知らず知らずのうちに深い眠りに落ちていた。


「ん……ううん……」

朝になり目を覚ますと、体をゆっくり起こして目を擦った。隣に目をやると、「すーすー」とファラはまだ寝息を立てている。

「ファラ、朝だよ」

小声で呼び掛けると、彼女は「うう……ん」と寝返りを打ち布団にくるまってしまう。

「ふふ、本当にいつも可愛いな」

ベッドから静かに降りて彼女に布団を掛け直すと、僕は服を着替え始めた。

「あれ……ここは……？」

着替えが終わると、ベッドから丁度良く寝ぼけた声が聞こえてきた。

「おはよう、ファラ。よく眠れたかい」

「リッド様……？」

彼女は、ベッドの上で上半身を起こしたまま、きょとんとしている。どうやら、まだ寝ぼけているらしい。

彼女はハッとすると、慌てて掛け布団で顔を隠してしまった。

「そうでした……。ここは私の部屋じゃなくて、リッド様のお部屋でしたね。すみません、リッド様の御迷惑にならないよう、本当は早く起きるつもりだったんですけど……」

「あはは、気にしなくて大丈夫だよ。それに……」

もったいぶると、彼女が隠れていた掛け布団から顔を覗かせて小首を傾げた。

「それに……なんでしょうか？」

「ファラの可愛い寝顔も見られたからね」

「……ぇぇ⁉」

少し意地悪く伝えると、彼女は顔を赤らめ耳を動かしながらまた掛け布団に隠れてしまう。そんなファラの様子を、僕は微笑ましく見つめていた。

落ち着きを取り戻した彼女は、身嗜みを整えるため、アスナと貴賓室に戻ることになった。でも、彼女達はまだ屋敷に慣れていないので、「部屋まで僕が案内しようか？」と申し出る。

「ありがとうございます。では、お願いしてもよろしいでしょうか？」

「うん。勿論だよ、ファラ」

二つ返事で頷くと、彼女達を貴賓室まで案内する。その道中、折角だから今日の予定も伝えた。

「昨日も少し話したけど、今日は屋敷で朝食を取った後、新屋敷を案内するから楽しみにしていてね」

「はい、今からとっても楽しみです」

ファラが頷くと、僕はアスナに目をやった。

「それと、君から要望された室内訓練場。わかりやすく言えば『道場』も用意出来たから、楽しみにしていてね」

「なんと、本当ですか⁉」

アスナは目を輝かせ、勢いよく身を乗り出して間近に迫ってきた。圧が凄くて、思わず後ずさりしてしまう。

「は、はは……そんなに喜んでくれるなんて、僕も嬉しいよ」

「ええ、感動しております。是非、リッド様や騎士団の方々と手合わせをお願いしなければなりません！」

「……お手柔らかにお願いね。新築だし、修繕費がかかるようなことは勘弁かな」

アスナの勢いに押されながら、少し釘を刺しておく。彼女が本気で暴れたら、壁が穴だらけになりそうだ。

「それは勿論です。いやぁ、楽しみですね、姫様」

「ふふ、そうですね」

歩いているうち、貴賓室に到着した。

「じゃあ、僕はここで失礼するね。朝食は食堂で皆一緒に取っているから、良ければファラも一緒にどうかな」

「はい、是非ご一緒させてください」

「ありがとう。じゃあ、先に行って皆にも伝えておくね」

ファラとアスナに一時の別れを告げると、僕は一足先に食堂に向かった。

◇

食堂に着くと、すでにカペラとディアナの姿があった。

「おはよう」

「おはようございます。リッド様」

二人は畏まって頭を軽く下げる。普段通りの光景だ。

席に座ると、ディアナが紅茶を淹れて僕の前に置いてくれた。

「ありがとう」

きた。

「とんでもないことでございます」

彼女が後ろに下がると、「リッド様。よろしいでしょうか？」とカペラが交代するように尋ねてきた。

「うん。どうしたの？」

「我々の留守中における、第二騎士団の活動内容の件です。昨日のうちに報告書をまとめておきました。今日はファラ様とご一緒に過ごすと伺いました故、良ければ朝食前にこちらの資料をご覧ください」

「ありがとう、カペラ。でも、君もレナルーテから帰って来て疲れていたんじゃないの？　無理しちゃ駄目だよ。エレンも心配するでしょ」

「お気遣いありがとうございます。しかし、エレンも承知していることですから、ご心配に及びません。私も仮眠を取りながら作業しております」

「はは……それが無茶じゃないかと思うんだけどね。何事もほどほどにしないと駄目だよ。不健康な生活をすると、突然死の可能性だって上がるんだからね？」

彼の話を聞いて、前世のことを思い出した。若いから大丈夫と無理をすれば、体には当然負担がかかる。気付いた時には、手遅れだったりすることもあるのだ。

カペラは、何か考えるように少しの間を置いてから頭を下げた。

「……承知しました」

「無理をさせてるのは、僕に原因があると思うんだけどね。無茶なことを言ってごめん。カペラには、すごく感謝しているんだ。でも、だからこそ、体を大事にしてずっと側に仕えてほしいんだ。本当に無理はしないでね」

「そのように仰っていただけるとは、大変光栄でございます。以後、ご心配をかけぬよう気をつけます」

「うん。お願いね」

報告書を受け取ると、ディアナの淹れてくれた紅茶を飲みながら、書類に目を通していく。

第二騎士団は道路整備、木炭製造、領内警備等々、多岐にわたる業務を行っている。

父上の率いる第一騎士団の主な任務が治安維持ならば、第二騎士団の主な任務は公共事業と言えるだろう。

書類に目を通す限り、問題はなさそうだ。

まぁ、少し荒っぽい子達が仕事の出来を競って、お祭り騒ぎのようになったということがあったらしいけど、それも大きな問題にはなっていない。

「特に大きな問題は起きていないみたいだね」

報告書を読み終えると、カペラに差し出した。

「はい。それと、本日はファラ様と第二騎士団の宿舎に訪れる予定と伺いましたので、第二騎士団の面々は全員、宿舎待機するように伝えております」

彼は書類を受け取ると、淡々と続けた。実は今日、新屋敷をファラに案内した後、第二騎士団の皆にも彼女を紹介するつもりなんだよね。

「わかった、手配してくれてありがとう、カペラ」

「とんでもないことでございます。お役に立てれば幸いです」

その時、あることを思い出してハッとする。

「あ、そういえば、カペラとエレンの結婚式はまだだったよね」

「そうですね。私も彼女も中々に忙しいですから、その辺の話はあまり出来ておりませんね」

悪気はないんだろうけど、彼の言葉は僕の心にグサリと突き刺さる。エレンとカペラの二人には、かなり仕事をお願いしているのは事実だ。

「あはは……君達を忙しくさせてしまっている身としては、申し訳ない限りだね。あ、それならさ。今度、君達の結婚式を開催しようよ」

「私達のですか……？」

カペラが珍しくきょとんとした。同時に、僕の背後に立つディアナから、熱い視線を何やら感じたのは気のせいだろう。

カペラとエレンには、本当に幸せになってほしい。それに彼等は、僕に仕えてくれているバルディア家の家臣でもある。だからこそ、二人の門出を心から祝福したい。

「カペラとエレンにはいつも助けられているからさ。結婚式の準備は僕も手伝うよ。だから、どうかな」

彼は少し考えた後、こくりと頷いた。

「承知しました。妻のエレンもそのお言葉、大変喜ぶと存じます」

「ふふ、じゃあ、決まりだね。今度、その辺も打ち合わせしよう」

会話が落ち着いたその時、控えていたディアナがスッと挙手をした。

「リッド様、少しよろしいでしょうか」

「……？　どうしたの」

どうやら、先程感じた熱い視線は気のせいではなかったらしい。彼女の瞳から、光るものを感じる。

「僭越ながら、お二人はバルディア家に仕える家臣でございます。従いまして、帝国文化の結婚式で行うのがよろしいかと」

「なるほど……そういうのもあるかもね」

一般人であれば、結婚式の形式に周りがとやかく言う事はないだろう。でも、バルディア家の家臣の式となれば、周りの目を意識する必要もあるかもしれない。

僕達のやり取りを見聞きしていたカペラは、「そうですね……」と考え込む。

「私は、特に結婚式の形式に拘《こだわ》りはありません。聞いてみないとわかりませんが、おそらくエレンも拘りはないかと存じます」

「じゃあ、とりあえず、帝国文化の式を挙げる方向で進めようか」

その時、ディアナがわざとらしく咳払いを行った。

「リッド様、カペラさん。帝国の結婚式は私も知識を持っております故、お手伝いできると存じます」

「……わかった。ディアナにも協力してもらおうかな。カペラもそれで良い？」

「はい。エレンもディアナさんに相談出来ると知れば喜ぶと存じます」

こうして、カペラとエレンの結婚式を挙げることが思いがけず纏まった。程なく、食堂に父上やメル。ファラ達もやってくる。

僕は、カペラとディアナに小声で声を掛けた。

「じゃあ、さっきの話はまた今度ね」

「承知しました」

話を切り上げると、僕はファラに声を掛けるのであった。

新屋敷のお披露目と第二騎士団とファラの邂逅

屋敷で皆との朝食を終えた僕とファラは、母上に顔を見せてから新屋敷に向けて馬車で出発した。

「リッド様、乗り物酔いは大丈夫ですか？」

「はは、心配してくれてありがとう、ファラ。でも、短い距離なら大丈夫なんだ」

道中の馬車内では、ファラがずっと心配してくれている。

彼女を安心させようと思い、僕はやれやれと肩を竦めると、両手を広げておどけた。

「なんか、乗り物だけは弱いんだ。将来的に良くなれば良いんだけどねぇ」

「ふふ、リッド様の『意外な弱点』というわけですね」

「あはは。まぁ、確かにそうとも言えるかもね」

彼女の指摘に思わず噴き出してしまった。言われてみれば、確かに『意外な弱点』なのかもしれないな。この『意外な弱点』は、父上や母上、メルにも良くからかわれている。

ちなみに、母上に話したのはメルだ。

「ははうえ、にいさまってね。すぐにのりものよいをするんだよ」

「あら、そうなの？　ふふ、私もそれは初耳ね」

あの時、母上の瞳が興味津々の色に染まっていた姿は、生涯忘れることはないだろう。僕は、「あはは……」と苦笑するしかなかったけどね。

そんなことを思い返していると、ファラが「それにしても……」と口火を切った。

「今日の『朝食』は驚きました。まさか、レナルーテと同じ『ご飯』が食べられるなんて思ってもいませんでしたから」

彼女は、目を細めて微笑んだ。心なしか、耳も少し上下に動いている。

「喜んでくれて良かった。ファラが来る日に向けて、色々と調整した甲斐があったよ」

今日の屋敷で提供された朝食は、レナルーテの食文化に沿ったものだった。つまり、米、みそ汁、漬物、煮物など、わかりやすく言えば『日本食』である。

勿論、レナルーテから遠路遥々やってきたファラやアスナ。そして、彼女達と一緒にやってきたダークエルフの方々に配慮してのことだ。住む場所が変わるだけでなく、食文化も全て変わると辛いからね。帝国とレナルーテ、それぞれの食事を楽しんでもらう考えもある。

実は、レナルーテに最初に訪れた時から、クリスティ商会を通じて米や調味料関係を継続的に輸入しているのだ。

調理方法についても、バルディアに仕えている料理長のアーリィを中心に研究開発をしてもらった。その結果、バルディア家の食事は大幅に種類が増え、帝国とレナルーテの両文化を合わせた料理も開発されている。話を聞いたファラは、「そうなんですね……」と畏まった表情を浮かべた。

「リッド様とバルディア家の温かいお心遣いに、ダークエルフ一同を代表して感謝申し上げます」

彼女が綺麗な所作で頭を下げると、側にいたアスナも同様に一礼する。

慌てて二人に顔を上げてもらった。

「そんなに畏まらないで大丈夫だよ。ファラが来ることはわかっていたから当然のことをしたまでさ」

「リッド様……本当にありがとうございます」

ファラがそう言うと、アスナが身を乗り出した。

「リッド様、私からも改めて御礼申し上げます。しかし……『甘酒』まで朝食に用意されるなんて思いもしませんでした」

「ふふ、あれはね。『米』の料理方法を研究していく中、レナルーテから得た情報を元に料理長達が頑張ってくれたんだよ。今では、貴重な甘味としてバルディア領の皆からも好評なんだ。ね、ディアナ」

「はい。甘味は貴重でございますから。美容と健康にも良いということで、バルディア家のメイド一同喜んでおります」

「え……甘酒が『美容と健康』に良いんですか？」

ファラが目を瞬いた。

「うん、実は『甘酒』って凄い栄養素があるんだ。取り過ぎも良くないけどね。でも、毎日コップ一杯分ぐらいならとっても体に良いんだよ」

米を輸入したのは様々な理由がある。

食べたいという思いが強かったのは勿論だけど、さすがにそれだけでは商売が成り立たない。そこで、僕の記憶の化身であるメモリーにお願いして、前世の知識から引き出した『お米』の利点を父上やクリスに説明したのだ。

帝国で使用頻度の高い小麦と同じく、保存性に優れており、栄養価が高いことに加え、甘酒や将来的にお酒を造ることも可能。なおかつ、お餅や御煎餅《おせんべい》など、加工することで料理の種類が大幅に増える上、帝国文化ではまだ見た事のない食文化だ。

上手く宣伝すれば、収益性の高い商材になることは間違いない。とはいえ、当初の父上やクリスは、半信半疑であり首を傾げていた。

でも、バルディア領で『甘酒』の生産に成功。味見をしてもらうと、二人は驚愕した。何せ、この世界の『甘味』は、貴重かつ高価なものだ。

平民と言われる一般市民の間では、『砂糖』が高価で手が出しづらいから、甘いお菓子を口にする機会は、ほとんどないだろう。だけど、『甘酒』であれば『砂糖』を使用していないため、一般市民でも買いやすい価格設定が可能である。

何より栄養価も高く、美容にも良いとなれば、魅力的な商品となり得るだろう。

父上とクリスは、甘酒を口にすると、すぐにその利点に気付いたらしく目を光らせた。

「ふむ……少し独特な『甘み』だな。しかし、それでも甘味には変わりない。まずは、バルディア領内の町民に試供して反応を見るのが良かろう。それと……健康と美容に良いのであれば、ナナリーや我々も日々摂取するべきだな」

「この『甘酒』は素晴らしいです。砂糖を使わず、米だけで作れるわけですからね。比較的低価格で販売出来る。その上、美容と健康に良いということは、貴族にも売れるでしょう。クリスティ商会で是非とも取り扱いしたいですね」

二人が、甘酒を前にして不敵に笑っていた姿はかなり印象的だった。

少し補足すると、バルディア領での甘酒作りは難航して、生産に成功したのは比較的最近の話だ。

「レナルーテでは毎日飲んでいましたけど、それは聞いたことがありませんでした」

「まだ一般的な知識ではないからね。でも、上手く行けば『甘酒』は帝都で流行ると思う。そうすれば、レナルーテから『お米』を沢山輸入するから御義父様が喜んでくれるかもね」

ファラは、きょとんとするがすぐに意図を察したらしく嬉しそうに笑った。


皆で談笑している間に、新屋敷に馬車が到着。馬車から降りて周りを見渡すと、後続の馬車も次々到着しているのが目に入った。

僕達が乗っていた馬車の後続は、ファラと一緒にバルディア領にやってきたダークエルフの人達が乗っている。彼等は、ファラが住む場所で働くことになるので、自ずと新屋敷で過ごすことになるはずだ。

「気をつけてね」

馬車から降りたファラは、目の前にある建物を見上げて瞳を輝かせた。

「立派なお屋敷ですね。レナルーテにあった迎賓館ぐらいの大きさでしょうか。こちらを私達のために建ててくださったんですね」

「うん。でも、少し認識が違うかな」

「認識が違う……ですか？」

意図がわからず、彼女は首を傾げる。仕草が可愛らしいから、あえてもったいぶるように続けた。

「ここはね……新屋敷で働いてもらう皆の為に建設した、『託児所付きの宿舎』さ」

「え……えぇ!?」

予想通りというか、ファラが目を丸くして驚愕の声を響かせた。そして、彼女のお供としてレナルーテからやってきたダークエルフのメイドの皆も、目の前に聳《そび》え立つ屋敷に唖然とする。

「こ、この規模で『宿舎』なのですか……？」

「あはは、やっぱり驚くよね。僕もこの『宿舎』を造れるとは、最初は思っていなかったんだよね」

笑いながら答えると、彼女はきょとんとした。

「……？　どういうことでしょうか」

「いや、実は……」

僕は、ファラとアスナ達に、新屋敷と宿舎建設で起きたことを語り始めた。

レナルーテでファラとの顔合わせが終わった後、僕は彼女の部屋に伺い『どんな屋敷』で過ごしたいかを尋ねた。

勿論、同じ部屋にいたアスナやディアナの意見も聞いている。その時、ディアナから『バルディア家で屋敷を支えている人達の意見も聞くべき』と助言を受けた。

それもそうだな、と彼女の意見に納得した僕は、バルディア家に戻るとすぐにメイド達や執事のガルン、他にも働いている皆の意見を積極的に取り入れたのだ。

様々な意見が出る中、メイド達の結婚、出産、育児による離職者が非常に多いという問題点がみえてきた。

折角だから、労働環境の改善が何かできないかと考え、思いついたのが託児所である。出産、育児を経験している人達を新たに採用して託児所を任せることで、新たな雇用を生み出す。加えて、有能な人材の放出を防ぐことにも繋がるというわけだ。

こうして、新屋敷に託児所の原案が含まれる。でも、この時の僕は、原案がそのまま通るなんて思っていなかった。

最初に無理難題を言う事で、少しでも新屋敷の予算を増やす……それぐらいの気持ちだったのだ。

ところが、いざ父上に原案を提出すると、まさかの素通りである。

尤《もっと》も当初屋敷内に建設予定だった託児所が、来客や警護の観点から宿舎内に建設されるとか、細かい設計変更はあったけどね。ちなみに、託児所の利用は、バルディア家で勤めている人であれば、誰でも受け入れ可能としている。

意外にも子供がいるメイドの他、騎士団の団員達からも申し込みが多い。託児所の仕組みをもう少し見直して、一般化できれば領地発展に繋がる可能性もあるだろう。

「……というわけなんだ」

「なるほど……。凄いことをお考えになりましたね。でも、仕える者達のためにここまでの施設を用意するなんて、素晴らしい事だと思います」

「そう言ってもらえると、僕も嬉しいよ」

当初のファラは、目を丸くしていたけど、今は感嘆した様子で屋敷を見上げている。

周りに目をやると、彼女と一緒にやってきたダークエルフの皆の目も輝いていた。どうやら、喜んでくれたみたい。折角だから、もうちょっと、宿舎の施設を説明した方が良いかな。

「あ、それとね。宿舎には託児所以外に温泉、食堂、サウナ、屋上、運動場とかも完備しているけど、他にも何か気になる点があれば教えてね。全部対応は出来ないかも知れないけど、可能な限り要望には沿うようにするからさ」

でも、皆の反応は想像と違った。みるみる顔色が真っ青になり、最後には首を勢いよく横に振っている。

「あれ……？」

彼等の意図がわからず呆気に取られていると、ファラが「ふふ」と笑い始める。

「こんな素晴らしい宿舎を用意してくれた『主君』に、気になる点など申せませんよ」

「え……そうなの？」

皆を横目で見ると、今度は勢いよく首を縦に振っている。宿舎の施設について語っただけなんだけどな。結果的に威圧してしまったらしい。

「勿論です。ね、アスナ」

ファラが相槌を打つと、名前を呼ばれたアスナが「姫様の仰る通りです」と頷いた。

「これ程のお屋敷……いえ、宿舎を仕える者達のために用意する。このような話、聞いたことがありません。我々としては、リッド様に感謝してもしきれない程でございます。この御恩は、お仕えすることでお返しできるよう精一杯務めさせていただきます」

アスナは僕に体を向けて畏まると、深く頭を下げた。最敬礼である。すると、ダークエルフの皆も彼女同様に畏まり深く頭を下げ、最敬礼を行った。

気付けば、この場にいるファラ以外のダークエルフ全員が、揃って僕に向かって最敬礼するという異様な光景となっている……な、なんでこんなことに⁉

「み、皆、そんなに畏まらなくても大丈夫だから。顔を上げてよ。ね！」

予想外の出来事に戸惑いながら、僕は皆に顔を上げてもらうと、わざとらしく咳払いをした。

「と、ともかく！　僕は、皆に喜んでもらいたかっただけだから、気にしなくて大丈夫だからね。それよりも、目的地の新屋敷に行こう。案内するよ」

「はい、よろしくお願いします」

ファラが、ニコリと頷いた。

こうして、新屋敷に併設された宿舎の紹介が終わると、皆に新屋敷を案内するべく移動を開始する。まぁ、すぐ近くなんだけどね。

◇

新屋敷の前に到着すると、ファラとアスナが唖然としてしまった。ダークエルフの皆も開いた口が塞がらない、という言葉通りの表情である。

……何やらつい先程見たような光景だ。

「えっとここが今後、僕達が過ごすことになる新屋敷になります」

「お……大きいお屋敷ですね」

「……さっき宿舎で驚いたのが少し恥ずかしくなります」

ファラが目を丸くして絞り出すように答えると、アスナが小さく首を横に振った。

新屋敷は宿舎の近くにあるけど、陰に隠れていたから宿舎の正面にいた皆には見えていなかった。

新屋敷は宿舎よりも大きく立派な建物だ。

ファラやアスナを始め、皆に一夜を過ごしてもらった『本屋敷』よりも規模も大きいから、驚くのも無理はないけど、さすがに驚き過ぎじゃないかな？　雰囲気を変えるため、あえて「ゴホン」と咳払いをして、皆の関心を集めた。

「じゃあ、改めて新屋敷の案内と説明を始めるね」

「は、はい」

ファラ達は、まだ驚きが隠せないらしく、おっかなびっくりと歩き始めた。

補足すると、ファラはレナルーテの元王族であり、第一王女である。

僕と彼女が婚約ではなく、幼いながらに結婚までしたのは、帝国とレナルーテの政策であり政略結婚だ。まぁ、帝国主導で進められた政策ではあるけどね。

とはいえ、他国の第一王女が降嫁してくるという事実は、バルディア家にとっては大変名誉なことである。加えて、ファラの出身国。つまり、レナルーテに対して失礼があってはならない。

従って、皆が見せてくれた反応は、新屋敷と宿舎の建設が成功したとも考えられるわけだ。残念がられるよりは、良い反応だろう。

新屋敷は、三階建てで地下もあれば、屋上も建設されている。

大きな両開きの扉を開けて中に入ると、まず高級ホテルのようなソファーやテーブルが多数設置されたロビーが僕達を出迎えてくれる。

吹き抜けの天井には、大きなシャンデリアが吊されており、豪華絢爛《ごうかけんらん》かつ品がある内装だ。

来賓を案内する少しの間でも休んでもらえるようにという配慮に加え、バルディア家の財力を見せつけ、威圧する役割もある。

実のところ、新屋敷の外装と内装は、政治や外交の場に使われることを前提に建設されているんだよね。

外交において、相手に侮られないようにすることも必要なことだ。人はどうしても見た目で判断することが多いからね。

今はその効果が表れ過ぎたのか。ファラやアスナを始めとする皆の瞳には、感動と衝撃の光が灯り、見蕩れているようだ。まぁ、これからここに住むと思えば、期待も高まるよね。

「すごいです。なんだか、別世界のような素敵なお屋敷ですね」

ファラがうっとりしながら感嘆の声を漏らした。

「ふふ、皆が気に入ってくれたみたいで嬉しいよ。だけど、見た目だけじゃないんだ。まだまだ、色々な造りや工夫があるからね」

「造りや工夫……ですか？」

「うん。まぁ、『百聞は一見に如《し》かず』って言うから案内しながら説明するよ」

僕はゆっくり歩き始めた。

先程の通り、内装は将来的な利用目的を意識して気品ある造りだけど、それだけではない。

本屋敷で働いているメイド長のマリエッタ、副メイド長のフラウ、ダナエを含めたメイド達の意見を積極的に取り入れ、新屋敷は動線や掃除のしやすさも考えられている。屋敷内をより綺麗にしやすく、同時に維持できる造りになっているというわけだ。

そうした内装の造りを説明しながら食堂、執務室、貴賓室、温泉と案内していった。

特に温泉は、ファラの希望もあり特に力を入れた施設だ。

温泉は、男湯と女湯に分かれており、それぞれに脱衣所と大きな檜《ひのき》風呂とサウナが設置されている。外には屋根付きで岩の露天風呂、壺湯、横になれる浅風呂と種類も豊富だ。

前世の記憶にあった、時折利用していた温泉施設を参考にした結果なんだけどね。将来的には、ぬるま湯の炭酸風呂の建設も考えている。まぁ、技術開発が先だからさすがに当分後だろうけど。

ここまでの施設は、費用的な問題もあって本屋敷や宿舎には設置出来ていない。そのため、僕達が新屋敷に住み始めたら、父上やメルも利用したいという話もされている。

露天風呂まで案内が終わったところで、ファラに振り返る。

「……とまぁ、本場レナルーテの温泉には負けるかも知れないけど、どうかな」

「えっと……さすがリッド様というか、凄すぎて圧倒されますね」

彼女はそう言うと、アスナに目をやった。

「レナルーテの温泉でも、こんな規模で色んな種類がある温泉は存在していたのでしょうか？」

「いえ、姫様。私の知る限り、これほどの温泉施設は聞いたことも見たこともありません」

周りを見やると、皆は二人同様に嬉しそうにしている。どうやら、ファラの期待には応えられたようだ。

「ふふ、喜んでくれたみたいで良かったよ」

「ところでリッド様……『サウナ』とはなんでしょうか？」

ファラは気になっていたのか、少し身を乗り出した。

「あ、そっか。サウナはレナルーテにはないんだね」

僕は、サウナについての説明を始めた。

蒸気で体を温める部屋と常温の水風呂を交互に利用することで、新陳代謝を促して体に溜まった老廃物を排出。

効果としては美容と健康に貢献できるし、サウナで汗を沢山掻けば、激しい運動を行った後のような爽快感を得て心もすっきりできる。

ただ、年齢的に僕とファラにはまだ早いかもしれないと、苦笑しながら話した。サウナの説明が終わると、ファラを含めた皆の瞳は興味の色に染まっていたのは言うまでもない。

「なるほど……美容と健康ですか。これは、毎日利用しなくてはなりませんね」

「あはは。ファラが喜んでくれるのは嬉しいけど、やり過ぎも体に良くないから適度にね」

温泉とサウナの説明と案内が終わると、今度は希望のあった和室や縁側を案内するべく移動を開始する。

新屋敷は、部屋にも種類がいくつかある。

レナルーテ文化の色濃い部屋、前世の記憶で言うなら和室だ。お茶や茶道も行えるよう、囲炉裏が備え付けられた部屋もある。他にも帝国文化の部屋と、二国の文化を取り入れた部屋など様々だ。

そして、とある部屋の前に辿り着くと、僕は咳払いをする。

「ここがファラの寝室になる部屋だね」

部屋の扉を開けて、ファラ達を招き入れた。彼女用の部屋は、レナルーテとマグノリアの二国文化を取り入れた内装が施されており、結構な広さも有している。

部屋の中を嬉しそうに見回すと、ファラは目を細めた。

「リッド様。こんな素敵なお部屋をご用意していただき、本当にありがとうございます」

「良かった。気に入ってもらえて嬉しいよ」

僕が頷いたその時、ファラが部屋の奥にある扉に気付いて目を注いだ。

「あれ……リッド様。この扉はどこに繋がっているのでしょうか？」

「あ、それはね。隣に併設されてる僕の部屋と自由に往来ができるようになっているんだよ」

「え……えぇ⁉」

彼女は、きょとんとした後、何を想像したのか急に目を見張った。そして、顔を赤らめて耳をパタパタと上下させ始める。微笑ましい光景だけど、あえて触れずに小さく喉を鳴らして、淡々と説明を再開した。

「バルディア領は、他国と国境が接している領地だからね。その扉は、万が一の有事に備えて設置されているんだ」

「あ……⁉ そ、そうですよね！」

ファラは、途端に繕うように深呼吸を始めた。寝室には、他にも脱出用の隠し通路もあるんだけど、これはファラやアスナにだけ伝えておくべきだろう。

彼女が落ち着いたところで、庭園と室内訓練場に移動した。庭園は『枯山水』のような造りで、ファラが希望した『桜の木』もレナルーテから輸送しており、問題なく移植されてある。時期になれば花見もできるはずだ。桜の木に問題があるとすれば、様々な管理だけど……庭師がいるから何とかなるかな。

「縁側から眺めることもできますし、庭園を歩くだけでもすっごく楽しいです」

「良かった。ファラが喜んでくれて嬉しいよ」

縁側と庭園を散策しながら、新屋敷に併設されている室内訓練場まで足を運んだ。

名前の通り、室内訓練場は天候に左右されずに武術稽古をするための施設。言ってしまえば、規模の大きい道場であり、アスナの意見を参考にして建設された建物だ。彼女の意見が無ければ、建設はされなかったかもしれない。

一通り見て回ると、アスナが「おぉ……!?」と感嘆の声を漏らした。

「これは素晴らしい道場ですね。大きさも広さも申し分ありません。これならば、日々修練に励めるでしょう。リッド様、無理を聞いていただきありがとうございます」

「いやいや、僕も修練に使用するからさ。だけど、アスナにそう言ってもらえるなら問題ないね」

「リッド様」と呼ばれて振り返ると、ファラが意気込んだ様子でこちらを見ていた。

「えっと、どうしたの?」

「こちらの室内訓練場ですが、私も使用しても良いでしょうか?」

「え、うん。それは問題ないけれど、ダンスと舞踊の練習かな」

「はい。それも勿論ですけれど、やはり『武術』の訓練に使いたいです」

「そ、そうなんだね」

ファラの目は本気であり、少し呆気に取られた。

そういえば、彼女も武術を始めたと言っていたっけ。アスナも筋が良いと言っていたけど、実際はどれほどの実力なのだろう。その時、僕の思ったことを察したのか、アスナが不敵に笑った。

「リッド様。ご心配なさらずとも近いうちに、姫様と手合わせをする機会があるかと存じます。その時を楽しみにしていてください」

「あはは……そ、そうだね。楽しみにしておくよ」

何故だろう。アスナの言葉にどこか不安を感じる。というか、僕とファラが手合わせすることは決定事項なのか。ふと目をやると、ファラと目が合った。彼女は、嬉しそうに照れ笑いを浮かべる。ひょっとして、ファラはアスナに毒されてしまったのだろうか。

これ以上の深掘りをこの場でするのは、何やら嫌な予感がする。

「じゃあ、そろそろ次の場所に行こうか」

話頭を転じて、僕は案内を再開した。

新屋敷の敷地内には、他にもクリスティ商会の事務所や少し離れたところにエレン達に任せている工房、サンドラ達の研究所もある。でも、今日はそこまで案内しなくても大丈夫だろう。

ちなみに、商会の事務所、研究所、工房とかの建設費用も全部新屋敷の予算に組み込んでいたのだけど、父上からは何も言われなかった。

初案だから通るはずがないと考え、駄目元の青天井で作成した見積もりだったんだけど、本当に大丈夫だったんだろうか……？

案内と説明をしながら足を進めるうち、僕達は最初の場所に戻ってきた。

「うん。大体これで、新屋敷の案内と説明は終わったね。じゃあ、次は第二騎士団の皆にファラを紹介したいんだけど、このまま行って大丈夫かな？」

「はい。私も獣人族の皆さんにはご挨拶したいと思っておりましたから」

こうして、ファラを第二騎士団の皆に紹介するべく、今度は第二騎士団の宿舎に馬車で移動した。

◇

「ここが、バルディア第二騎士団の皆が住んでいる宿舎だよ」

「凄いです……ここも立派な建物ですね」

宿舎を見上げたファラが今日何度目かになる感嘆の声を漏らすと、彼女の側に控えていたアスナが「うーむ」と唸った。

「さすが第二騎士団の宿舎でございます。屋外、屋内ともに立派な訓練場を完備されているのが、馬車の中からも見えました。日々、鍛錬と業務に集中できる環境を用意なさるとは、素晴らしいです」

「はは、ここはいずれ様々な『学び舎』を創設していくための試金石でもあるからね。規模は、ある程度大きくしているんだよ」

「……様々な『学び舎』ですか？」

ファラから聞き返されるも、首を横に振った。

「それは話すと長くなるからまた今度にしようか。それより、今日は第二騎士団の皆にファラを紹介しないとね」

「あ、そうでしたね。承知しました」

彼女の顔が少し強ばった。

「そんなに心配しなくても大丈夫だよ。まぁ、元気過ぎるところはあるけど、獣人の皆は根は良い子達だからさ」

安心させるように答えると、僕は彼女達を連れて手はず通り、大会議室に足を進めた。

大会議室に入室すると、第二騎士団に所属する獣人族の子達が勢揃いしていた。見渡してみると、彼等が初めてここを訪れた時、浮かべていた不安な表情はない。むしろ、自信に満ちた顔をしている。第二騎士団の団員として行う日々の業務が、彼等の自信と自尊心を高めることに繋がっているのかもしれないな。そんなことを考えながら、僕は皆の前に立った。

「急に集まってもらってごめんね。今日は君達に紹介したい人がいるんだ」

皆の注目を浴びる中、ファラを前に呼んだ。彼女が僕の横に並び立つと、照れ隠しのように咳払いをする。

「彼女は、僕の妻としてレナルーテ王国からバルディア領にやって来た。『ファラ・レナルーテ王女』です。今後、皆と会う機会も多いと思うからよろしくね」

「……え？」

何故か団員達の目が点になった。彼等の様子は少し気になったけど、進行を優先してファラと立ち位置を変わった。彼女は深呼吸をして、凛とした声を響かせる。

「皆さん、初めまして。リッド様よりご紹介いただきました、元レナルーテ王国第一王女、ファラ・レナルーテ。もとい『ファラ・バルディア』です。この度、縁あってリッド様の妻となりました故、よろしくお願いします」

彼女が口上を述べて一礼すると、大会議室に静寂が訪れる。顔を上げたファラが目を細めて微笑んだその瞬間、団員達が我に返って目を見張った。

「えぇえええええええ⁉」

「うそぉおおおおお⁉」

団員達が様々な奇声を上げるという予想外の反応に困惑していると、オヴェリアが「よろしいでしょうか？」と言って挙手をする。

何やら嫌な予感がするけど、とりあえずこの場を収めるのが先決だろう。

「えっと、どうしたのかな。オヴェリア」

「そちらのお方がリッド様の妻になった……ということは承知しました。しかし、実力はどうなのでしょうか？」

「は……？」

突拍子もない発言に唖然とすると、オヴェリアは不敵に口元を緩めた。

「はは、リッド様は良くご存じでしょう？　獣人族が重視するのは何と言っても『力』です。リッド様の妻ということは、それ相応の『力』をお持ちと存じますが……如何でしょうか」

「はぁ……オヴェリア。君はまたそんなことを言い出して……」

いや、彼女らしい発言ではあるけどね……。呆れて首を横に振ったその時、「いえ、私も彼女の言う通りだと思います！」とファラが躍り出た。

「へ……？」

瞳に強い意志を宿らせ、皆の前に颯爽と立った妻の姿に、僕は呆気に取られてしまう。でも、それがいけなかった。その隙に、オヴェリアが団員達を代表するように、ファラの前に踊り出たのだ。

「はは、さすがはリッド様の『妻』となるお方ですね。まさか即答頂けるとは思いませんでしたよ」

「いやいや、そんなこと許可できないよ！　ファラも急にどうしたの？」

オヴェリアの声にハッとすると、慌てて二人を制止する。ファラの意志は固いらしく、その程度では止まらない。彼女は振り向くと、僕の瞳を真っ直ぐに見据えた。

「……実は婚姻が正式に決まってからというもの、辺境伯の嫡男であるリッド様の隣に立つ為に何が必要か考えたのです」

「う、うん？」

ファラの勢いに負けて、とりあえず頷いてしまった。彼女は団員達に振り向くと、演説でもするように両手を大きく広げ、力強い口調で声を響かせる。

「その結果、あることに気付きました。バルディア領は、様々な国と国境が接する辺境です。つまり、将来的に有事が起きる可能性は捨てきれません」

「そ、それは確かに事実だけど……」

でも、それがどうして『力』を示すことに繋がるのか合点がいかない。何とか止めようとするが、彼女は察したかのように振り向くと、身を乗り出して寄せてきた。

「その時、私にも『戦える力』があればきっと、リッド様のお役に立てるはず……つまり、辺境伯の妻として武術を学ぶことには大きな意味があるんです！」

「な、なるほど？」

熱弁するファラの顔は、文字通り目と鼻の先にある。僕が頷くと、彼女はスッと顔を引いた。

「オヴェリアさん……と仰いましたね。貴女も、その点を気にされているのでしょう？」

僕達のやり取りに唖然としていたオヴェリアは、ファラの問いかけで我に返ると慌てて頭を下げた。

「お、おう。その通り……いえ、仰せの通りです」

「オヴェリア。君は、そんなこと気にしてないでしょ……」

ファラは彼女の返事に頷くと、僕の突っ込みを意に介さず続けた。

「私は、リッド様の妻として相応しくあるため、故郷でずっと『武術』を学んでいました。今日、その実力を皆さんとリッド様にお見せしたいと存じます！」

「え……？」

僕は呆気に取られ、会議室には静寂が訪れる。でも、それは一瞬であり、我に返った団員達から一斉に歓声が上がった。

ミア、シェリル、アリアを筆頭に「ファラ様の実力、是非私にお示しください！」と挙手があちこちから上がり始める。というか、挙手をしているのが女の子ばかりのように見えるのは、気のせいだろうか。

「こら、最初に声掛けしたのはあたしだろうが！」

オヴェリアの怒号でハッとした僕は、事態を収拾しようと声を張り上げた。

「ちょっと皆。静かに、静かにしなさい。いい加減にしないと……ご飯抜きにするからね！」

一声で喧噪は止み、瞬時に会議室は静まり返る。

「ファラ。いくら何でも、こんなこと急に言われたら困っちゃうよ。勿論、気持ちは嬉しいんだけど……」

彼女は目を潤ませてじっと見つめてきた。

「突然の発言はお詫びいたします。でも、私は、名実ともにリッド様の隣に並び立ちたいんです」

「いや、うん。だから、気持ちは嬉しいんだけど……」

頷きそうになるけど、さすがに思い留まる。だけど、彼女は身を乗り出して、僕の鼻先まで顔を寄せた。

「第二騎士団の皆さんに認めてもらうため、『力』を示す必要があれば、私は喜んでこの力をお見せする所存です。どうか、どうかお許しいただけないでしょうか……？」

「でも、ほら、ファラが怪我とかしたら大変だから……ね」

どうやってこの場を収めたものかと、必死に考えを巡らせていたその時、ファラの傍に控えていたアスナが頼むような視線を向けてきた。

「リッド様、私からもお願いします。どうか、姫様の実力を示す機会を与えてくださいませ。姫様はリッド様の隣に立ちたいと、ずっと日々厳しい修練に耐えてきました。お気持ちを汲んでいただけないでしょうか？」

彼女はそう言うと、片膝を突いて頭を垂れた。それがきっかけになり、この場にいるファラ以外のダークエルフの皆が、片膝を突いて頭を垂れる。

そして、トドメと言わんばかりにファラが上目遣いで見つめてきた。

「リッド様。どうか、お願いします」

「えっと……」

とりあえず、曖昧な返事をして考える時間を稼ぐ。

でも、どうしよう……。ここで無下に断れば、ダークエルフの皆だけでなく、ファラの面子を潰すことになる。かと言って、獣人族の子達とファラの立ち合いなんて認めることはできない。

助けを求め、ディアナとカペラを横目に見るが、二人共静かに首を横に振っている。その表情からは『諦めてください』という言葉が読み取れた。はぁ……こうなったらやるしかないか。

「……わかった。じゃあ、僕と皆でやった『鉢巻き戦』をやろうか。それなら、ファラの実力も確認できると思うからね」

「リッド様、ありがとうございます！」

彼女の表情が明るくなる。団員達からも歓声が上がったけど、「ただし……！」とすぐに次の言葉を続ける。

「ファラと第二騎士団の皆では、『鉢巻き戦』はさすがにできないよ」

「えぇぇええ⁉」

団員達は、驚きの声を上げた。

「あの、それでしたら、私はどなたと鉢巻き戦を行うのでしょうか」

団員達同様、困惑したファラが首を捻る。

「勿論、僕だよ。ファラが僕のために『力』を示したい……なら、相手は僕がするのが筋だと思うからね」

「では、リッド様。今すぐに『鉢巻き戦』を行いましょう！」

彼女はそう言うと、間近に迫って顔を寄せてきた。

「え……？　い、今すぐ？」

「はい、勿論です。善は急げと申しますし、第二騎士団の皆さんが一堂に集まる機会は中々ないと、先程伺いました。それなら、今すぐにすべきと存じます」

「う、うん。そ、そうだね」

ファラの勢いと迫力に押し負けてしまい、あれよあれよという間に鉢巻き戦の会場に移動することになった。勿論、第二騎士団の皆も一緒である。


そして、現在。僕は、額に鉢巻きをして、第二騎士団の子達と『鉢巻き戦』を開催した会場の武舞台上の真ん中に立ち、ファラの準備が終わるのを待っている。さすがに普段着の着物では、思う存分動けないそうだ。

そういえば、レイシス兄さんとの御前試合の時もこうして待っていたなぁ。それにしても……。

「はぁ……どうしてこんなことに……」

深いため息を吐き、額に手を当て、目を伏せると力なく首を横に振った。

そんな姿を見てか、「リッド様、頑張ってくださーい！」と周りから第二騎士団の団員達の声援が聞こえてくる。

顔を上げて、「あはは、ありがとう」と作り笑顔で観客席に手を振った。ふと空を見上げると、鳥人族のアリア達が楽しそうに飛んでいる。

視線に気付いたらしく、「リッド様、応援しているからね～」とアリアが声援をくれた。

「うん、頑張るよ」

空に向かって返事をしたその時、正面から明るい声が響く。

「申し訳ありません、お待たせしました」

目を向けると、弓道で使うような『武道着と胸当て』を身に纏ったファラが、目を細めて可愛らしくはにかんでいた。

彼女は、普段垂らしている長い髪をディアナやクリスのように後ろで纏めており、額には鉢巻きをしている。その姿は、とても凛々しい印象を受ける。

彼女は僕の前にやって来ると、少し顔を赤らめた。

「えっと、リッド様。その、この姿どうでしょうか」

「う、うん。とっても可愛いよ」

「か、可愛い……⁉」

ファラは嬉しそうに破顔すると、両手を頬に当て耳を上下させる。

可愛らしいなぁ。微笑ましくその様子を見つめていると、武舞台上に審判役のカペラが上がってきた。

「では、これより『ファラ・バルディア様』対『リッド・バルディア様』の鉢巻き戦を執り行います。ルールは簡単。相手が額にしている鉢巻きを手中にしたものが勝者です。また、武舞台から落ちて落水した場合は失格。審判が試合続行不可能と判断した場合は止めさせていただきます。お二人共、準備はよろしいでしょうか」

「はい。問題ありません」

「うん。僕も大丈夫だよ」

僕とファラが返事をすると、カペラが頷いた。

「では、これより、鉢巻き戦を開始します」

彼の声が会場に轟き、鉢巻き戦の火蓋が切られると、観客席に座る第二騎士団の皆が歓声をあげた。

まぁ、こうなった以上、楽しもう。気持ちを切り替えると、構えは取らずに両手を広げた。

「よし。じゃあ、始めようか。どこからでもおいで、ファラ」

「ふふ。こうして相対すると、リッド様がいつもよりとても大きく見えますね。でも、私だってやるからには勝ちを目指します！」

彼女は、目つきを鋭くすると、バク宙を行い僕との距離を取る。どこか、アスナを彷彿《ほうふつ》させる言動だ。

「リッド様……私は最初から全力でいきます。どうか、私の覚悟を受け取ってください」

「う、うん？　わかった」

彼女の決意に満ちた眼差しと強い口調に嫌な予感を覚えて、自然と身構える。念のため、雷属性魔法の『電界』を発動。ファラの気配を探る。

ん？　すごい圧で身震いするような感覚だけど……あ、もしかしてこれって、まさか⁉

違和感を覚えたその時、彼女の声が会場に轟いた。

「猛虎……風爆波！」

「な……えぇ⁉」

ファラが魔法を発して轟音が会場を震わせた。

その轟音は、クッキーこと魔物の『シャドウクーガー』が発した雄叫びをさらに大きく、激しくしたような……いや、これはもう爆音に近いかもしれない。だけど、一番驚愕すべきは、轟音を響かせた魔法の正体である『突風』だ。

先に発動した『電界』によって、彼女が魔法を発動する気配を感じ取り、魔障壁を瞬時に展開していた。危機一髪である。でも、予想外の事が起きており、僕は焦っていた。

やば……魔障壁が割れる⁉　会場にガラスが割れるような高い音が鳴り響く。ファラの魔法に耐えきれず、僕の魔障壁が木端微塵《こっぱみじん》になったのだ。

「うわぁあああ⁉」

ある程度は魔障壁で相殺したけど、僕は消しきれなかった突風で吹っ飛ばされてしまった。

何とか受け身を取り舞台際で持ちこたえる。そして、体勢を立て直すと正面に立つファラに目をやった。あんな大技を彼女が持っていたなんて考えもしなかった。

僕と観客が呆気に取られて静寂が訪れると、ファラが不敵に白い歯を見せる。

「ふふ、さすがリッド様。でも……まだまだこれからです」

「あはは……これはちょっと、予想外かな」

彼女から、底知れぬ力の気配を感じて思わず苦笑する。でも、他にどんな隠し玉をもっているのかと、僕は胸に期待と不安を抱きつつ、彼女を見据えて構えを取った。

武舞台の観客席からの歓声が上がる。

彼等もファラがあんな魔法。『猛虎風爆波』を放つなんて想像もしなかっただろう。それにしても、魔障壁が割られるなんて思いもしなかった。

ともかく、あの魔法はもらっちゃ駄目だ。まともに食らったら……想像すると背筋が寒くなる。でも、さっき僕が体勢を崩した時、ファラは追撃をしてこなかった。

その事が気になり、改めて彼女の様子と気配を観察すると、肩で息をしており辛そうだ。

あれだけの威力がある魔法となると、消耗が激しいのだろう。この試合で、二発目はないと見て良さそうだ。考えを巡らせていると、ファラの目に強い光が灯る。

「リッド様。私はまだまだ行けます……！」

「ふふ。それなら次は僕から行くよ……『水槍弐式・八槍』」

右手を彼女に向け魔法名を唱えると、僕の周囲に小さめの水槍が瞬時に生成され間髪入れずファラ目掛けて飛んでいく。

魔法・水槍弐式は、通常の水槍より威力が低いけど、僕が対象を視界に捉えている限り追尾する誘導性がある。これなら、ファラを傷つけずに場外に落とせるだろう。

でも、彼女は怯むどころかニコリと笑った。

「遠距離からの魔法があるなら、距離を詰めるだけです。『疾風』！」

ファラの声が轟くと同時に、またも辺りに激しい風が吹き荒れる。次の瞬間、間近に迫ってきたのは突風ではなく、彼女自身だった。

「え……？」

ファラの激しく素早い動きに、呆気に取られてしまった。水槍二式は、つい先程まで彼女が居た場所に着弾して水飛沫が散っている。つまり、ファラは弾幕を正面から突破してきたということだ。

「えぇ⁉」

驚きの声を上げるが、鋭い目をした彼女は「これからが本番です！」と言い放ち、そのまま近接戦に突入する。観客席からどよめきと歓声が湧き上がった。

ファラの徒手空拳は、鋭い上に無駄がない動きだ。油断すれば、一瞬で鉢巻きがとられかねない。激しい攻防が続く中、彼女の近接攻撃に段々慣れてくると、ある疑問が脳裏をよぎる。やがて、その疑問が確信に変わり、僕はファラと一旦距離を取った。

「凄いね、ファラ。まさか、君がここまでの実力を持っているなんて思いもしなかったよ」

「はぁ……はぁ……お褒めに与り光栄です。でも、さすがリッド様です。全然、手が届きませんね」

肩で息をする彼女は、こちらを見据えて構え直すと息を整える。あれだけ激しい動きとなれば、体力消費も相当なものだろう。そんなファラに、今までの動きで抱いた疑問を問い掛ける。

「ちなみになんだけど……。君にその武術を教えたのは、『ザック』さんじゃないかな？」

「え……⁉ どうしておわかりになったんですか」

ファラは目を丸くした。

「あはは、やっぱりそうなんだね。いや、ファラの見せる動きや技が『カペラ』とそっくりだったからさ」

そう言うと、武舞台上に審判として立っている彼を一瞥する。ファラも、カペラに目をやると「あ、なるほど……」と合点した。

それにしても、ザックめ。ファラに何という武術を教えたんだ。

今までの立ち合いから察するに、彼女が扱う武術は、レナルーテの暗部が習得するものに間違いないだろう。カペラを通じて知っていた動きだったから、まだ対処出来た。

カペラとファラが使用する武術は、無駄をとことん省いて一撃必殺というか、ともかく急所を狙う技が多いのが特徴だ。その上、初見殺しの技も多い。

何も知らずに立ち合えば、何かしらの痛手を受けるだろう凶悪な武術だ。そんな危険極まりない技の数々を、ザックはファラにかなり叩き込んでいるらしい。

いや、ここまで動けるのはそれだけじゃ説明ができない。おそらく、彼女にそれだけの素質があったということだろう。でも、気になることはまだある。

「あと、ファラも『身体強化』を使っているよね」

「あ、バレちゃいましたか。でも、アスナやリッド様ほどはまだうまく扱えないんです」

「いやいや、それだけ使えれば十分凄いことだと思うよ」

驚嘆の言葉を贈ると、彼女は「本当ですか⁉」と嬉しそうに目を見開いた。

「リッド様にそう言っていただけるなんて、光栄です。ふふ、やっぱり勉学を習う時間を少なくしてでも『武術修練』したかいがありましたね。じゃあ、もっと……もっとお見せします。『疾風』！」

物騒な事を言い放つと、ファラは瞬時に間合いを詰め、僕の懐に入り込む。

「な……⁉」

『疾風』という魔法は、風を推進力にすることで術者の移動速度を向上させ、相手との間合いを一気に詰めるものらしい。そんな分析をしている間にも、彼女から鋭い攻撃が連続で飛んでくる。

「リッド様、私はあなたの隣に並び立ちたいんです。守られるだけの存在ではなく、リッド様の目指すところに一緒に歩んで行きたい。だから、この武術と魔法を学んだんです。どうか、私の想いを受け取ってください！」

「それは、とても……嬉しいね。想いも……十分受け取って……いるよぉ⁉」

激しい近接戦をしながら話すもんじゃない。危うく、良いのをもらうところだった。普通の状況であれば、心温まるとても良い言葉だろう。でも、彼女は、言葉と同時に激しい連撃を繰り出しているので、感動する暇がない。

「しまっ……⁉」

連撃に堪らずに体勢を崩した瞬間、「頂きます！」と僕の鉢巻きに彼女の手が伸びてきた。

「く……⁉」

「きゃあ⁉」

止む無く魔障壁を展開すると、ファラが弾き飛ばされ後ろに飛び退いた。その光景に、観客は歓声と僕に対するブーイングのようなものを響かせた。

我に返り、ハッとする。今のは、咄嗟のことでやり過ぎたかもしれない。

「ごめん、ファラ。大丈夫?」

「むぅ……もうちょっとで、鉢巻きがとれたのに。リッド様、少し意地悪です」

彼女は頬を膨らませ、可愛らしくツンと口を尖らせる。

「あはは、ごめんね。でも、今のは危なかったよ」

鉢巻きを締め直して答えると、ファラは気を取り直したらしく、やる気に満ちた笑みを浮かべる。

「だけど、まだまだいけますからね……『疾風』!」

彼女は、高速でジグザグに移動すると、僕の懐にまた入り込んでくる。そして、再び激しい近接戦の応酬が始まり、会場は歓声に包まれた。

ファラの攻撃は、肘や膝、足技を中心に繰り出されるが、彼女の生まれ持った体の柔らかさなのか、ともかく変則的だ。

地面に両手をつき、独楽《こま》のように回転しながら蹴り技を繰り出し、アスナお得意のサマーソルト、ムーンサルトまで使ってくる。動きが身軽でしなやかなのだ。

「いきます、猛虎三連撃!」

「く……!? またそれか」

地味に対応に困るのが、彼女が頻繁に繰り出してくるこの『猛虎三連撃』という技だ。

肘、膝、拳技、足技、以上の組み合わせで文字通り三連撃を繰り出してくるんだけど、技の中に形が豊富にあるらしく、三連撃の内容が都度違うという曲技である。あえて技名を発することで、相手を混乱させる狙いもあるのだろう。使い手とは違い、嫌な性格の技だ。ザックめ……！

ファラに手を出すわけにはいかないから、『水槍』で場外に出したいけど、その隙を彼女は猛攻によって与えてくれない。まるで対魔法を意識したかのような動きだ。

もしかしたら、この戦い方もアスナやザック辺りの入れ知恵かもしれない。その時、ファラの背後にザックとアスナがほくそ笑んでいる影が見えた気がした。

僕の妻となる人に、武術を教えた挙げ句に入れ知恵をするとはねぇ。いつかこの借りは返さないとな。

「……リッド様。どうしてずっと攻めてこないのでしょうか。先程から鉢巻きを狙うだけで、私自身には全然攻撃をしてこないじゃないですか」

ファラが攻撃の手を止め、不満気に頬を膨らませる。

「あはは、バレちゃったか。だけどね、大好きな女の子。それもお嫁さんに手は出せないよ」

「ふぇ……⁉」

ファラは目を丸くすると、顔を耳まで赤らめ、耳を上下させ始めた。

「はわぁ。私がリッド様の『大好きな女の子』……かぁ」

何やら嬉しそうに両手を頬に当て悶えている。彼女は自分の世界に入り込んでしまったらしい。

ちなみに、ファラの指摘は正しい。僕は鉢巻きこそ狙えど、彼女自身への攻撃は一切していない。

激しい近接戦の応酬も、僕が行っていたのは防戦と鉢巻き奪取の動きだけ。彼女を行動不能にするような攻撃は、一切していない。

今回は、実力を見る為の『鉢巻き戦』だからね。初めから、彼女を傷つけるような攻撃をするつもりはなかった。魔法の『水槍』も、かなり威力は抑えていたからね。当たったとしても、場外に落水させる程度で怪我はしないように調整済みだ。というか、ファラの実力がこんなに高いなんて、想像していなかった。まさに、予想外の出来事だ。

ファラを見やると、彼女は今も自分の世界に浸っている。

このまま、鉢巻きを取ったら怒られるかな？　いや、コッソリやれば……いけるかも。僕は、気配を出来る限り消すと、抜き足差し足で彼女に近寄って行った。

間近に迫るが、ファラはまだ自分の世界からは抜け出しておらず、こちらに気付いていない。

「えへへ。リッド様にあんなふうに仰っていただけるなんて……やっぱり武術を学んだ甲斐がありました。あ、そうです！　次は『あの技』をお見せすれば、もっと喜んでいただけるかもしれません。そうと決まれば……」

これなら……いけそうだ。彼女の鉢巻きに手を伸ばしたまさにその瞬間、ファラが急にこちらを振り向いた。意図せず、鼻先の距離で見つめ合う形になり思わず固まった。

「あ……」

「ふぇ……？」

ファラは、可愛らしい声を発してきょとんとする。

この時、僕達は時間が止まったような感覚を共有したと思う。

「きゃあああ⁉」

ファラは、自身を中心に突風を巻き起こした。

「うわ……⁉」

突然の突風で吹き飛ばされてしまい、ファラとの間合いがまたひらいてしまう。一連の動きを目の当たりにした観客席から、また歓声が上がった。

吹き飛ばされた先で受け身を取り体勢を整えた僕は、構えながら振り向いた。

「はは、あんな事もできるんだね。本当にファラは凄いよ」

「はぁ……はぁ……も、申し訳ありません。つい、驚いてしまって……」

彼女は、息を整えると「コホン」と咳払いをした。

「先程のお話と、リッド様のお気持ちは承知しました。それ故、私が次に繰り出す技を受けていただきたく存じます。リッド様が受けきれれば、今回の鉢巻き戦は私の負けで構いません」

「……わかった。君の技を受け止めよう」

目を細めて頷くと、ファラは嬉しそうに満面の笑みを浮かべる。そして、今までとは違う、冷たく淀みのない雰囲気を纏い、新たな構えを見せる。その気配に、僕は背筋がゾッとする。

ファラの雰囲気が変わったことは、観客も察知したらしい。つい先程まで歓声に包まれていた会場が、今は静寂となっていた。

一度受け止めると言った以上、今から放たれる彼女の技には、正面から挑まないといけない。

「はは。ここにきて更なる『大技』か。それはさすがに想像していなかったなぁ」

自身を鼓舞するように呟いたその時、ファラがこちらを真っすぐに見据えた。

「リッド様、私のすべての想いをこの『技』に込めます」

「う、うん。お手柔らかにお願いします」

何やら底知れない気配を感じて、遠慮がちに答えたその時、ファラが凛とした声で「猛虎十爪連撃！」と言い放った。すると、辺りに風の属性魔法による爆音が鳴り響く。

ファラが視界から消えた。いや、見失ったのだ。

瞬時に『電界』による気配探知を行い、驚愕する。彼女は今の一瞬で、背後に回り込んでいたのだ。

「さっきよりも……速い⁉」

『疾風』に使う魔力を増大させたのだろう。僕の懐に入った彼女は、その勢いのまま無駄のない動きで鋭い一撃を放つ。

「一爪！」

「く……⁉」

何とか初撃を受けきるも、ファラは、「二爪、三爪、四爪！」という掛け声と共に、なお一層に鋭い攻撃を続けてくる。それも、一撃一撃が急所狙いで容赦がない。

こんな暗殺拳みたいな技を一国の元王女……しかも、妻となる人が繰り出してくるなんて、誰が想像するだろう。必死にファラの連撃を受けている最中、今度、ザックに会ったら絶対に苦情を出してやる！　と心に決めた。

背筋に冷や汗を感じながら、何とかファラの連撃を捌いていく。やがて、彼女が「七爪、八爪、九爪！」と言い放ったその時、僕はニヤリと笑った。

「技名からして、残り一撃。それを捌けば僕の勝ちだね」

「リッド様。失礼ながらそれは早計、油断大敵でしょう。奥の手は、最後までとっておくものです！」

ファラは勝ち誇ったように笑うと、至近距離で両手を僕に向かって差し出した。その両手に魔力が込められている事に気付き、絶句する。

「な……!?」

「連撃に気を取られて、私の両手に宿る魔力に気付くのが遅れましたね？　それが、リッド様の敗因です。十爪・猛虎風爆波！」

全身に戦慄と悪寒が駆け巡る。

『猛虎風爆波』は、彼女が試合開始に見せた大技だったはずだ。僕は『やられた』とハッとした。

ファラが繰り出した『猛虎十爪連撃』という技は、おそらく『疾風』と『身体強化』に使用する魔力を増大させ、瞬発力を飛躍させている。でも、真の目的は至近距離で『猛虎風爆波』を発動させることにあるのだろう。

あれだけの大技だ。二発目となれば、最初より威力は劣るはずだ。だけど、僕を場外に落とすには十分な威力があることは間違いない。

「まだだ！　まだ、負けるものかぁああああ！」

咄嗟に左手で魔障壁を展開すると、彼女の額に向かって右手を差し出した。それとほぼ同時に、ファラの魔法が発動。辺りに突風が吹き荒れ、獅子の雄叫びのような轟音が会場を震わせる。

そして間もなく、今度は辺りに僕の魔障壁が割れる音が鳴り響く。

「うぁあああ⁉」

咄嗟に展開した魔障壁では『猛虎風爆波』を耐えきれず、防ぎきれなかった衝撃と突風に襲われる。僕はその場から吹き飛ばされ、宙を舞うとそのまま場外に着水。大きな水柱が立ち上がり、会場に水飛沫が舞い散った。少しの間を置いて、会場は観客達の大歓声に包まれる。

水の中から「ぷはっ！」と顔を出すと、ファラが武舞台の水際で心配そうに手を差し出してくれた。

「リッド様、申し訳ありません。つい熱くなりすぎました。その、お怪我とかしていませんか？」

「あはは。あれぐらいなら、普段の訓練と比べればどうってことないさ。それより、ファラの強さに本当に驚いたよ」

「い、いえ。こちらこそお粗末様でした」

彼女の助けを借りて水から這い上がると、審判役のカペラに見えるように右手を掲げた。彼はその右手に目を注ぐと、こくりと頷いた。

「只今、リッド様は場外となりました。しかしその前に、ファラ様の鉢巻きを奪取しております。よって、今回の鉢巻き戦は『引き分け』とします」

その言葉により、会場はまた大歓声に包まれる。

ファラはハッとすると、両手で自身の額を慌てて確かめた。

「本当です……気付きませんでした」

「ふふ、何とか最後にファラの鉢巻きに届いたんだよ」

「むぅ……勝ったと思いましたのに」

彼女は頬を膨らませると、可愛らしく口を尖らせる。微笑ましく眺めていると、ふと試合中にファラが言っていたことを思い出した。

「そういえば、僕や今後の事を考えてくれた結果、ファラは『武術』を習い始めてくれたんだね」

「え⁉ あ、は、はい。そうですね。その、少しでもリッド様の隣に立ちたいと思ったんですが、ご迷惑だったでしょうか」

不安そうに話す彼女に、僕は首を軽く横に振った。

「そんなことはないよ。大好きな女の子が僕の為に頑張ってくれたんだから、凄く嬉しいよ。本当にありがとう、ファラ」

「ふぇ……⁉ あ、はい。その、喜んでもらえて私も嬉しい……です」

彼女は、耳まで顔を赤らめると、はにかみながら耳を上下させ、モジモジと身悶え始める。

何だか今日は、ファラの意外な一面というか、新しい部分が色々と見られて嬉しいかも。そんなことを考えていた時、体が震えて「クシュン！」と急にくしゃみが出てしまった。

ファラがハッとして心配そうに尋ねてくる。

「リッド様、大丈夫ですか？」

「え、うん。少し水に濡れたせいだと思う。ちょっと、服を着替えてくるよ……クシュン！」

元気に笑って答えると、彼女は安堵した面持ちを浮かべた。

「畏まりました。では、私も着替えて参ります」

僕とファラは、観客席にいる獣人族の子達。もとい、団員達に手を振って武舞台を降りた。すると、会場はまた大歓声に包まれる。

こうして、僕とファラの鉢巻き戦は無事に終わった。でも、こんなお祭り騒ぎを勝手にすればどうなるのか。想像すればすぐにわかることなのに、この時の僕はすっかり忘れていた。そう、行動には必ず結果が返ってくるのだ……。

帝都に向けて

鉢巻き戦が終わり、新屋敷や第二騎士団の案内も一通り済んだ僕は、皆と本屋敷への帰途に就く。ところが、いざ本屋敷に到着すると、早々にガルンを通じて父上に呼び出されてしまう。

そして今、執務室にて父上が座る机の前に、僕とファラは並んで立たされている。アスナやディアナも僕達の後ろに控えている状態だ。

僕とディアナは慣れているけど、普段と違うピリッとした父上の雰囲気にファラとアスナは萎縮しているらしく表情が硬い。

「さて、呼ばれた理由はわかっているな?」

「あ、あはは……。は、はい。鉢巻き戦のことです……よね？」

「ほう。わかっているなら話が早い。さぁ、説明してもらおうか？」

「畏まりました……」

事の経緯を丁寧に説明すると、父上はこの場にいる全員に睨みを利かせた。

「要するに、第二騎士団の団員達にファラを認めさせるため、団員達を観客にした『鉢巻き戦』を行ったということか。はぁ、バルディアに帰ってきて早々、お前達は二人して何をしているんだ、全く……」

「返す言葉もございません。申し訳ありませんでした。父上」

「申し訳ありませんでした。御父様」

叱責に頭を下げて謝罪をすると、隣にいたファラや背後で控えていたディアナとアスナも同様に頭を下げた。父上は額に手を当て、呆れ顔で首を横に振っている。

「あはは……」と苦笑すると、父上が深いため息を吐いた。

「それで、第二騎士団の団員達はファラのことを認めたのか」

「は、はい。団員の皆は、鉢巻き戦後からファラに対する態度が変わりましたから大丈夫かと。ね、ファラ」

「はい。試合後は団員の皆さんから、『姫姐様』と呼んでもらえました」

彼女は嬉しそうに目を細める。でも、メルが呼ぶ『姫姉様』とは少し違う意味のような気がするんだよねぇ。まぁ、ファラが気に入っているのなら、良いんだけど。

ファラと父上のやり取りを横目に、鉢巻き戦が終わった後の事を思い返す。

鉢巻き戦が終わると、僕とファラは服装を着替える為に武舞台を後にした。着替えが終わると、第二騎士団の団員達と宿舎の大会議室に場所を移動。そして、最初に宿舎を訪れた時同様、ファラと団員達が話す場を設けたんだけど、皆はファラに目を輝かせて群がった。理由は勿論、鉢巻き戦で見せた武術についてだ。

オヴェリア、ミア、シェリル、カルア、アリア、狐人族のラガードとノワール等々、第二騎士団において分隊長の立場にある子達が中心となり、ファラの見せた魔法や武術について質問していた。ファラも同い年ぐらいの子達に、あれだけ囲まれ質問されることは初めてだったらしい。

可愛らしく慌てながらも、楽しそうに一生懸命答えていた。特に印象に残っているのは、ミアがファラに問い掛けた時のことだ。

「それにしても、一国の王女様だったんだ……ですよね。それなのに、どうして短期間でそこまで強くなれたんですか」

「ふふ、それはですね。そこにいるアスナやレナルーテで私に武術を教えてくれたザックという方のおかげなんです」

「……その話は僕も興味があるね」

隣にいたから僕も尋ねてしまったけど、彼女は「ふふ。勿論、良いですよ」と楽し気に話してくれた。

僕と出会う前のファラは、毎日の時間のほとんどを礼儀作法や勉強など、様々な教養を身に付けることに充てていたらしい。でも、正式に婚姻が決まってからは、新たに『ザック』から習い始めた『武術』に、ほぼすべての時間を注いだそうだ。そのため、毎日が朝から晩までほぼ武術漬けの日々になっていたらしい。

「ザックから教えを受けられたこともそうですが、アスナが私の専属護衛だったことも良い巡り合わせだったのでしょう」

「どういうこと？」

聞き返すと、彼女は懐かしむように話を続けた。

ザックから武術を習い始めた彼女だったが、彼にもすべき業務がある。時間帯や日によっては、教えを受けられない時もあったそうだ。

そんな時、彼の代わりに武術を教えたのが、武術の内容をザックと共有したアスナだったらしい。ザックが対応できない時は、アスナとひたすら修練に励んだそうだ。

「なるほどねぇ……」と僕は相槌を打った。

ジト目でアスナを見やると、彼女はバツの悪そうな顔で「ゴホン」と咳払いをする。

「姫様の仰る通り、私も武術修練に協力させていただきました。しかし、これだけの実力を身に付けたのは、姫様がそれだけ飲み込みが早く、しっかりと努力したからでございます」

「そう言ってもらえると、自信になります。ありがとう、アスナ」

ファラがお礼を述べると、団員達が感心した様子を示した。すると、団員達を代表するようにラガードが口火を切る。

「なるほどですねぇ。お姫様でも、頑張ればここまで強くなれるとは驚きました。それと、元王女様でリッド様の妻になるお方ってことは、俺達にとって『姐さん』みたいなものですね。うん、良ければ、『姫姐様』とお呼びしてもよろしいでしょうか」

「……⁉　ラガード、いきなりそんな呼び方は失礼でしょう！」

慌てるように反応したのはノワールだ。でも、ファラは首を軽く横に振った。

「いえいえ、私は構いませんよ。それに、皆さんはリッド様直属の騎士団と伺っています。どうか、気軽に接してください」

団員達はそれ以降、ファラを『姫姐様』と呼ぶようになったというわけだ。

少し調子に乗り過ぎた子もいたけど、ディアナやカペラから注意を受けると、すぐに大人しくなったから問題はないだろう。何はともあれ、ファラと第二騎士団の皆がうまくいきそうで良かった。

父上も話を聞いて安堵したのか、少し表情を和らげてファラを見つめる。

「そうか、それなら良かった。立場上、これからも君には色々と苦労をかけるだろう。何かあれば、リッドか私に直接言いなさい。リッドの妻となった以上、君は私の娘でもあるんだからね」

「有り難いお言葉、感謝します。御父様」

ファラが嬉しそうに会釈すると、父上は優しい表情を浮かべて頷いた。いや、その顔、僕にもたまにはしてほしいなぁ。そう思ったのも束の間、父上はこの場に居る皆を見回すと表情を引き締めた。

「では、そろそろ本題の『帝都』に行く件について話すとしよう。お前達、そっちのソファーに座りなさい」

「承知しました」

促されるまま、僕とファラは執務室のソファーに腰かける。父上も執務机の椅子から立ち上がると、机を挟んだ正面のソファーに腰を下ろした。

「帝都の両陛下には、謁見を申し入れて現在日程確認中だ。だがまぁ、ここ一カ月ぐらいには帝都に行く事になるだろう。二人共、それまでに準備しておくようにな」

「はい、父上」

「はい、御父様」

揃って頷くと、父上は僕に目を向けた。

「特にリッド、お前の準備はクリスやエレン達と念入りに頼むぞ。帝都の屋敷で行う懇親会。実質的に、バルディア家が扱う商品を帝国貴族達に披露する場でもある。わかっているな」

「勿論です。抜かりはありません」

口元を緩めて不敵に笑うと、隣に座っていたファラが小首を傾げた。

「リッド様、その『商品を披露する場』というのはどういうことでしょうか？」

「あ、そっか。ファラにはまだ説明していなかったね」

僕はバルディアで現在生産しているものや、今後売り出そうと考えていることについて説明を始めた。

帝都に行く一番の目的は、ファラがレナルーテ王国の王女として、皇帝と皇后の両陛下に挨拶をすることだろう。でも、帝都に遙々行くのにそれだけでは勿体ない。当然、『懐中時計』や『木炭車』を中心に売り込みの場を設ける予定だ。

「さすが、御父様とリッド様です。考えることは凄いですね」

ファラは、合点がいったらしく目を細めて頷いた。

「ありがとう。だけど、一番の目的は両陛下に挨拶することだからね。バルディア家で行う懇親会はおまけだよ」

彼女の笑顔に、少し顔が火照るのを感じた。

でも、今回の帝都訪問は気掛かりなことが多いから、油断はできないと考えている。何故ならこの件に、レナルーテで初めて顔を合わせた『バーンズ公爵』も絡んでいるからだ。

彼は、『ときレラ！』に登場する悪役令嬢こと、『ヴァレリ・エラセニーゼ』の父親である。前世の記憶を辿っても詳細はわからないけど、僕は悪役令嬢と関わりを持つ事で、断罪される道を歩んでしまうのだ。

悪役令嬢の父親と、父上の親交が厚いと分かった時は動揺してしまったけど、悪役令嬢の動向を把握できる機会になり得ると、僕は考え方を前向きに改めた。

他にも、気掛かりな点として、実は『ファラ』の存在も挙げられる。彼女は、前世の記憶にある『ときレラ！』には登場していない。彼女と悪役令嬢が出会うことで、どんな反応が起き得るのか……それも未知数と言っていいだろう。

無理に関係を作る必要はないけど、彼らが『懇親会』を訪ねてくれれば、否応なしに顔を合わせるはずだ。何があっても大丈夫なよう、覚悟はしておくべきだろう。

いや、むしろこちらから動くべきかもしれないな……と考えたその時、何やら重々しく父上が口を開いた。

「それはそうと、懇親会の招待状は、有力な中央貴族達全員に送る予定だ。普段、バルディア家と繋がりが薄い貴族も、おそらく今回ばかりは来るだろう。リッド、ファラ、お前達には少し苦労を掛けるかもしれんが感情的にならず、冷静に対応するようにな。何かあればすぐ私に相談しなさい」

「承知しました。しかし、普段の繋がりが薄い貴族も今回は来ると言うのは、やはりバルディア家の商品に注目が集まっているということでしょうか」

「うむ。それもあるが……」

父上はファラを横目で見た後、僕に視線を戻して凄んだ。

「中央貴族達の一番の目的は……お前だよ、リッド」

「……え？　申し訳ありません、父上。仰っている意味がわかりかねるのですが……」

意図がわからず聞き返してしまった。

懇親会にやってくる貴族達の目的が、僕と言われてもいまいち理由がピンと来ない。そもそも、僕自身は帝都に行ったこともなく、中央貴族に面識もないのに。あ、ひょっとして、クリスティ商会に繋いでほしいとか、そういうことだろうか。

考えを巡らせていると、父上がニヤリと口元を緩めた。

「良かろう。この機会に帝国の貴族界隈における、お前の立ち位置を教えてやろう」

「は、はぁ……立ち位置ですか？」

「……少々、ファラには嫌な話になるかもしれんがな」

「私……ですか？」

彼女と僕が顔を見合わせて目を瞬くと、父上はゆっくりと口火を切った。

「リッド。お前と歳が近い『娘』を持つ貴族達からすれば、他に類を見ない『優良物件』となっている。それ故、お前と懇意になろうと何かと画策してくるだろう」

「えっと……度々で申し訳ありません、父上。僕が『優良物件』とは、どういうことでしょうか？」

再び聞き返すと、父上は少しうんざりした様子で語り始める。

「言葉の通りの意味だ。お前が帝都に行く事を知った一部の貴族達から、この機に『縁』を結びたい。つまり、婚約の打診がすでに何件か来ているのだ。お前と娘の顔合わせだけでも……とな」

「は……？　え、えぇ⁉」

驚きのあまり、思わず声を上げてしまった。隣に座っているファラは、感嘆した様子で目を丸くする。

「凄いです。リッド様は、帝国貴族の方々からも引く手数多なんですね……」

そう言ってこちらを見るファラの目は、いつもより若干冷たい気がした。

「いやいや、そういう問題じゃないよ。というか、父上がレナルーテで行われた懇親会の時、その手の話はすべて断っていると仰っていたじゃありませんか。それに、帝国では貴族同士での勝手な婚姻や側室は認められないと聞いております。それなのに、何故そのような申し出が中央貴族の方達からあるんですか⁉」

まくし立てるように尋ねると、父上は両手を広げながら肩を竦めた。

「だから言っただろう。『優良物件』として見られているとな」

何故、優良物件と見られているのか？　それは『他国の王女』と婚姻しているため、帝国貴族の令嬢を側室に迎える必要性が認められる可能性は高いと目されていることに起因しているそうだ。

最近のバルディア家は、化粧水やリンスにより帝都での存在感を強くしている上、『懐中時計』や『木炭車』の開発に成功した事も、一部の貴族の間では知られている。バルディア家の注目度はうなぎ登りだと言う。

僕が様々な開発に関わっているということは、さすがに知られていないらしい。というか、それが知られたら大問題だけど。

帝国貴族の方々は、あくまでもバルディア家の将来性を見据え、今のうちに僕と縁を結びたいという考えらしい。粗方の説明を終えると、父上は渋い顔を浮かべた。

「だがな。一番の問題は、お前を通じてバルディア家を各々の派閥に取り込もうという動きだ」

「派閥……ですか」

また思いがけない話が出てきて、僕は目を白黒させた。

「うむ。帝国における政治派閥は主にバーンズ公爵を中心とした『保守派』。ベルルッティ侯爵を中心とした『革新派』。そのどちらにも属さない『中立派』による『三竦みの構図』で成り立っている。まぁ、教国トーガの教えに心酔している者達の集まりもあるが、あれは派閥とまでは言えんな。どちらかと言えば、どの派閥からも異端視もしくは危険視されている感じだ」

「なるほど……先程の話から察するに、バルディア家は『中立派』という認識でよろしいでしょうか？」

確認するように聞き返すと、父上は頷いた。

「その通りだ。特に帝国内でも軍事力に長けている、バルディア家とケルヴィン家。この両家は、古くから『中立派』の立場を保っている。これは、言わずもがな、高い軍事力を持つ両家がどちらかの派閥に傾倒すれば、帝国が東西に別れてしまう。最悪、内乱に繋がる可能性もあるからだ」

話を聞いて、不穏を感じて背筋に軽い悪寒が走った。

前世の記憶では、僕が断罪される要因の一つに『派閥争い』があったはずだ。もしかしたら、悪役令嬢は『保守派』か『革新派』のどちらかに傾倒していたのではなかろうか。

そこに、古くから中立を守っていたバルディア家の嫡男である僕が参加してしまい、国内政治のバランスに狂いが生まれて、帝国に混乱が生じてしまった……とか。

僕が断罪された一番の理由って、まさか内乱を煽った『国家反逆罪』とか何かだったとか？　は、いやまさかね。悪寒のせいで、少し考えが飛躍し過ぎているかもしれないな。

後ろ向きな考えを打ち消すように首を軽く横に振っていると、ファラが身を乗り出した。

「私も、帝国の『保守派』と『革新派』の件は、母上から教わりました。確か……」

彼女はそう言うと、帝国の派閥について語り始める。

曰く、帝国が激しい領土争いの末、今の形になった時のこと。国内整備を優先すべきと主張する保守派。大陸にある国を全て帝国の支配下におく『帝国統一主義』を唱え、隣国に攻め込むべきと主張をする革新派。この二つの派閥で揉めたそうだ。

その時の皇帝が、国内整備を優先すると決めたことで帝国の派閥は『保守派』が強くなったらしい。でも、昨今では、『革新派』が唱える『帝国統一主義』の主張が、帝国の国力増強とあわせて年々強くなっているそうだ。

「……このように習っておりますが、間違いないでしょうか？」

流暢《りゅうちょう》に帝国内の政治状況を述べるファラの言動に、僕と父上は目を丸くして唖然とする。程なく、父上が感心した表情で「うむ」と頷いた。

「その認識で間違いない。さすが、元レナルーテの王女だな。リッド、この辺りの知識は、お前よりファラの方が詳しいだろう。この件で私やガルンに頼れない状況の時は、彼女を頼りなさい」

「畏まりました。ファラ、いざという時はよろしくね」

「は、はい！　お役に立てて光栄です」

彼女が嬉しそうに頷くと、父上が「それから……」と呟いた。

「中立の立場を取ってはいるが、ケルヴィン家は『革新派』に近く。バルディア家は『保守派』に近い」

「え……それは、意外ですね。軍事力を持ち、中立の立場であるはずのケルヴィン家が『革新派』に近いんですか」

バルディア家と同等の軍事力を持つというケルヴィン家。その貴族が『革新派』に近いなら、帝国の国内情勢は想像よりも危ういのではないだろうか。ふとそんな疑問が脳裏をよぎり、尋ねたわけだけど、父上は難しい顔を浮かべた。

「む、少しわかりにくかったな。ケルヴィン家が支持をしているのは、『革新派』の言う軍事力の増強、維持についてだ。この件は、バルディア家も賛同している。『保守派』は防衛が出来れば良いと、軍事予算を削れと毎度言って来るからな」

「あ、なるほど……」

国内に目を向けている『保守派』からすれば、『軍事予算』の必要性は感じにくいのかもしれない。合点がいき頷くと、父上は両手を広げ、肩を竦めた。

「『保守派』と『革新派』……どちらもそれぞれに良し悪しがあるということだ。いずれ、お前もその場に立つことになる。この機会に覚悟しておくんだな」

「あはは……畏まりました」

確かに僕の立場上、いずれ帝都で政治に参加する必要も出てくるだろう。

保守派と革新派の人達に囲まれる中立のバルディア家……か。想像するだけでも、今から大変そうだ。その時、ふとある疑問が浮かんだ。

「ところで父上。もし……その、バルディア家がどちらかの『派閥』に傾倒したらどのようなことが考えられるでしょうか？」

「うん？　そうだな……」

父上は口元に手を当て思案すると、少しの間を置いて「ふふ」と苦笑した。

「もしそんなことになれば、帝国は『東西』に別れて、最悪は『内乱』が起きる可能性が高い。それに『革新派』の主張が通ることになれば、周辺国との戦争も有り得るだろう。また『保守派』が『革新派』を内乱で打ち破ったとしても、国力低下と混乱は避けられん。結果、帝国に周辺国から攻め入られる原因となり、大陸全土が荒れるやもしれんな」

そう言うと、父上は首を静かに横に振った。

「しかし、そんなことになれば『内乱』の原因を生んだ貴族として、バルディア家は『断罪』されかねん。はは、まぁ、あり得ん話だがな」

「そ、そうですよね……」

『ときレラ！』で僕が断罪された理由は多分これだと、確信めいたものを感じていた。

前世の記憶にあるゲームに出てきた悪役令嬢の派閥は、『革新派』や『保守派』と繋がっていたのだろう。つまり、僕はどちらの派閥に属してもいけない。その先の未来に待っているのは『断罪』という名の破滅だ。

父上、母上、メル、ファラ。バルディア家に仕える皆と領民を守るため、下手なことは一切できない。帝都に潜む恐ろしさを感じていると、額に自然と冷や汗が滲んでくる。

「リッド様、何か顔色が悪いようですが大丈夫ですか？」

ファラが、心配そうに尋ねてきたその時、ある閃きが生まれた。

そうだ、僕にはファラがいる。元からすべて断るつもりだったけど、彼女さえいれば様々な派閥から縁談があっても丁重に断れるじゃないか。

「……リッド様？」

首を傾げたファラが、心配そうに顔を寄せてきた。

「あ、うん。大丈夫だよ。それよりも、ファラ。大事なことを伝えるね」

「はい、なんでしょうか？」

ファラと瞳を見つめるように向き合うと、彼女の手を力強く握った。

「僕は君一筋なんだ。だから、安心してほしい」

「ふぇ……!?　は、はい、ありがとう……ございます」

顔を真っ赤にしたファラは、耳をパタパタさせて俯いた。一連のやり取りにアスナやディアナ、父上までもが唖然とする。父上の咳払いが聞こえて、僕はハッとした。

「お熱いのは構わんが、中央貴族や貴族令嬢達の申し出を断る時は、失礼のないようにな」

「は、はい、承知しました」

顔が火照るのを感じながら頷いたその時、背後で控えているアスナとディアナが忍び笑ったような声が聞こえたような……いや、多分気のせいだろう。

一方、ファラは顔を赤らめたまま、耳をパタパタさせ嬉し恥ずかしそうに俯いたままだ。父上は皆を見渡すと、「さてと……」と呟き話頭を転じる。

「次は、帝都で行う『懇親会』の内容についてだな」

「畏まりました」

その後も父上、僕、ファラの三人で帝都に行く件について話し合いを続けた。

◇

帝都で行う懇親会の件の打ち合わせをしているうち、本屋敷の外は夕闇が訪れ、間もなく夜の闇に包まれる時間となっていた。

「よし。今日は、もうこれぐらいにしておこう」

「畏まりました」

「はい。御父様」

僕とファラが頷くと、父上は机の上に置いてあった書類をまとめ始めた。

「お前達は、先に食堂に行って夕食を取るか、温泉にでも入りなさい。今日は、忙しかったから疲れたろう」

「はい。そうします。ですが、その前に父上と二人きりで話したいことがあります。少しお時間をよろしいでしょうか?」

父上の眉がピクリと動いた。

「ふむ、よかろう。では、悪いがリッド以外は席を外してもらえるか」

僕は隣に座るファラに振り向くと、彼女の瞳を見つめた。

「ごめんね。今日はどうしても父上と話したいことがあるんだ」

「はい、大丈夫です。では、私は先に失礼しますね」

ファラが席を立つと、アスナが僕と父上に会釈する。

「ディアナ。二人はまだ本屋敷に慣れていないだろうから、案内をお願いね」

「畏まりました」

扉の閉まる音が聞こえると、僕は威儀を正して「父上。お願いがあります」と切り出す。

「……内容にもよるが、そんなに畏まってどうした？」

「はい。実はこの機に、ファラとアスナにも私の『前世の記憶』を伝えようと思っています」

「ほう……」

父上は眉間に皺を寄せて相槌を打った。

僕の『前世の記憶』を知る人物は、父上を含めバルディア家でも限られている。

ファラと僕は、式を挙げて名実ともに夫婦となった……いわば、運命共同体だ。出来る限り、秘密は共有したい。

それに、これから僕が行うことを間近で見ることになるファラやアスナに、いつまでも『前世の記憶』を隠すことは難しいだろう。

いや、出来るかもしれないけど、色々と不都合が生じることは想像に難くない。むしろ、早めに打ち明けた方が動きやすいし、協力もお願いできる。最愛の人をだまし続けるという行為はしたくないからね。

今後、帝都の貴族達とも色々な動きで関わる機会が増えるだろう。その時、ファラの知識や知恵に助けられる時が必ずあるはずだ。勿論、万が一の時は彼女だけでも何とかするつもりではあるけどね。

「打ち合わせの時、ファラは帝国貴族に関する素晴らしい知識。懇親会において有力な発想力を披露してくれました。今後の事を考えても、彼女には全て打ち明けたいのです。どうか、そのことをお許しください」

父上は、難しい顔のままである。部屋が緊張感に包まれ、僕の背中には嫌な汗が流れた。これは、駄目と言われるかな。そんな不安を抱いたその時、父上がニヤリと破顔した。

「うむ。構わんぞ」

「え……？」

温度差のある表情に困惑していると、父上が「ふふ」と笑い出した。

「冗談だ。まぁ、たまにはこういうのも悪くあるまい」

「はぁ……止めてくださいよ、父上。心臓に悪いです」

ため息を吐いて抗議するが、父上は楽しげだ。

「何を言う。お前のすることの方が、心臓に悪い。たまには、親の心も労ってほしいものだ」

「う……」

いつも迷惑を掛けている自覚はあるので、何も言えない。父上は、僕が決まり悪そうにしている様子を笑った後、「それとだな……」と話頭を転じた。

「あの二人なら信用できるだろう。判断はお前に任せる」

「畏まりました。ありがとうございます」

父上に了承をもらった僕は執務室を後にした。

◇

父上との打ち合わせが終わり、夕食とお風呂を済ませた僕は、自室の机に座り事務仕事をしながら来客を待っていた。ちなみに来客とは、ファラとアスナのことだ。

前世の記憶を二人に打ち明けることを父上から許可をもらった後、夕食の時にファラとアスナに僕の自室で話したいことがあると伝えた。でも、僕も二人も、まだお風呂に入っていなかったので、お風呂が終わり、就寝の準備が出来次第ということになったのだ。

「ふぅ……。帝都に連れて行く第二騎士団の子達は誰が良いかなぁ」

第二騎士団の宿舎から持ち込んだ書類を確認していると、扉が丁寧に叩かれた。

「リッド様。ファラ様とアスナ殿をご案内しました。よろしいでしょうか？」

「あ、うん。大丈夫だよ」

「失礼します」とファラとアスナが入室する。

二人とも、お風呂から上がってそんなに時間が経過していないのだろう。ほんのりと肌の血色が良く、髪が濡れて艶やかに輝いている。普段とはまた違う様子にドキッとしてしまう。

「リッド様。どうかなされましたか？」

「え⁉ あ、いや、ごめん。ちょっとね。それより、こっちにどうぞ」

簡単に誤魔化すと、部屋のソファーに座るようにファラとアスナを促した。

「……？ はい。ありがとうございます」

ファラは首を少し傾げるが、アスナと並んで腰掛ける。僕は机を挟んだ正面に腰掛けると、室内に控えていたディアナに目を向けた。

「申し訳ないけど、少し話が長くなると思うから、二人に紅茶を用意してもらえるかな」

「畏まりました」

彼女は会釈すると、一旦部屋を後にした。

「じゃあ、本題は紅茶が来てから話すね。ところで、何か困っていることはない？」

「あ、いえ。そのようなことはありません。皆さん、とても良くしてくださるので。ね、アスナ」

「はい。姫様の仰せの通りです。夕食も温泉も素晴らしいものでした」

「そっか、それは良かったよ」

談笑していると、ディアナが紅茶を淹れてきてくれた。皆の前に紅茶を置くと、彼女は退室する。扉の閉まる音が聞こえると、「さてと、じゃあ本題に移るね」と切り出した。

「でも、これから話すことは、絶対に誰にも言わないと約束してほしい。勿論、エリアス王やエルティア母様にも秘密。他言無用を誓えるかな」

僕の雰囲気がいつもと違うと感じたのか、ファラとアスナは顔を強ばらせる。

「畏まりました。私はもうバルディア家の者ですから、リッド様の秘密は必ずお守りします」

「私も姫様にお仕えしております故、一切他言致しません」

「ありがとう。じゃあ、早速なんだけど……実は僕、前世の記憶があるんだよね」

そう言うと、ファラとアスナの目が丸くなり、困惑した様子を見せる。まぁ、当然の反応だよね。

僕だって、逆の立場なら同じような反応をすると思う。二人が落ち着くのを待っていると、ファラが恐る恐る口を開いた。

「あの、リッド様。その『前世の記憶』というのは、言葉通りの意味なのでしょうか？」

「うん。簡単には信じられないと思うけどね」

目を細めて頷くと、アスナが「なんと……」と目を瞬いた。

『前世の記憶』を思い出した時期、内容、今世の『疑似体験』を丁寧かつゆっくりと説明していく。ファラ達と出会った時には、前世の記憶を取り戻していたことを伝えると、二人は驚愕と同時に納得したような表情を浮かべた。

「なるほど。リッド様がレイシス様や私の御前試合で見せたあの強さにも、前世の記憶が関係していたんですね」

「あはは……確かに前世の記憶を取り戻して以降、武術や勉強も積極的に学んでいたから少しズルかったかもね」

アスナの言葉に苦笑すると、ファラが小さく首を横に振った。

「リッド様、恐れながら『ズル』という表現は違うかと存じます。前世の記憶を取り戻したことにより、様々な気付きがあったことは事実でしょう。ですが、気付いたとしても行動に移せるかどうかは別問題です。どんなに才能という原石があっても、磨き続けなければ意味がありません。御前試合でお見せになったあの強さは、リッド様ご自身のお力です」

「姫様の仰る通りです。武術とは、前世の記憶だけでどうにか出来るものではありません」

「二人共……はは、ありがとう」

彼女達の力強い言葉に、思わず頬が緩んでしまった。『前世の記憶』のことを話しても、こんなふうに言ってくれる彼女達が傍にいてくれることはとても心強い。

「とんでもないことでございます。ところで、リッド様……」

「うん、なんだろう？」

「その、よろしければ、先程の今世を疑似体験していた件について、もう少しお伺いしてもよろしいでしょうか」

「わかった。じゃあ、説明するね」

父上同様に前世で今世を疑似体験していた事を説明する。疑似体験とは、ゲームがないこの世界で、一番理解しやすい言葉として選んだものだ。

前世で今世を疑似体験したことで得ていた知識。そのおかげで、母上が患っている魔力枯渇症の症状悪化を遅延させる魔力回復薬。そして、完治を目指す薬の開発に成功したことを伝えると、事の重大さを二人は改めて認識したらしく、顔色が青ざめた。

魔力回復薬と魔力枯渇症の特効薬の開発研究は、僕の前世の記憶が絡んでいたことを彼女達は知らなかったから、当然の反応かもしれないけどね。

「あはは……とまぁ、こんな感じで誰にでも口外できることじゃないんだ」

説明を終えると、少しでも雰囲気を和ませようと苦笑する。

「確かに、おいそれと話せる事ではありませんね。あ、でも、ちょっと待ってください……じゃあ、疑似体験に出てきたという人達は、リッド様のように前世の記憶を持っているということでしょうか？」

ファラの着眼点と発想に驚嘆しつつ、首を軽く横に振った。

「いや、そうとも限らない。例えば、レイシス兄さんは僕の疑似体験にほんの少しだけ出てきたけど、前世の記憶を持っていなかった。今後、記憶が呼び起こされる可能性もあるけど、それは低いと思う。勿論、可能性はゼロじゃないけどね」

「あ、なるほど。じゃあ、前世の記憶を持っている……えっと」

なんと言えばいいのかと、ファラが悩んだその時、「『転生者』という言葉が適切かと存じます」とアスナが横から告げた。

「転生者……ですか？」

聞き慣れない言葉だったらしく、ファラは小首を傾げた。前世の漫画やライトノベルで聞き慣れた言葉が偶然出てきて、僕はちょっと驚きだ。アスナは、彼女の問いかけに頷いた。

「はい。魂の考え方に『輪廻転生』というものがございます。簡単に言えば、生きとし生けるものは死ぬと新しい命に生まれ変わる。車輪が回転して極まりがないように、魂は生と死を繰り返しているということでございます。とはいえ、祖父上の受け売りの知識でございます故、私もこれ以上は詳しくありませんが」

アスナはそこまで言って、少し決まりの悪い顔を浮かべた。でも、簡単な説明としては十分だろう。ファラも合点がいったらしく、納得顔で手を軽く胸の前で叩いた。

「なるほど。だから転生者ということですね」

「はは。まぁ、言い得て妙かな」

まさか、他人様から『転生者』と呼ばれるとは思わなかった。何だか妙な気分になり苦笑していると、「あ、それで、さっきの続きなんですが……」とファラが切り出した。

「リッド様の疑似体験に出てきた人物だからと言って、転生者だとは限らない……ということでしょうか？」

「そうだね。その認識で合っていると思う。勿論、転生者の可能性はゼロじゃないから、最初の出会いは警戒して、その後も監視はすべきだけどね」

「警戒と監視ですか……？　あまり穏やかな感じがしませんね」

言葉に不安な気配を感じたのか、ファラの表情が曇る。

「姫様。少しよろしいでしょうか」

「はい。どうしましたか？」

ファラが申し出に頷くと、アスナは畏まった。

「恐れながら申し上げます。前世の記憶の説明をリッド様から聞く限り、かなり高度な文明を築いていたはず。その知識が無暗に明かされ、悪用されれば世が乱れる可能性があるということでしょう」

「あ……!?」

「うん。アスナの言う通り『知識』は、必ずしも世界をより良くするとは限らない。残念だけど、必ず悪用する人が現れるだろうからね。だから、僕が転生者であることは絶対に秘密にしないといけない。相手が僕と同じ転生者だったとしてもね」

もし、僕以外に転生者がいたとして、必ずしも友好的とは限らない。敵対するような性格の持ち主である可能性も考慮すべきであり、警戒をして損はないだろう。

それに、知識は用途によって、いつの時代でももたらす功罪が変わっていくものだ。

帝国による大陸支配。帝国統一主義を唱える帝国貴族の革新派が、もし前世の記憶の存在に気付き、他国を圧倒する兵器を開発できるとなれば、大変なことになるのは想像に難くない。

尤も、父上から帝都の動きを聞く限りでは、僕以外の転生者は存在しなさそうだけどね。少なくとも、革新派に属する帝国貴族関係者にはいないと見て良いだろう。

「リッド様とアスナの言う通りです。私も認識を改めて、気を引き締めますね！」

「ありがとう、ファラ。とっても心強いよ」

やる気に満ちた目を浮かべる彼女にお礼を言うと、アスナが小さく挙手をする。

「リッド様、他にもお伺いしてもよろしいでしょうか？」

「うん。何が気になるのかな」

ファラとアスナからの質疑は暫く続いた。中には、答えられないものもあったけどね。二人からの質疑が途切れたところを見計らい、僕は咳払いを行った。

「じゃあ、アスナ。悪いけど、僕が良いと言うまでファラと二人きりにしてくれないかな」

突然のお願いに、ファラとアスナがきょとんとする。でも、すぐにファラが「畏まりました」と頷いた。

「アスナ。少し席を外してもらえますか」

「承知しました。では、部屋の外でお待ちしております」

アスナは、席を立ち一礼すると部屋を退室した。

扉の閉まる音が小さく鳴ると、部屋の中には僕とファラだけとなり静寂が訪れる。互いに顔を見合わせると、少し気恥ずかしくなってしまう。だけど、意を決して口火を切った。

「……これから話すことは、アスナを含め、父上や母上にも絶対に言わないでほしい。本当に僕達、二人だけの秘密にすると約束してくれるかな」

ファラの曇りない瞳をじっと見つめた。今まで以上に僕が真剣であると察した彼女は、威儀を正して凛とする。

「畏まりました。今から伺うことは、一切他言致しません」

「ありがとう、実はね。前世の記憶の中にある疑似体験なんだけど、まだ父上を含めて誰にも話していない部分があるんだ」

彼女は何も言わずに頷くと、僕の話に耳を傾けてくれた。

前世の記憶と疑似体験の全容は、まだ誰にも詳細を話したことがない。でも、ファラがバルディア家に嫁いで来たら、全てを打ち明ける考えは以前から持っていた。

理由は様々あるけど、僕や父上に万が一のことがあった場合に備える、という部分が大きい。

バルディア家は、マグノリア帝国と隣国の国境が接している領地。つまり『辺境』を任されている高位貴族の『辺境伯』だ。

帝国と隣国の国境地点で何かあれば、直接出向いて対処する立場である。現場に赴くような事態が将来起きれば、僕も父上の隣にいる可能性が高い。

内容にもよるけど、隣国とのいざこざとなれば死者が出る事もあるだろう。勿論、その場に居たとして、死ぬつもりはない。父上が亡くなるようなことは事前に防ぐつもりだ。

でも、物事に絶対はなく、どうしても万が一ということはある。僕や父上が、戦死するようなことがあれば、残されたバルディア家と領地を守れる存在は限られるだろう。

仮に残された者達の中で、僕や父上の代わりが果たせるのは目の前にいる彼女。現状では、ファラしかいないだろう。

彼女は、レナルーテ王国の元王女であり、バルディア家の嫡男である僕の妻という立場だ。僕達に何か不幸があったとしても、ファラが上手く立ち回ればバルディア領を守れる公算は大きい。

最悪を想定した話だけど、『そんなことは絶対に起きない』と保証はない。むしろ、考えないようにする方が危険だ。

僕の妻となったファラには、きっと色々な重荷を一緒に背負わせることになる。ならせめて、ありのますべてを伝えておきたい。

前世の記憶にある疑似体験では、僕の愚かな行動でバルディア家が断罪されてしまったこと。その一件にエラセニーゼ公爵家の令嬢、『ヴァレリ・エラセニーゼ』も関わっていることも伝えるが、ファラは静かに相槌を打ってくれている。

僕は記憶を取り戻してからというもの。未来に訪れるであろう断罪を回避するため、様々なことに取り組んだことも説明した。結果、母上の延命には繋がったけど、今後はまだまだどうなるかわからない。気付けば、不安な気持ちを吐露するように語っていた。

だけど、うまく話を切り上げられない。次から次へと、不安な気持ちが言葉に出てしまった気がする。ようやく説明が終わると、俯きながら呟いた。

「……以上が、僕の前世の記憶にある疑似体験の詳細になるかな」

部屋に静寂が訪れると、ファラはゆっくりと立ち上がり、僕の隣に腰かける。

「ファラ、どうしたの？」

戸惑いを隠せずにいると、彼女は慈しむように僕の手を両手で優しく包み込む。そして、そのまま祈るように目を瞑った。

「リッド様。一人で悩み、考え、秘密を抱え込むのは本当に大変だったでしょう。その重荷を、貴方の妻となる私にも分けてください。どのような運命が待ち構えようとも、私はリッド様のお傍を離れません。どうか、ご安心ください」

優しい声と言葉に、感極まり目が潤む。色々なことを考えていたけど、きっとファラに話を聞いてほしかったのだろう。気付くと、頬には涙が伝っていた。

「ありがとう、ファラ。今の言葉のおかげで心が軽くなったよ」

そう言って服の袖で涙を拭った。

彼女は首を横に振り、目を開けて優しい眼差しを僕に注いだ。

「とんでもないことでございます。ですが、これからはお一人で全てを抱え込まないでください。

そうでないと、リッド様のお心がいつか壊れてしまいそうで怖いのです」

「ファラ……」

ふと気づけば、彼女の瞳に、母上やエルティア母様と同じ慈愛の灯が宿っており、その眼差しはとても温かいものだった。

ぼうっと見惚れていると、ファラはシュンと目を伏せて、耳も下がってしまう。

「それとも私では、お役に立てないでしょうか……？」

僕は、ゆっくりと首を横に振る。

「……そんなことはないよ。さっきの言葉は、本当に嬉しかった。それに、『断罪』の件を打ち明けたのは、それこそファラの力を借りたかったからなんだ」

ハッとして顔を上げた彼女は、「え……本当ですか」とパァっと明るい表情を浮かべた。可愛らしい表情の変化に、つい口元が緩んでしまう。

「うん、勿論だよ。今後の為に、僕の知識や疑似体験を君にも知っておいてほしい。そして、将来的に僕や父上に万が一のことがあった時は……君にバルディアを守ってほしいんだ」

「……!?　そんな不吉なことは仰らないでください」

ファラの瞳には心配の色が宿っている。そんな彼女を安心させるため、僕は目尻を下げて穏やかに微笑んだ。

「心配しなくても大丈夫だよ。将来の断罪は回避してみせるし、父上だって、何かあれば必ず助けるつもりさ。でも、未来は誰にもわからない。『絶対にあり得ない』という思い込みは、『絶対に危険』だと思うんだ。だから、僕に何かあった時は、妻である君に託したい」

彼女は驚きと戸惑いを隠せない様子だったけど、「妻である君に託したい」という言葉でハッとすると、そのまま思案するように目を瞑り俯いた。

静かに答えを待っていると、ファラが深呼吸をして顔を上げる。その瞳には、決意の色が宿っていた。

「畏まりました。万が一の時は、リッド様の妻としてバルディア領をお守りできるよう身命を賭しましょう。ですが……一つ、お願いがあります」

「うん、なんだろう」

尋ねると、彼女は僕の手を力強く握り、瞳で見つめ合うように顔を寄せた。

「未来は、リッド様の言う通り、誰にもわかりません。でも、どんな困難が将来訪れても、『絶対』に私の元に帰ってくると……自身の命も粗末にしないと約束してほしいです」

ファラの言葉を聞いた時、母上から『命を粗末にしてはなりませんよ』、と言われたことを、ふと思い出して二人の姿が重なった。あの言葉には、彼女が言ったように僕自身のことも含まれていたのだろう。

「わかった……約束する」と頷くと、彼女は嬉しそうに笑った。

「ありがとうございます、リッド様。約束ですからね。破ったら……」

「破ったら……？」

恐る恐る聞き返すと、ファラはニヤリと口元を緩めた。

「嫌いになって、死んでも許してあげませんからね！」

可憐におどける彼女の言動に、「ふふ」と僕は噴き出してしまった。

「じゃあ、絶対に守らないといけないね。こんな素敵な奥さんに嫌われたら大変だ」

「ふぇ……!?」

率直な気持ちを言葉にすると、ファラは目を見開いて顔が真っ赤になってしまった。でも、彼女はすぐにハッとすると取り繕うように「コホン」と咳払いをする。

「で、では、約束していただけましたから、次の話に進みましょう。えっと、今後は何をどうしていくおつもりなのでしょうか」

「あ、そうだね。じゃあ、今後についてなんだけど……」

僕は新たな話題。今後の方針を共有するべく語り始めた。

◇

「……というわけで、疑似体験の内容が動き出すのは、今から十年後ぐらいになると思う。それまでに少しでも、バルディア領を発展させて、どんな困難でも乗り越えられる『力』を蓄えておく必要があるんだ。勿論、優先は母上の魔力枯渇症の完治だけどね」

「なるほど……畏まりました。私も、お力になれるように尽力します」

彼女はそう言って頷くと、「それにしても……」と話頭を転じた。

「まさか、疑似体験の断罪に、兄上まで関わっているとは少々驚きました」

「驚くのは当然だよ。でも、レイシス兄さんとは、今のまま良い関係を築ければ問題はないかな」

疑似体験として『ときレラ！』の全貌を説明した際、レイシス兄さんも状況次第で断罪に関わっているると伝えた。


その時、ファラは目を丸くしていたけど、話の腰を折らないためか、質問を飲み込んでくれた様子だった。説明が終わったので、驚きを露わにしたのだろう。

「そうですね……あ、でも、兄上は、少し惚れっぽいところがありますからね。その、『マローネ』という少女は要注意人物です。恋は盲目と言いますし、女性に惑わされた権力者は歴史的にも多いですからね」

「あ～……」

ファラの言葉で、忘れたい記憶が蘇ってくる。レイシス兄さんが惚れっぽいのは事実だ。そのおかげで、僕はユニークな経験をしているからね。とはいえ、さすがに義理の弟になった僕を、断罪に追いやる真似はしないだろう……と思いたい。

「ま、まぁ、流石に大丈夫だと思うよ。それに、いざとなれば良い人を紹介する方法もあるからね。あはは」

冗談のつもりでおどけると、ファラがパンと手を叩いた。

「その方法は良いかもしれません。幸い、兄上の好みはわかっていますからね」

瞳を輝かせてこちらを見つめる彼女に、「いやいや⁉」と首を横に振った。

「今のは、冗談だよ。それに、一国の王子である兄さんの婚姻相手なんて、僕達にはどうにもできないさ」

「そっか……それもそうですね」

彼女は楽し気に笑って頷くと、「ところで……」と恐る恐る切り出した。

「どうして、御義父様に『断罪』の件をお話しにならないのですか?」

「それは……今は話せないと考えているんだ。父上は、母上や帝都のことで手一杯だからね。今の父上に、『バルディア家は将来的に断罪される可能性があります』なんて伝えたら、きっと心労で髪が全部抜けちゃうよ」

「御義父様の髪が……全部抜ける?」

彼女は唖然とした後、「ふふ……うふふ」と小刻みに震え始めた。多分、父上の髪が全部抜け落ちて、スキンヘッドになった姿でも想像しているのだろう。ちなみに、指摘された通り、父上には前世の記憶や疑似体験のことは粗方説明したけど、断罪のことは伝えていない。

「でも、母上の『魔力枯渇症』が完治したら、疑似体験の全貌は伝えるつもりだから安心して」

「は、はい。か、畏まりました……そ、それにしても、御義父様の髪が……ぜ、全部、全部、抜け、抜け落ちた、お、お姿……ふふ、ふふふ、ぷっくく、あは、あははは!」

父上のスキンヘッド姿が笑いのツボにかなり深く入ってしまったらしい。

ファラは、それからしばらく、耳をパタパタさせながら可愛らしく笑い転げていた。

◇

「ファラ、落ち着いたかい」

「……はい。取り乱して申し訳ありませんでした」

彼女は、申し訳なさそうに畏まって会釈する。ファラが想像した、父上のスキンヘッド姿を聞いてみたい気もしたけど、さすがに脱線するからまたの機会にしよう。

「さてと、じゃあ話を戻すけど、今後の問題となる相手は、まだ出会っていない子達との邂逅。そして、目下の要注意人物がエラセニーゼ公爵家の令嬢『ヴァレリ・エラセニーゼ』だね」

ファラがこくりと頷いた。

「エラセニーゼ公爵家の当主。バーンズ公爵様が、式にいらしていたんですよね？」

「うん。そこで、僕達が帝都に行くとき、家族を紹介すると言われているんだ。だから、帝都に出向いた時、彼女に会える公算はかなり高いと思う」

ただ、バーンズ公爵との会談では、ヴァレリの情報をほとんど何も得られなかった。こうなると、直接会ってみるしかないだろう。

「そうなんですね。何か、私がお力になれたら良いのですが……」

彼女がそう言って目を落とした時、ある閃きが生まれた。

「そうだ、ファラ。いまちょっと思い付いたんだけど。ヴァレリ・エラセニーゼと友達……いや『親友』になってくれないかな」

「え……？　私が、ヴァレリ様とですか？」

彼女はきょとんと小首を傾げた。

「うん。僕の疑似体験に登場した人達は、転生者の可能性がゼロじゃない。そこで、警戒と監視をする必要があると言ったよね」

「……!?　なるほど。では、私に表向きではヴァレリ様と親交を深め、裏で彼女の警戒と監視をしてほしいと仰るのですね?」

「さすがだね。理解が早くて助かるよ。でも、もし嫌なら断ってくれても構わない。どうだろう?」

ヴァレリ・エラセニーゼは、公爵令嬢だ。彼女と親交を深めるには、それ相応の立場が必要になる。その点、ファラなら他国の元王女であり、帝国に属する辺境伯家の嫡男である僕の妻だから申し分ない。極端に言えば、彼女の元王族という肩書きがあれば、帝国貴族のどの扉を叩くことも可能なはずだ。

ヴァレリは、僕と同い年と聞いているから必然的にファラとも同い年になる。ファラさえ良ければ、立場、年齢、関係性……どれを取っても、違和感なくヴァレリにこれほど接近できる逸材はいないだろう。

尤も、人と親交を深めて、動向を探ってほしいと言われても、良い気持ちはしないだろうから、絶対に無理強いはしないけどね。

「畏まりました。そんなことであれば、喜んでさせていただきます」

ファラは目を細めてこくりと頷いた。

「え……?　いいの?　本当に?」

あまりに気前よく二つ返事をされたので、逆に心配してしまう。でも、彼女は楽しそうに瞳を光らせる。

「はい。各国の著名な方々とは積極的に親交を深め、自国が優位になる情報を集めることは王族の重要な務めの一つ。母上にそう教わっておりますから、大丈夫です」

「な、なるほど。確かにそれはその通りだね」

エルティア母様の愛情は、本当にわかりにくい。接し方はどうあれ、帝国貴族が集《つど》う伏魔殿の中で、ファラが逞《たくま》しく、強かな女丈夫となり、生きていける基礎を叩き込んだということだろう。僕は、咳払いをすると改めて、ファラの瞳を見つめた。

「じゃあ、改めて、お願いしていいかな」

「はい、勿論です。ヴァレリ様の監視は、私にお任せください。帝都でお会いした際には、親交を深めて色々と尋ねてみようと思います。良き友人……いいえ、親友となり、エラセニーゼ公爵家の情報を筒抜けにしてみせます！」

しれっと怖い発言をする彼女だけど、表情は真剣そのものだ。

「わかった。その辺りは、ファラの判断に任せるよ。でも、何か気付いたことや異変があればすぐに教えてね」

「承知しております、お任せください。リッド様」

そう言う彼女の瞳は、やる気に満ち満ちていた。

これで、ヴァレリの監視はファラに任せて大丈夫だろう。彼女だけでは対応が難しいとなれば、第二騎士団の特務機関の団員達に協力してもらえれば良いからね。

僕は口元を手で覆って考えを巡らせると、「後は……」と話頭を転じた。

「出会えていない他の子達の動向も気になるけど、これぱかりはどうしようもないね」

「そうですね……あ、でも、帝都で開く懇親会では、デイビッド皇子様とキール第二皇子様には、お会いできるんじゃないでしょうか？」

彼女の問いかけに、僕は両腕を組んで首を捻ると「うーん」と唸った。

「どうだろう。今回はあくまで両陛下との挨拶と聞いているから期待はしない方がいいかもね。でも、僕は王子達より、平民生まれで各国の王族の心を射止めた『マローネ』っていう女の子が気になるかな。この娘は、将来の『断罪』にかなり関わって来るはずだからね」

ファラは、少し難しそうな顔で首を捻った。

「それはそうですけど……現時点で、マローネという少女が平民ということであれば、ある意味貴族よりも会うのは難しいかもしれませんよ？」

「やっぱりそうだよねぇ」

相槌を打つと、僕は口元を手で覆って思案する。

『ときレラ！』の主人公であり、メインヒロインこと『マローネ・ロードピス』は元平民だ。ゲームの物語上では、その容姿や器量の良さを認められ、彼女はロードピス男爵家に養女として迎えられたはず。つまり、帝国内のどこかで、彼女は普通の少女として今は過ごしているだろう。

加えて言うなら、彼女の容姿を僕はうろ覚え状態であり、仮に彼女の容姿を思い出したとしても成人に近い年齢の姿だ。どの道、少女姿の『マローネ』と現段階で会うのはほぼ不可能と言って良い。

「まぁ、いずれ出会うことになるだろうから、その時に向けて準備だけはしっかりしておくしかないよね」

「はい、リッド様の仰せの通りだと思います。それに、案外近いうちに出会えたりするかもしれませんよ」

「あはは、かもしれないね」と僕はおどけて笑った。

ファラに前世の記憶と断罪の秘密を打ち明けると同時に、僕は生涯を懸けて、ファラを必ず守り抜こうと、心の中で強く誓った。

帝都に出発

レナルーテから帰国して、約一カ月。

いよいよ帝都に出発する日となり、僕とファラは母上の部屋を朝から訪ねていた。

「リッド。皇后のマチルダ様は、私の友人でもあり大変お世話になった方です。帝都に行ったら両陛下にくれぐれも失礼の無いようお願いしますね」

「はい、承知しました」

返事をすると、母上は僕の隣に立つファラに目を向ける。

「ファラ。初めての帝都は大変だと思いますが、マチルダ様はきっと貴女の力になってくれるはずです。私の名前を出して構いませんから、何かあれば彼女を頼りなさい」

「はい、お母様」

彼女がニコリと頷くと、母上は、申し訳なさそうに目を伏せた。

「本来なら、私が貴女に帝都のことを色々教えないといけないのに、一緒に行けずにごめんなさいね」

「とんでもないことでございます、お母様。それに、お父様とリッド様が一緒ですから、何かあってもきっと大丈夫です」

「そうですよ、母上。ファラは僕が守りますから、安心してください」

僕も会話に加わると、母上が嬉しそうに微笑んだ。

「ふふ、ファラがここに来てから、リッドが以前よりも頼もしくなりましたね」

「え、そ、そうですか」

誤魔化すように視線を泳がすと、意図せずファラと目があってしまい、互いに「あはは……」とはにかんだ。

「ふふ、仲良しね」と笑みを溢した母上だけど、すぐに「コホン」と咳払いして威儀を正した。

「リッド。帝都は、様々な思惑が蠢《うごめ》く伏魔殿です。ファラを、しっかり守るのですよ」

「勿論です」

母上は満足した様子で頷くと、今度はファラに視線を向ける。

「貴女は、もうバルディア家の一員です。不逞《ふてい》の輩には、『バルディア家を敵に回すつもりですか』ぐらい言って構いませんからね」

母上は悪戯っぽい笑みを浮かべて片目を閉じ、目配せを行った。

「ふふ、それは良いですね。あ、それなら『バルディア家とレナルーテ王国を敵に回すつもりですか』と、私の実家も入れるのはどうでしょうか」

「あら、それは凄く良いわ。私も何かの時に使おうかしら」

二人は満面の笑みを浮かべると、さも楽しそうに忍び笑いを始める。そのやり取りに「あはは……」と苦笑すると、ここ一カ月の出来事を思い返す。


父上との打ち合わせ後、帝国の成り立ちと歴史や帝国の派閥もサンドラに学ぶことに追加された。授業には、ファラも同席して一緒に学ぶことが決まる。

ファラとサンドラは、授業の場で初めて出会うことになり挨拶を交わした。

「初めまして、ファラ様。私は『サンドラ・アーネスト』と申します。以後、気軽に『サンドラ』とお呼びください」

さすがに初対面のためか、サンドラは貴族らしく、丁寧な所作と言葉遣いを披露する。普段の彼女を知っている身からすれば、猫を被っているようにしか見えない。

ファラも綺麗な所作で丁寧に答えた。

「はい、こちらこそよろしくお願いします。それと、彼女は私の専属護衛をしている『アスナ』です」

「姫様よりご紹介に与りました、専属護衛の『アスナ・ランマーク』と申します。以後、お見知りおきをお願いします」

「畏まりました。ファラ様、アスナさん。改めて、よろしくお願いします」

サンドラは、アスナとファラにスッと頭を下げる。そして、顔を上げるとこちらを見つめて、ニヤリと口元を緩めた。

「いやしかし、ファラ様の可憐なお姿を見れば、リッド様が夢中になる理由が良くわかりますね」

「な……⁉」

「え……？」

いきなり、猫を被るのを止めたサンドラの言動に、僕とファラは目を丸くした。でも、そんな僕達の反応を楽しむように、彼女はにやけたままだ。

「あれ、私は何か間違ったことを申しましたか。リッド様は、私にも何度か、『僕にはファラがいる』と仰っておりましたが？」

「う……ま、間違ってはいないけど、わざわざこの場で言う必要はないでしょ⁉」

顔が火照るのを感じながら激しく抗議すると、サンドラはわざとらしく口元に手を当てハッとした。

「確かに！　リッド様の仰る通りでございます。出過ぎた発言をしたこと、大変申し訳ありませんでした」

彼女は、あざとくテへっと笑い、ペロッと舌を出して会釈する。

こ、こいつ……⁉　僕の中にとてつもない怒りが込み上げる。でも、それは一瞬で、すぐに呆れ果て、「はぁ……」と深いため息を吐く。もう、サンドラには何を言っても無駄だと、半ば諦めている。「あはは……」と苦笑しながらファラに振り向いた。

「……驚かせてごめんね、ファラ。サンドラはこういう人だけど、根は凄く良い人だから安心して」

「え、あ、はい、わかりました。ところで、サンドラ。早速一つお願いがあるんですけど……」

ファラは、そう言うとサンドラに近寄っていく。

「はい、なんでしょうか？」

サンドラが首を傾げると、ファラがそっと耳打ちをした。

「……!? ふふ、承知しました。後で、ゆっくりとお教えいたします」

「ありがとう、サンドラ。約束ですからね」

彼女の答えを聞くと、ファラは耳を少しパタパタさせて「ふふ」と嬉しそうに微笑んだ。

「えっと、ファラ。サンドラと何を話す約束をしたの」

「え!? そ、それは……乙女の秘密です」

「え……？」

僕が呆気に取られている中、サンドラとアスナは忍び笑って肩を揺らしていた。それにしても、乙女の秘密ってなんだろう……気になるけど、僕には教えてくれなかったんだよね。

ようやく帝都貴族の授業が開始されると開始早々、僕とサンドラはファラの知識に驚愕した。なんと彼女は、帝国貴族の授業内容をほぼ理解、暗記していたのだ。

流暢に帝都貴族について暗読していくファラに、僕とサンドラが目を丸くすると、彼女は照れた様子ではにかんだ。

「あ、その、帝都貴族に関しては、以前より母上から厳しく教わりましたから」

「左様でございましたか。帝国に嫁いだファラ様が、少しでも立場を確立しやすいよう、お母様なりに考えておいでだったのでしょう。とても素晴らしいことでございます」

サンドラが感心した様子で会釈すると、ファラは嬉しそうに笑みを溢した。

「そうなると、問題はリッド様ですね。ライナー様から、帝都に出発するまでに、可能な限り情報を詰め込むようにと言われておりますから、頑張っていきましょう！」

「はは、お手柔らかにお願いします」

僕はファラの助けも借りながら、サンドラに帝国と貴族について学んでいく。

幸い、クリスから習っている『商学』の暗記術を流用できたことに加え、僕自身が暗記が得意な部分でもあったから、授業はかなり順調に進んだ。結果、帝都に出発する前には、ある程度の知識を学べたのである。でも、帝都の知識を学ぶだけではなく、他のことでも大忙しだった。

帝都のバルディア邸で行う『懇親会』のため、クリスと事細かに打ち合わせも行っている。

「リッド様のお考え通りにいけば、バルディア家の存在感はこの機に帝都でとても大きなものになりますね。クリスティ商会としても、出来る限りお手伝いさせていただきます」

クリスはそう言って、有り難いことにノリノリだった。そして、エレンとアレックスに献上品として作成を依頼していた『懐中時計』の確認など、怒涛の日々だったのは言うまでもない。まぁ、何とかなったから良かったけどね。回想に耽っていると、「私だ。入るぞ」と父上の声が聞こえ、部屋の扉が丁寧に叩かれた。

「二人共。そろそろ、帝都に向けて出発するぞ」

「あら、もうそんな時間なんですね。リッド、ファラ、気を付けてくださいね」

「はい、母上」

「行って参ります、お母様」

僕達の明るい返事を聞くと、母上は視線を父上に向けた。

「ライナー。私が行けない分、リッドとファラをお願いします。それから、マチルダ様にファラを紹介するようにお願いしますね」

「あぁ、わかっているとも。では、行ってくる」

父上の力強い返事で、母上は安堵した表情を浮かべる。

「はい。じゃあ皆、気を付けていってらっしゃい」

母上に出発の挨拶を済ませると、皆揃って退室する。本屋敷の外に出ると、エレンとアレックスが中心となって指示を出し、木炭車や荷台の準備を進めていた。

見渡すと、第一騎士団副団長のクロスや団員のネルス達に加え、第二騎士団から選別された団員達が待機している。なお、第一騎士団の団長のダイナスとルーベンスは、バルディア領に残る予定だ。

出発の準備は順調に進んでいるみたいだな。周りを見渡してそう思った時、両肩に白と黒の子猫を乗せた少女が、僕達に気付いてパァっと満面の笑みを浮かべた。

少女は、談笑していた第二騎士団の団員達のところから駆け寄ってくると、僕の胸目掛けて飛び込んで来る。

「にいさま、おそーい！　みんな、じゅんびおわっちゃったよ」

「ごめんよ、メル。ファラと一緒に母上のところに出発前の挨拶に行っていたんだ」

僕の傍にいるファラと父上を横目に見ると、メルは少し不満げな顔をする。

「いいなぁ。にいさまとひめねえさまだけ、ちちうえと『ていと』にいくなんて……」

「そうかい？　でも、遊びに行くわけじゃないんだよ、メル。帝国を治める両陛下に挨拶したり、色んな貴族の人達と失礼の無いように話したりするんだ。きっと、想像以上に大変だと思うよ」

「そうなの？　じゃあ、わたしはティスとだいにきしだんのみんなといっしょに、ぶじゅつをみがいておくね。ひめねえさまとアスナぐらいつよくなるんだ」

メルはそう言うと、二人に尊敬の眼差しを向けた。

第二騎士団の皆と開催した鉢巻き戦以降、メルも武術と魔法を学び始めている。当初、メルの目標はディアナだけだった。でも、彼女以外の強い女性、アスナやファラを知ったことで、メルの武術熱の温度はより高くなっている。

「ふふ、メルちゃん。帝都から帰ってきたらまた一緒に訓練しましょうね」

「うん。やくそくだよ、ひめねえさま！　えへへ」

メルが嬉しそうに頷くと、父上が咳払いをする。

「ところで、メル。武術と魔法は嗜む程度で良いのだぞ。お前は、令嬢なのだからな？」

「はーい」

元気に返事をするメルだけど、父上はどこか不安気である。

実際のところ、メルは武術と魔法の覚えが早く、周りを驚かせている。バルディア家の血は争えない、という感じかな。

メルの両肩に乗っている子猫姿のクッキーとビスケット。ふと彼等に目をやると、僕は二匹に顔を寄せた。

「じゃあ、二人とも。メルと母上のことをよろしくね」

クッキーとビスケットは頷くと「ニャ～」と少し気の抜けた声を発した。多分、『あいよ～』という感じかな。

「では、帝都に向けて出発するぞ！」

父上の号令に従い、僕達は木炭車に乗り込んだ。そして、メルや騎士団の皆に見送られ、バルディア領を出発した。

さぁ、記憶を取り戻してから初めての帝都だ。出来る準備は全部やった。後は、僕が上手く立ち回れるかが問題だ。油断せず、気を引き締めていこう。

でも、それから少しすると、僕はいつも通り激しい乗り物酔いに苦しめられることになるのであった。

帝都での新たな出会い

バルディア領を出発してから数日後。僕達は、特に問題もなく無事に帝都に到着していた。

まぁ、僕個人で言えば、乗り物酔いにずっと苦しんでいたから、問題がなかった訳ではないけどね。この体質を何とかするか、帝都とバルディアの往来方法を改善するか、いずれはどちらかに着手したいな。将来的に、父上みたいに往来するなら、切実な問題だ。

それはそれとして、僕もファラも帝都は初めてだったから、木炭車の車窓から見える帝都内外の景色は興味深くてとても面白かった。現実の城塞都市なんて、前世で見たことなんてないからね。

やがて、帝都の貴族街にあるバルディア家の屋敷に到着する。

木炭車から降りた僕は、敷地内に停めてある『見慣れぬ馬車』に気付いた。

「父上、あそこに停めてある『馬車』もバルディア家のものなんですか？」

「うん？　いや、あれは……紋章からして『エラセニーゼ公爵家』のものだな」

父上に言われて目を凝らすと、太陽の光を表したような紋章が馬車に装飾されていた。

「……なるほど」

相槌を打つと、僕は魚が餌に掛かったことを確信してほくそ笑んだ。まさか、こんなに早く来てくれるとはね。僕の隣に立つファラに目をやると、彼女も察した様子で微笑んだ。

屋敷の前に着くと、屋敷の中から一人の執事がこちらにやってきた。

「ライナー様、お帰りなさいませ」と執事は父上に向かって一礼する。

「うむ。私が不在の間、何か問題はあったか」

「いえ、特に問題はございません。それと、ライナー様とリッド様にご挨拶をしたいと、エラセニーゼ公爵家の皆様が来賓室でお待ちでございます」

「そうか、わかった。すぐに伺うと先方には伝えてくれ。リッド、ファラ。こっちに来なさい」

「はい！」とすぐに返事をして、ファラと一緒に父上の元に駆け寄った。

「先に紹介しておこう。この屋敷の管理を任せている『カルロ』だ。こちらに滞在中、何か困ったことがあれば彼を頼りなさい」

「初めましてリッド様、ファラ様。只今、ライナー様にご紹介いただきました、『カルロ・サナトス』と申します。以後、お見知りおきをお願いします」

カルロは、綺麗で無駄の無い所作で一礼した。彼は、白い髪をオールバックにしており、黒く細い目をしている。何より、カルロの言動と執事服はとても良く合っていた。

ただ、自己紹介に気になる言葉があり僕は「うん？」と首を捻る。その間に、ファラが彼の前に出た。

「私は、ファラ・バルディアと申します。以後、よろしくお願いします」

「僕は、リッド・バルディアです。あの、ところでカルロは……」

ファラを追うように自己紹介をして尋ねると、彼はニコリと笑った。

「はい。お察しの通り、私の父は『ガルン・サナトス』でございます。改めて父共々、宜しくお願いします」

「やっぱりそうなんだね。ガルンに息子がいるなんて知らなかったよ」

「はは、父はあまり自分のことを話そうとはしませんからね。では、エラセニーゼ公爵家の皆様がお待ちですので、早速ご案内します」とカルロは畏まって会釈する。

「うん。ありがとう」

カルロに案内されるまま、僕達は屋敷の中にある来賓室に足を進めた。

さて、ここまでは計画通り。さぁ、悪役令嬢ヴァレリ・エラセニーゼ。君はどんな子なのかな？

僕は密かにほくそ笑むのであった。

◇

来賓室を訪れると、レナルーテで出会った『バーンズ・エラセニーゼ公爵』とその『ご家族』が、ソファーに腰掛け、優雅に紅茶とお菓子を楽しみながら僕達を待っていた。バーンズ公爵は目を細めて白い歯を見せている。相変わらずの快男児だ。

「やぁ、ライナー。それにリッド君達もレナルーテ以来、久しぶりだね」

「はい。お久しぶりです。バーンズ公爵」

僕も負けじと、目を細めて白い歯を見せる。

カルロが言っていた『公爵家の皆様』とは、バーンズ公爵とその家族全員を指していたらしい。部屋をチラリと見渡すと、女性が一人と男の子と女の子が一人ずつである。事前に調べた情報通りだ。バーンズ公爵と挨拶を交わすと、彼の隣に座っていた女性がこちらに視線を向けた。

「初めまして、私は妻の『トレニア・エラセニーゼ』です。急にお伺いしてごめんなさいね」

トレニアと名乗った女性は、水色の瞳でおっとりとした目をしており、波掛かった茶髪は肩に掛かっている、確かボブヘアという名前の髪型だったかな。とても母性的というか、優しそうな人だ。

「いえ。とんでもないことでございます。改めまして、リッド・バルディアと申します」

畏まり自己紹介を行ったその時、座っていた少年と少女が立ち上がった。

「初めまして。僕は『ラティガ・エラセニーゼ』です、よろしくお願いします」

ラティガと名乗った少年は、父親同様に目を細めて白い歯を見せると右手を差し出す。

「こちらこそ、よろしくお願いします」と僕は彼の右手を力強く握った。

ラティガは、金髪で深く青い瞳をしており、誠実で優しそうな雰囲気をしている。彼は、僕より四歳年上のはずだから、年齢は十一歳だろう。ちなみに、前世の記憶の中に、ラティガの名前は見当たらなかった。多分、未読スキップで飛ばしたせいだと思うけど。

彼に続き、気品ある綺麗な所作で少女がこちらに一礼した。

「初めまして、バルディア家の皆様。バーンズ・エラセニーゼ公爵の娘、『ヴァレリ・エラセニーゼ』です。以後、お見知りおきを」

ヴァレリと名乗った少女は、ニコリと笑った。彼女の笑顔は、帝国でも有数の美少女のものではなかろうか？　そう思える程に整っている。ちなみに、ヴァレリは波掛かった長い金髪と深く青い瞳をしており、まるで人形のように可憐だ。目つきがちょっと鋭いけど。

「こちらこそ、よろしくお願いします」

僕がニコリと微笑むと、ファラが皆に向かって綺麗な所作で一礼した。

「皆様、初めまして。私は『ファラ・バルディア』と申します。以後、お見知りおきくださいませ」

僕達の自己紹介が終わると、父上が頃合いを見計らったように「ゴホン」と咳払いをした。

「ところでバーンズ、今日は何用だ。特に急ぎの要件は無かったと思うのだが……」

「なんだ、我らは友人だろうに……要件が無ければ遊びに来てはならんのか？」

バーンズ公爵は、意地悪そうに父上をじろりと見やった。

「い、いや。そう言うわけではないが……」

父上は少し困惑した表情を見せると、バーンズ公爵は破顔して笑い始めた。

「はは。すまんな、冗談だ」

バーンズ公爵は懐から一通の封筒を取り出して、机の上に置いた。

「ライナーも知っているだろう？　バルディア家……正確には、リッド君からもらった親書だ。これに、君達が帝都に到着するであろう日程の記載があってな。加えて、両陛下への挨拶や懇親会後では、忙しくて時間が取れないかもしれない。是非、親睦を深めたいから早めにお会いしたいです、と記されていたんだよ」

「あぁ、確かにそんな親書をバーンズ宛に送ったな」と父上は思い出すように呟いた。

実は、ファラに前世の記憶と将来訪れるであろう断罪の件を打ち明けた後、今回の帝都訪問で会える可能性が一番高く、かつ要注意人物である『ヴァレリ・エラセニーゼ』。彼女に標的を定めて、餌を撒く計画を立てたのだ。

レナルーテで出会った、ヴァレリの父親であるバーンズ公爵。彼に、子供同士で親交を深めたいという旨の親書を、帝都訪問日程が決まるとすぐに送付した。

この餌に反応があれば、警戒度は上がる。反応が無ければ、警戒度は変動しない。どちらにせよ、

『親交を深める』という餌にどんな反応を示すのか、という情報は得られるわけだ。勿論、反応が

あった時のため、エラセニーゼ公爵家の家族構成や情報は、可能な限りファラと事前に調べている。

抜かりはない。

こんなまどろっこしいことをしたのは、『ときレラ！』に出てくる登場人物が、僕同様に転生者の可能性があるという考えに至ったからだ。考えに至ったきっかけはファラとの会話だけどね。

なんにせよ、僕という転生者が存在している以上、他の転生者が存在する可能性がゼロとは言えない。ただ、僕が記憶を取り戻して以降の情勢を見る限りだと、その可能性はとても低いと思うけど。

ただ、バルディア家を断罪に導き兼ねない、『ときレラ！』の悪役令嬢ことヴァレリ・エラセニーゼ。彼女の動向だけは、早めに警戒かつ監視をしなければならない。そこで、ファラと一計を案じたというわけだ。バーンズ公爵が「それでだな……」と切り出す。

「この親書の内容を子供達に話したら、どうしても、リッド君達に会いたいと言うものでな。無遠慮であるとは思ったが、こうしてやってきたというわけだよ」

彼が、ヴァレリを見つめると、彼女は目を細めて頷いた。

「はい、お父様の仰せの通りです。何せ、バルディア家と言えば、帝都で大人気の『化粧品』を製作している貴族ですもの。興味は尽きません。それに、お二人と早くお友達になりたかったんです」

ヴァレリがそう言うと、ラティガが「僕も同じようなものです」と続いた。

「以前から剣を学ぶ者として、『帝国の剣』と謳《うた》われるバルディア家の方に是非お会いしたい。そう思っていましたから、妹と一緒に無理を言った次第です」

二人のあどけない優しい言葉に、僕達の後ろに控えるディアナやアスナ、父上も微かに微笑んでいる気がした。でも、餌を放った側の僕とファラだけは、彼等のあどけない表情の裏に、何かあるような気がしてならない。

ヴァレリとラティガ。この二人は、何を企んでいるのだろうか。様々な考えと想像が頭の中を巡っていたその時、ヴァレリが首を傾げて心配そうに僕を見つめた。

「リッド様。少し難しい顔をされていますが、何か気になることでもありましたか？」

「確かに、ヴァレリの言う通りだね。ひょっとして、僕達が急に訪問したせいかな」

「いえいえ、そんなことはありません。僕にも妹がおりますので、お二人のように仲睦まじい兄妹でありたいと思った次第です」

まぁ、現状も僕とメルは仲睦まじい兄妹なのだけどね。とりあえず、当たり障りのないこと言って受け流すと、ヴァレリが「まぁ、そんなことを仰ってくださるなんて嬉しいですわね」と微笑んだ。でも、その笑顔がどうも、嘘臭いというかなんというか。表に出さないように訝しんでいると、咳払いをしたラティガが、この場の注目を浴びた。

「ところで、ライナー様。実は僕の友人が物語を書くのが好きでして、是非皆様の意見も聞きたいということなんです。簡単な内容なので、ここで少しお話ししてもよろしいでしょうか」

「ふむ、物語か。聞くのは別に構わんが……」

「ありがとうございます。では、皆様もお座りになって是非聞いてください」

突然の提案に僕達は首を傾げながらも、ソファーに腰かけた。

「ふふ、お兄様のご友人のお話は自由な発想に富んでいて面白いんです」

「へぇ、そうなんですね」

ヴァレリの言葉に僕とファラが相槌を打つと、この場の注目を浴びたラティガは、深呼吸を行う。

彼は、僕と父上を何故かチラリと一瞥する。

なんだろう、今の視線。違和感を覚えると同時に、彼はゆっくりと語り始めた。

「では、聞いてください。その物語の題名は『ときめくシンデレラ！』です」

「……⁉」

ラティガの言い放った題名に、平静を装うが内心では唖然とする。

間違いない。ラティガとヴァレリ、もしくはラティガの言う友人。誰かが、転生者なのだろう。

ヴァレリとファラの親交を深め、少しずつ探っていくつもりだった餌に、とんでもない大物が喰い付いたものだ。同時にこれは、彼等側の撒き餌……いや『踏み絵』と見て良いだろう。

「リッド様、どうされますか？」

悟られぬよう小声でファラが尋ねてきた。

「……とりあえず、様子を見よう。彼等の意図がわかってからでも遅くはないと思う」

「承知しました」とファラが小さく頷く。

そうして、ラティガは楽しそうに淡々と物語を語っていくのであった。

◇

「……以上です。皆様、ご清聴ありがとうございました」

ラティガはそう言うと、照れ笑いを浮かべた。そんな彼に、この場の皆が拍手を送る。

彼の友人が創作したという物語。

題名『ときめくシンデレラ！』だけど、平民だった少女が男爵家に拾われ、貴族学園に通い、その容姿と聡明さから皇太子に見初められるというものだった。

多少の違いはあれど、間違いなく僕の知る『ときレラ！』に少し手を加えた内容であり、単なる偶然では済まされない。そして、あることを確信した。

この物語を創作した人物は、目的は不明だけれど転生者を探している。だから、題名にあのゲーム名をそのまま付けたのだろう。そうすれば反応の有無で、転生者とすぐわかるからね。隠れ信者を炙り出すのに使われたという踏み絵と似た手法だ。

でも、物語の作者が転生者であるということを、相手にも教えることになる。

転生者を炙り出すには効率的かもしれないけど、やり方としては危険だ。まだ見ぬ転生者が、悪意の塊みたいな奴だったらどうするつもりなのだろう。

考えを巡らせていると、ラティガが父上にあどけない瞳を向ける。

「ライナー様、如何だったでしょうか？　何か気になる点があれば、是非ともご意見をお願いします」

「ふむ……」

相槌を打った父上は、顎に手を当て少し思案すると、「あまり参考にならんかもしれんが……」と切り出した。

「男爵令嬢が皇太子に見初められる……という話は、可能性としてはあるかもしれん。だが、実際のところ、政治的な観点から言えば結婚は難しいだろうな。物語の最後で男爵令嬢と皇太子が結ばれると言うのは、少々現実味がない。お互いに気持ちは通じつつ、立場をわきまえ、悲恋にしたほうが物語としては盛り上がるのではないか？」

おぉ、父上が意外にも淡々と冷静に意見を述べている。案外、物語とか好きなのだろうか。

「ははは。ライナーは真面目だな」

バーンズ公爵は明るく笑うと、両手を広げて肩を竦めた。

「しかし、物語というのは現実にはあり得ない話であるからこそ、面白いのではないか？　元平民の男爵令嬢が皇太子の妻になる……そのような出来事は、それこそ物語の中でしかあり得まい。その夢を体験させてくれるのが、物語ではないか。私は良かったと思うぞ、ラティガ」

「貴重なご意見、ありがとうございます。ライナー様、父上。ところで、ファラ殿はどう感じたでしょうか」

彼は、バーンズ公爵と父上にお礼を述べると、ファラに視線を向けて問い掛けた。

「私ですか？　そうですね……」とファラは考えを巡らせる素振りを見せて、こちらをチラリと一瞥する。この件に関しては、普通に答えれば問題はないだろう。僕は、気付かれないように小さく頷き目配せをする。彼女は意図を理解してくれたらしく、小さく頷き「その……」と口火を切った。

「レナルーテ王国では、王族が側室を取るのは当然のことです。従いまして、元平民の男爵令嬢でも、見初められれば王族の側室に迎えられることはあるかと。あ、ですが正妻となる王妃は流石に難しいかもしれません」

「そういえば、レナルーテ王国は帝国より側室を取ることに寛容でしたね」

ファラに答えたのは、トレニアだ。すると、ヴァレリがその会話に加わった。

「そっか。ファラ様は、レナルーテ王国のご出身でしたね。あ、そうだ。良い事を思い付きました！」

彼女は、目を輝かせながらバーンズ公爵とトレニアを交互に見やった。

「父上、母上。私達だけで、少し別室で遊んできてもよろしいでしょうか？」

「ああ。私は構わんが、リッド君はどうかな」

バーンズ公爵に振られた、僕は目を細めて頷いた。

「勿論、構いません。元々、お二人とお話しできる機会があればと思っておりましたから」

「じゃあ、決まりね。お兄様、ファラ様、リッド様。皆で別室に参りましょう」

ヴァレリは、そう言って嬉しそうに屈託なく笑った。

「ふむ。それなら、カルロに新しい部屋を用意させよう。ディアナ、カルロに別室を用意するよう言って来てくれ」

「畏まりました」

談笑の邪魔にならぬよう、部屋の隅に控えていたディアナは、父上の指示に頷くと退室する。程なく、ディアナとカルロが一緒に部屋に戻ってきた。

「皆様、お待たせしました。別室の用意が出来ましたので、ご案内いたします」

その後、彼とディアナに案内され、僕達は新たに用意された別室に移動した。

「では、リッド様、皆様。何かありましたらお呼びください」

「うん、ありがとう。カルロ」

案内された部屋の大きさや内装の造りは、父上達といた部屋と変わらない。でも、トランプやチエスといった遊具が机周辺に準備されている。

この部屋に今いるのは僕、ファラ、ヴァレリ、ラティガに加え護衛を兼ねたディアナとアスナを入れた計六名。なお、アスナとディアナは、僕達の邪魔にならないよう、部屋の隅で控えている。

そんな状況の中、ヴァレリ達が何を話すつもりなのかと警戒していた。でも、彼女達は、これと言って問題になるような発言はしない。

僕にはバルディア領のこと。ファラにはレナルーテ王国のことについて尋ねてくるだけだ。僕とファラも帝都の暮らしや他貴族との関わりなど、興味のある当たり障りのない内容しか尋ねていない。

カルロ達が折角用意してくれた遊具にも、一切触らずにずっと話し続けている。遊ぶと言うより、談笑しているという感じに近い。

多分、僕達がラティガの披露した物語に触れてくるのを待っているのだろう。あの『物語』に反応すれば、『転生者』もしくは『転生者と関わりのある者』として判断できるからね。

僕とファラは、ヴァレリ側に転生者がいると確信しているけど、ヴァレリ達にその確信はない。彼女達は、現状だとこちらが餌に喰い付くのを待っているに過ぎないのだ。本心を隠しながらの探り合いにおいて、この確信の有無は大きな優位性になる。

なんにせよ、我慢しきれなかった方の負けだ。ある種のチキンレース。沈黙が金と成りえる状況。喋った方の負けである。

談笑しながら考えを巡らせていると、ヴァレリがニコリと微笑んだ。

「ふふ、ファラ様やリッド様とお話しできて楽しかったわ。お兄様、そろそろ父上達の所へ戻りましょうか」

「そうだね。そうしようか」とラティガが相槌を打つ。

僕は懐から懐中時計をわざとらしく取り出して、見せ付けるように時間を確認する。そして、懐中時計の蓋を閉めた。その際、「パチン」と小さな金属音が部屋に響く。

「本当ですね。大分、時間が経過していました。いやぁ、楽しい時間はあっと言う間に過ぎますね」

「え、えぇ。そうね」とヴァレリが動揺を初めて見せた。

どうやら、僕の手にある懐中時計が気になるらしい。

「これが気になるなら、触ってご覧になりますか？」

「……!?　い、良いのかしら？　凄い高級品じゃないの」

ヴァレリの目の色が変わった。

「いえいえ。これは、簡単な装飾とバルディア家の紋章こそ施されていますけど、耐久性重視のものです。滅茶苦茶な扱いさえしなければ壊れません。良ければ、触ってみてください」

そう言うと、懐中時計をヴァレリに差し出した。

「あ、ありがとう。これが、懐中時計ね。へぇ……」

彼女は受け取るなり、興味深そうに懐中時計の作りを確認する。教えてもいないのに、竜頭を押して蓋を開けた。その仕草は『偶然』のものではなく、懐中時計を知っている『必然』の仕草である。その時、ヴァレリの隣にいたラティガの瞳の色が変わり輝いた。

「うわぁ。これは凄い！　時計がこんなに小さくできるなんて。是非、僕も触らせてもらって良いかな？」

「はい、勿論です。ラティガ様」

目を細めて頷いたこの時、僕は確信してほくそ笑んでいた。懐中時計を目の当たりにした二人の言動と反応を見れば、明らかである。物を知っている者と知らぬ者では、扱いにどうしても差が生まれてしまう。ヴァレリは、名女優ではなかったようだ。

それから暫く、二人は懐中時計を見て触っていた。やがて、返却してもらうと、僕は懐中時計を懐にしまう。

「なるほど。そうやって懐の中にしまえる時計。だから、懐中時計か」

「はい、ラティガ様。仰せの通りです。では、父上達も待っていると思うのでそろそろ行きましょうか」

そう言って、僕は席を立ち上がった。

この二人のどちらかが転生者と言うなら、十中八九、ヴァレリだ。ラティガが、語った物語を創作した友人という三人目の可能性もあるけど……多分、あれは兄に協力してもらった彼女の自作自演の類だろう。

何かしらの理由を付けて一時的に協力してもらっただけなのか、転生者である事実を彼に告げた上で協力してもらったのか。そこは流石にわからないけどね。

まぁ、その辺りは、ヴァレリと親交を深める予定の、ファラに探ってもらえれば良いだろう。何も言わないだけで、彼女もヴァレリが転生者だと察してくれているみたいだしね。

退室しようと歩き始めたその時、「待って！」と呼び止められる。振り向くと、ヴァレリが僕を見つめていた。

「……ヴァレリ様。どうされましたか？」

「あ……いや、その」

彼女は目を泳がせると、何かを思いついたのかハッとした。

「そ、そう。これ！　これを見てほしかったの」

ヴァレリはそう言うや否や、ラティガが着ている上着の胸ポケットからメモ紙を取り出して、僕に差し出した。

「これは……」

受け取ったメモ紙に書いてある文字を見て、思わず眉間に皺を寄せた。

「この文字に見覚えがないかしら？　お兄様が語った物語の作者が書いたんだけど」

「なるほど。なら、もう少し話しましょうか」

僕はヴァレリに席に着くよう誘導する。程なく、皆で机を囲むようにソファーに腰かけると、先程受け取った紙を机の上に置いた。

「これは、なんて書いてあるのでしょうか？　見たことの無い文字ですけど……」

僕の隣に座るファラが、紙に書いてある文字を見て首を傾げた。ヴァレリから渡された紙にはこう書いてある。

『もし、この文字を理解出来るなら協力したい。回答はこのメモ紙を提示した相手に、『はい』もしくは『いいえ』で答えてほしい』

ただし、書かれている文字は、前世の記憶にある『日本語』だ。なお、筆跡が丸文字で可愛らしい。多分、これを書いたのはヴァレリだろう。

「単刀直入にお伺いします。この文字を書かれたのは、どなたですか？」

直球で切り出すと、ヴァレリは首を横に振った。

「すぐには教えられないわ。作者から、この文字を見せて解答をもらってほしいと言われているの。貴方なら、答えられるんじゃないかしら？」

「……なるほど。そういう事ですね」

口元を手で覆い、考える素振りを見せると、ラティガが「あはは」と苦笑する。

「妹が急に申し訳ない。それで……どうだろう、リッド殿。メモの内容は理解できたかな？」

さて、どうするべきか。日本語で書かれていることが本心であるなら、答えは『はい』だ。

当初の目論見では、ヴァレリのことは少しずつファラに探ってもらうつもりだった。でも、悪役令嬢が十中八九、転生者であることがわかった今、いち早くヴァレリは監視下に置きたいという思いが強い。というか、この子は色々な意味で放っておく方が危険だろう。

『ときレラ！』や『前世の記憶』の知識というのは、価値が理解できる者に知られると危険極まりない代物だ。特に好戦的な革新派に属する帝国貴族に知られるとなお厄介である。にもかかわらず、ゲームのあらすじを抜粋した『物語』を作成するなんて、軽率以外の何物でもなく、以ての外だ。

この世界は『ときレラ！』に酷似しており、ゲームのあらすじと似た出来事が現実に起きる事が十分に考えられる。『ときレラ！』のあらすじを抜粋した物語は、下手をすれば『預言書』に近い代物と言って差し支えないだろう。

とはいえ、ヴァレリとラティガの本心を推し量るにはまだ情報が足りない。もう少し、引き出してみるか。考えを一通り巡らすと、僕は首を横に振った。

「残念だけど、この文字は僕には理解できない」

「な……!? じゃあ、どうして、もう一度この席に着いたのよ！」

ヴァレリが声を荒らげて身を乗り出して、机を激しく両手で叩いた。あまりのけたたましさに、僕以外の皆がギョッとする。彼女は普通にしていると、可憐なお人形のようだけど、その分、怒るとより怖い。特に目つきが。

「話を最後まで聞いてください。理解はできませんが、見たことはあります。この文字を書ける子が、バルディアの庇護下にありますから」

「え……!? 本当！ それなら、その子に会わせてほしいの。何とか、繋げてもらえないかしら？ 勿論、パ……じゃなかった、お父様にお願いしてお礼もするわ」

彼女の顔色がパァっと明るくなり、可憐さを取り戻した。先程までの柳眉《りゅうび》を逆立てた様子が嘘のようだ。でも、僕は首を横に振った。

「いいえ、お礼は不要です。それに、まだヴァレリ様に会わせられるかわかりませんので」

「な、なんでよ！」

ヴァレリは、再び声を荒らげ、柳眉を逆立てた。表情豊かな子だなぁ。

「恐れながらお伺いしたいのですが、ヴァレリ様はどうしてこの文字を知る者に会いたいのですか？　その理由を伺えない限り、庇護する子に会わせるわけには参りません」

「ぐぅ……⁉」

彼女は苦虫を噛み潰したような表情を浮かべると、ソファーにどさりと腰かけた。

「あはは。ヴァレリが失礼な真似をして申し訳ない」

ラティガはそう言うと、決まりの悪い表情を浮かべた。

「いえ、僕は気にしておりませんので、ご安心ください」

目を細めて微笑むと、彼は「ふぅ……」と息を吐く。

「リッド殿。私の口から正直に言おう。実は、ヴァレリには前世の記憶があるそうなんだ」

「前世の記憶……ですか？」

「お兄様⁉」

僕が聞き返すと同時に、ヴァレリが目を見開いた。だけど、ラティガは真剣な眼差しで彼女を見据える。

「リッド殿とファラ殿に、ここまでの無礼を働いた以上、彼の質問に全て嘘偽りなく答えるべきだろう。ヴァレリ、先程の発言は家族内では許せても、こうした場では許されないよ」

「う……畏まりました。お兄様に……お任せします」

諭されたヴァレリは、懐から出した扇子で顔を隠すと肩を落として項垂れてしまった。彼はそんな彼女を慰めるように頭を優しく撫でると、僕達に振り向き咳払いをした。

「では、改めて、前世の記憶について話そう」

「はい。お願いします」

こんな展開になるとは思わなかった。でも、こちらとしては好都合だ。それから僕達は、ラティガの話に耳を傾ける。

曰く、ヴァレリは六歳を迎えてすぐに、前世の記憶が脳裏に蘇ったそうだ。そして、前世の記憶にある『ゲーム』に今の生きている状況がそっくりなことに気が付いたと言う。

だが、事態はそれだけでは終わらなかった。今のまま時が進めば、エラセニーゼ公爵家が断罪され没落する未来が訪れるという。それを回避するため、彼女と同じ境遇を持つ人物を探しているということだった。

「……とまぁ。こういうことでね。ヴァレリも必死だったんだ。どうか、先程の無礼を許してほしい」

ラティガは頭を深く下げた。

「いえいえ。頭を上げてください、ラティガ様。先程もお伝えした通り、私は気にしていません。それに、正直に理由を語っていただけたのですから、もう十分です」

本心から答えると、彼は目を細めて白い歯を見せる。

「そうか。そう言ってもらえると助かる。ほら、ヴァレリも謝りなさい」

「ふん……！　貴方達にはわからないでしょうね。絶望の未来が訪れるとわかっているのに、大事な家族を守れない苦しみなんて……。私がどんな想いでここに来たか、想像すらできないでしょう」

彼女はつっけんどんに吐き捨てると、プイっとそっぽを向いて口を尖らせた。

「こら！　ヴァレリ。す、すまない。リッド殿」

「い、いえ。お気になさらず」

ラティガの平謝りに答えると、僕は再び考えを巡らせる。

つまり、ヴァレリは前世の記憶を取り戻したけど、断罪回避に有効な手段が見つからず、苦肉の策でこんなことをしたということか。なら、今までの言動にも筋が通る。

ラティガとヴァレリを見ると、とても仲の良い兄妹であることが先程のやり取りからも窺える。彼女の両親であるバーンズ公爵とトレニア夫人も良い人だろうから、きっと仲睦まじい温かい家族なのだろう。

『絶望の未来が訪れると分かっているのに、大事な家族を守れない』

ふいに彼女の言った言葉が脳裏をよぎる。うん。それはとても辛いことだよね。

「リッド様。ヴァレリ様のお力になってあげられませんか？」

ファラが思いやるように小声で尋ねてきた。

「うん。そうだね。丁度、僕もそれを考えていたところだよ」

そう答えて頷くと、目の前にいるヴァレリとラティガに向き直った。

「ラティガ様、ヴァレリ様。私もお二人にお詫びしたいことがあります」

「ん？　どうしたのだ、リッド殿。そんなに改まって」

「ふーんだ。何をどう謝っても許してあげるもんですか！」

ラティガはそうでもないけど、ヴァレリはかなりへそを曲げてしまっている。大丈夫かな？　と少し心配になりつつも口火を切った。

「実は、これに書いてある文字ですが、私は読めます」

「は……？」

「へ……？」

二人は揃って呆気に取られてきょとんとした。咳払いをすると「その証拠に……」と切り出して、メモ紙を手に取って音読する。

「もし、この文字を理解出来るなら協力したい。回答はこのメモ紙を提示した相手に、『はい』もしくは『いいえ』で答えてほしい……ですね。これは、『はい』でお答えしたいのですが、よろしいでしょうか。作者のヴァレリ様？」

「な……!?　まさか、本当にヴァレリの『落書き文字』が読めるのか。これは驚いたな」

ラティガが驚嘆して目を丸くする中、ヴァレリは口元を扇子で隠しながらこちらを鋭く睨みつけてくる。目つきが怖いから、尚更怖い。

「貴方……可愛い顔のくせに、良い性格しているじゃない。許してあげない……許して……あげないんだか……ら」

彼女は小刻みに震えて段々と俯いていき、やがて扇子で顔が見えなくなった。相当に怒らせてしまったらしい。ちょっとやり過ぎたかな。

「……？　ヴァレリ様」と声を掛けたその時、彼女は顔を上げて真っ赤に潤んだ目で僕を睨んだ。

「うぁああ、ばかばかばかぁ！　リッド……リッドなんて、ゆるしてやるもんかぁああ⁉」

「えぇ⁉」

それから暫く、ヴァレリは泣き声を轟かせるのであった。

◇

「あぁ、久々に思いっきり泣いてすっきりしたわ。お騒がせしてごめんなさいね。色々と溜まっていたものが溢れちゃったみたい」

ヴァレリは鼻を啜ると、服の袖で顔を拭った。彼女の目はまだ少し赤い。でも、すっかり泣きやんでおり清々しさもある。

「い、いえ。こちらこそ、色々と申し訳ありませんでした」

そう言うと、ヴァレリは首を横に振った。

「いいの。いいの。私も結構無茶なことをやってた自覚はあったからね。それより、腹を割って話したいからもっと気さくにいきましょう。二人共、私のことはヴァレリと呼んで。私も貴方達のことをリッドとファラと呼ばせてもらうわ。良いかしら？」

「わかった。僕はそれで構わないよ。ファラは？」

「あ、はい。私を呼ばれる時はそれで構わないのですが、対外的なことを考えまして、私は、ヴァレリ様と呼ばせていただきますね」

ファラの答えに彼女は頷いた。

「あ、そうね。ファラは元王女だったわね。わかったわ。でも、いつでも好きに呼んでくれていいからね」

「はい、ありがとうございます。ヴァレリ様」

二人の会話が落ち着くと、ラティガが咳払いをした。

「僕も君達のことをリッドとファラと呼んで良いかな？」

「はい。勿論です」

「はい。私もかまいません」

「ありがとう。私にもヴァレリ同様、気さくにしてくれて構わないよ」

僕とファラが揃って頷くと、彼は嬉しそうに目を細めた。

「じゃあ、本題に移りたいのだけれど、あちらの二人は同席して大丈夫なのかしら？」

ヴァレリはそれとなく、ディアナとアスナを見やった。

「うん。あの二人は、僕の記憶のことを知っているからね。勿論、ファラもね」

「へぇ、良いわね。私はお兄様しか信じてくれる味方が居ないのに。良くすんなり信じてくれたわね」

彼女は、ちょっと怨めしそうだ。でも、言われてみれば、僕の周りには信じてくれる人が多かった。運が良かったのかもしれない。そう思った時、ファラが「いえ……それはちょっと違います」

と切り出した。

「リッド様の場合、すんなり信じられたのではなく、その方が筋が通る言動が多かったと申しますか。型破りだったとも言えるかもしれません」

彼女がそう言うと、部屋の隅で控えていたディアナとアスナが無言で「うんうん」と頷いた。その様子を見たヴァレリは呆れ顔を浮かべる。

「貴方。懐中時計や化粧水以外にも何か色々やらかしているみたいねぇ」

「さ、さぁ。そんな大したことはしてないと思うけどね」

誤魔化すように目を泳がすと、彼女は「はぁ……まぁ、良いけどね」と呟いた。

「改めて、『前世の記憶』を持つ者同士。これからよろしくね」

「うん、よろしくね。それで、早速聞きたいんだけど、どうしてこんな回りくどい上、危険な真似をしたんだい。僕が友好的だったから良かったけど、一つ間違えば大変なことになっていたかもよ？」

今後はしちゃ駄目。という意味を込めて釘を刺すと、彼女は決まりの悪い顔を浮かべ、扇子で口元を隠した。

「……なりふり構っていられなかったのよ。貴方ならその意味がわかるでしょ？　少しでも早く、協力者が欲しかったのよ」

「協力者……か」

ヴァレリがなりふり構わずだったというのは、さっきの泣きじゃくった様子から理解できる。彼女も色々なことを悩み、考え、抱え込んでいたのだろう。

「ちなみに、ラティガ様もヴァレリと同じお考えなのですか？」

「うむ。そう思ってくれて構わないよ。だが、驚かされたよ。まさか、ヴァレリの言う『前世の記憶』を持っている人物が妹以外に本当にいるなんてね」

「えっと……それは、どういう意味でしょうか？」

僕の問い掛けに、彼は苦笑すると、先程より詳細にヴァレリが記憶を取り戻した時のことを語り始めた。曰く、彼女が『前世の記憶』を取り戻したことを知っているのは、エラセニーゼ公爵家ではラティガだけだそうだ。

「最初は驚いたよ。何せ、『思い出せ』って叫びながら壁にヴァレリが頭突きしていたからね。ともかく、奇行を止めることを優先して、妹の話に協力していたのさ」

「か、壁に頭突き……」

彼女を横目で見ると、ヴァレリは僕達の会話に眉を顰めていたらしく、ラティガをじろりと睨んだ。

「お兄様……やっぱり私の話を信じていなかったんですね」

「はは、全く信じていなかったわけじゃないさ。まぁ、半信半疑という感じだよ。でも、ちゃんと協力はしていただろう。それに、ヴァレリが急にあの日から大人びたことも事実だしね」

「なるほど。では、これからはどうするお考えですか？」

二人が仲の良い兄妹なのは、見ていて間違いない。でも、彼がどこまで理解しているかは気になる部分だ。

「そうだね。リッド殿が『前世の記憶』を持っているとわかった以上、ヴァレリから聞いた話に現実味を感じているよ。だから、僕も今後の為に出来る限りのことをしたいと考えている……これで、良いかな」

「承知しました。ラティガ様、ご回答ありがとうございます」

会釈をすると、ヴァレリが身を乗り出した。

「念のため確認するけど、協力してくれるという認識を持って良いのよね？」

「そうだね……」

結論は決まっているけど、僕は口元を手で覆うと考えを巡らせた。

まず考えるべきことは、協力体制を作ることによって発生する問題は何か？　という点だろう。でも、現時点において、問題は特に無さそうだ。多少、彼等の言動に驚きはしたけど、何か実害が出たわけではないからね。むしろ、協力することで得られる利点の方が大きいかもしれない。

現状だと、帝都の情報を得る方法は限られているけど、ヴァレリやラティガを通して、エラセニーゼ公爵家から見た帝国貴族の動向を探れるのは、かなりの強み、情報になるだろう。

多分、ある程度の力を持った帝国貴族ではないと、得られない情報とかもあるはずだ。

バルディア家とエラセニーゼ家は親同士の親交が厚いから、僕とヴァレリ達が連絡を取り合っても不自然に思われることは、基本的にないと考えていい。その時、ふとある事が気になった。

「そういえば、ヴァレリは『ときレラ！』のことをどこまで覚えているの？」

「う……鋭い質問ね。実は、私の場合、記憶が明確ではないのよ。日本という国で、大人として過ごしていたという感覚はあるけど、名前とか覚えてないの。それと、『ときレラ！』というゲームを大分昔にやったという感じがするだけなのよ。後は、日常生活の知識や記憶があるぐらいだわ」

「なるほど……」

相槌を打つと、再び次の疑問を問い掛ける。

「あと、ヴァレリは、記憶で得た知識を活かして何か開発とかはしたのかな？」

「いいえ。残念だけど、何か開発できるような知識なんて、私は持ってなかったみたい。それに、公爵令嬢として学ぶことが多くて監視も多いのよ。だから、出来ることがかなり限られていて、現状だと難しいわね」

彼女は、肩を竦めてやれやれと首を横に振った。

今までの話をまとめると、前世の記憶はあるが僕と違って曖昧。多分、僕が扱える『メモリー』のような記憶を呼び起こす魔法も使えないのだろう。それから、『ときレラ！』を『大分前にやったという感じ』という言葉も少し気になる。あのゲームは、そんなに古いものではなかった気がするけど。

何にしても彼女は、こちらの活動や計画に支障を及ぼすことは、今のところしていないらしい。でも、何か引っかかるなぁ。まだ、何かあるような気がした僕は、思い切って尋ねた。

「……もう隠し事はないよね？」

問い掛けに、彼女はバツの悪そうな表情を浮かべてポツリと呟いた。

「……別に隠していたわけじゃないけど、私と第一皇子の婚約が『仮決定』しているわ」

「それは……初耳だね」

「それと合わせて、少し問題が発生していてね。実は……」

淡々と自身を取り巻く現状をヴァレリは語り始めた。

彼女……というより。記憶を取り戻す前の『ヴァレリ』が、第一皇子こと『デイビッド・マグノリア皇太子』を婚約前にかなり怒らせてしまったらしい。その問題が今も尾を引いており、彼女とデイビッド皇太子の関係性は険悪ということだ。

「勿論、今までも仲直りするため、色々と手を尽くしたのよ？　手料理を作って振る舞ってみたり、一緒に湖に行って泳いでみたり、勉強してみたりとかね」

「は、はぁ……それで、なんで改善出来なかったの？」

当然の問い掛けだと思うけど、彼女は開いた扇子で顔を隠すと、口惜しそうに小声で「……したのよ」と呟いた。

内容が聞き取れず「はい？」と聞き返すと、ヴァレリは半ばやけくそ気味な声を発した。

「ああ、もう⁉　全部悉《ことごと》く失敗して、裏目に出たのよ！」

「ど、どういうこと？」

彼女は、恥ずかしそうに失敗談を愚痴り始めた。

まず、仲直りするにはこれだと考え、デイビッド皇太子の来訪に合わせて『お菓子』作りに挑戦してみたそうだ。しかし、何故か何度やってもうまくいかない。

お抱えの料理人と一緒に材料の準備と加工。何から何まで同じ工程をやっても、何故かヴァレリの分だけは出来上がりがとんでもないことになるそうだ。

バーンズ公爵は、「美味しいよ」と言いながら食べてくれるが、ラティガは口にすると同時に真っ青になったそうだ。彼、曰く「あの味はね。生涯忘れることはなさそうだよ」ということらしい。

ヴァレリも、こんなものは皇太子に出せないと思ったらしく、お菓子作りを諦めたはず……だった。

その日、皇太子のデイビッドがエラセニーゼ公爵邸に予定通り来訪。つっけんどんな態度を取るデイビッドに、ヴァレリは何とか懸命に仲直りしようとしていた。そんな時、バーンズ公爵が部屋に訪れ「ヴァレリ、折角の手作りお菓子を皇太子殿に出し忘れているよ」と持ってきたのである。

彼女は、慌てて失敗したから食べなくて良い、と言ったが、バーンズ公爵はニコニコ笑顔でデイビッド皇太子の前にお菓子を差し出したという。

「皇太子殿下ともあろうお方が……我が娘、もとい婚約者が心を込めて作った手料理を……まさか食べられないとは仰いませんよね」

バーンズ公爵はそう言うと、目の前でそのお菓子を口に入れ「うん、美味しいよ。ヴァレリ」と目を細めて白い歯を見せた。

デイビッド皇太子は「はぁ……」とため息を吐くと訝しげにクッキーを見つめ、口に放り込むが、案の定その場で悶絶したそうだ。

それだけにとどまらず、ヴァレリが皇太子と湖に行けば浅瀬で皇太子を水浸しにしてしまう。

一緒に勉強する機会があれば、皇太子より先に問題を解いていき調子に乗ってついドヤ顔をしてしまった結果、「お前……やっぱり大嫌いだ」と言われる始末。

何故か、皇太子と彼女が仲良くしようとすればする程、逆効果になるらしい。

今のままでは断罪から逃れられないと、彼女が考えていた時にバルディア家から『化粧水』や『リンス』といった『前世の記憶』に馴染みのあるものが出現し始める。

極めつきは、バーンズ公爵がヴァレリに話した『木炭車』の存在だった。その時、ヴァレリは自分以外にも『前世の記憶』を持っている人物がいることを確信する。でも、悪役令嬢という立場もあり、『ときレラ!』のことを知っている相手に普通に会っては警戒されてしまう。

どうすれば良いだろうと考えていた時、バルディア家のライナー辺境伯から、子供達の親交を深めたいという旨の親書がバーンズ公爵に届いた。これぞ、渡りに船と帝都のバルディア邸にやってきていたそうだ。

「……という訳なのよ。全く、困ったものだわ」

「な、なるほどね。大体の状況はわかったよ」

どうやらこちらの吊した餌に食い付くどころか、飲み込んでいたらしい。僕は、彼女から聞いた話を整理しながら再び考えを巡らせる。

『ときレラ!』に存在していた悪役令嬢こと『ヴァレリ・エラセニーゼ』と同一人物ではあるが、中身は僕と同じ『前世の記憶』を持っているし、皇太子との関係改善にも努力している。

それなら、目の届くところにいてもらい皇太子との関係や、帝都の情報をこちらにもらえるよう協力体制を構築しておくのが、やはり一番良さそうかな。下手に突き飛ばすと、さっきの彼女みたいに抱え込んでしまって暴発しちゃいそうだ。

「ヴァレリとラティガ様からいただいた協力の申し出の件。僕も同じ考えなんだけど、正式な回答は少しだけ待ってくれないかな？」

「……⁉　ど、どうしてよ。同じ意見ならこの場で賛同してくれて良いじゃない。それに私は嘘なんて言っていないわ！」

ヴァレリは身を乗り出すと、必死に潔白を証明するようにまくし立てた。

「わかってる。でも、今後に関わる重要なことだからね。少しだけ、考える時間が欲しいんだ。そうだな、後日ここバルディア邸で開かれる『懇親会』までには答えられると思う。それでいいかな？」

「はぁ……わかったわ。こちらが急に提示したことだしね」

「うん。勿論だよ」

目を細めて微笑むと、ヴァレリはどこか安堵したような表情を浮かべた。多分、抱えていた不安を多少なりとも吐露できたのだろう。僕は、周りにいる皆に感謝しないといけないな。そう思った時、隣に座るファラとふいに目が合った。

「……？　リッド様、どうかされましたか？」

「え⁉　あ、いや。僕はファラが近くに居てくれて幸せだなってさ」

「ふぇ……⁉」

彼女はみるみる耳まで顔が赤くなり、俯いてしまった。わずかに耳も動いている。

「あはは……」と顔の火照りを感じて頬を掻いていると、ヴァレリが呆れ顔を浮かべた。

「……見せつけてくれるわね。羨ましい限りだわ」

「うむ。僕も将来は、ファラのような女性と出会いたいものだな」

ラティガは感嘆した様子で腕を組み、うんうんと頷いていた。

こうして、僕達とヴァレリ達の邂逅は終わり、この場で起きた話し合いの結論は後日に持ち越しとなった。当然、この場の話は絶対口外しないという約束が成される。勿論、その中にはディアナとアスナも含まれた。

「私達は構いません。ですが、ライナー様には必ずご説明をお願いします」

「勿論だよ。その時には、ディアナにも立ち会ってもらうつもりさ。その方が、説明の漏れもないだろうからね」

いざ部屋を後にすると、父上に話したらなんて言うかなぁ……と僕は少し憂鬱になっていた。

◇

父上達が談笑している部屋に皆で入ると、バーンズ公爵が目尻を下げた。

「お、戻って来たか。随分と長く遊んでいたようだね。ヴァレリ、ラティガ。リッド君やファラ君とは仲良くなれたかな？」

「はい、お父様。私達は良い友人になれると思います。ね、お兄様」

「はは、そうだね」

二人はそう答えると、こちらに目をやった。

「そうですね。ヴァレリ様やラティガ様とは、僕もとても良い友人になれると感じました」

「私もリッド様と同じ気持ちです」

僕の言葉にファラが合わせて会釈する。さすがに、互いの両親の前では、気さくな言葉遣いは使えない。

僕達の間に仲睦まじい雰囲気が漂うと、バーンズ公爵やトレニア夫人、父上も少し安堵した表情を浮かべていた。程なく、バーンズ公爵の一家はバルディア邸を後にする。

去り際、バーンズ公爵から「リッド殿が行う皇帝陛下への挨拶をとても楽しみにしているよ」と言われて「あはは……」と僕は苦笑していた。

バーンズ公爵一行が乗った馬車を見送ると、父上が少し呆れた感じでため息を吐いた。

「はぁ……。親書を送っていたとはいえ、突然の訪問は困ると、いつも伝えているのだがな。さぁ、少し遅くなったがお前達に屋敷の中を案内しよう」

「はい、ありがとうございます。父上」

父上はそう言うと、執事のカルロにも声を掛け、屋敷の中を案内してくれた。帝都の屋敷は、バルディア領にある屋敷を模して造られているそうだ。そのおかげか、あまり帝都に来たという感覚はそこまでしない。

何故そんな造りになっているのか尋ねてみると、父上は懐かしそうに教えてくれた。

「バルディア領と帝都は離れているからな。まぁ、気休め程度だが平常心を維持できるようにという私の父……リッドの祖父にあたる『エスター・バルディア』の考えだ」

「へぇ、面白い考えですね。ちなみに、祖父上ってどんな人だったんですか」

僕は意外な人物の名前が出てきて少し驚いた。祖父である『エスター・バルディア』は、僕が生まれる前には他界していたから、会ったことはない。でも、バルディア領の屋敷には、祖父母の仲睦まじい様子が描かれた肖像画が置いてある。

その絵を通じて、何度か祖父母のことをガルンに聞いたことはあるけどね。ちなみに、ガルン曰く、祖父は普段はおどけていることが多かったが、怒ると目力が父上と同等か、それ以上に怖かったそうだ。父上は歩きながら思い出を探っているようだが、やがて笑みを溢し始めた。

「はは、そうだなぁ。考えてみればお前のように型破りなことばかりして、周りを振り回していた人だったような気がするよ」

「む……失礼ですが、僕はそんな周りを振り回してなんかいません。ただ、より良くなるように色々と考えているだけです」

ムッとして答えると、一緒に歩いていたファラ達から「クスクス」と笑い声が聞こえたような気がした。

「ふふ、そんなところも父にそっくりだな。まぁ、この件はまた機会があれば話そう。それより、部屋に着いたぞ。お前達の部屋は隣同士だ。何かあれば、執事のカルロやメイド達に尋ねてくれ。私は執務室に行くからな」

「承知しました……あの、父上」

「うん。どうした」

首を傾げている父上に、真剣な話があると伝わるように畏まる。

「お忙しいとは思うんですが、急ぎお話ししたいことがあります。後でも構いませんので今日中にお時間を頂けないでしょうか」

「……わかった。では、これから一緒に執務室に行こう」

意図が伝わったらしく、父上の顔つきが厳格になった。

「畏まりました」と頷くと、傍にいるファラに目をやった。

「ファラ、君にも後でまた色々と話すね」

「はい、リッド様。いってらっしゃいませ」

その後、ディアナと一緒に父上の後を追い、執務室に向かって移動するのであった。

◇

執務室に辿り着くと、父上から促されるままに僕はソファーに腰かけた。ディアナは座らずに、傍に控えてくれている。

「カルロ、悪いが紅茶を淹れてくれ」

そう言うと、父上は机を挟んだ正面のソファーに腰を掛けた。

「さて、リッド。急ぎ話したい事とはなんだ」

「そうですね。少し長くなると思いますから、カルロが紅茶を持ってきてからでもよろしいでしょうか」

残念ながら、彼には話せることではない。その意図を込めて答えると、父上は理解してくれた様子で頷いた。

「ふむ……よかろう」

「ありがとうございます。それはそうと、父上はバーンズ公爵様とどんなお話をされたんですか？」

「うん、私か？　そうだな……」

父上は思い返すように口元に手を当てる。ヴァレリ達の様子から、バーンズ公爵達には話していないと思うけど、念のため聞いてみた感じだ。

「……バーンズの妻であるトレニアから、クリスティ商会で扱っている化粧品やリンスを何とか融通してほしいと強く言われたな。後は、子供達の自慢話をバーンズから散々聞いたが……それがどうかしたのか」

「いえ……ちなみに、子供達の自慢話はどんな内容だったんでしょう」

父上は質問が続くことで、怪訝な表情を浮かべるが意図があると察してくれたらしく、再び口を開いた。

「ふむ。まず、息子のラティガが妹の面倒見が良くなったそうだ。他にも、以前より剣術や勉学に対しての意識が強くなったとか。他にも、娘のヴァレリの成長が凄いとか言っていたな。以前は嫌なことがあると癇癪を起こしていたそうだが、今は大人のように落ち着いているそうだ。まぁ、たまに調子に乗る部分はあるそうだがな」

「なるほど」と相槌を打った時、部屋の扉が叩かれ執事のカルロが紅茶を淹れてきてくれた。

彼は僕達の前に紅茶を差し出し、「では、また何かあればお呼びください」と部屋を後にしようとしたが、父上が声を掛け呼び止める。

「カルロ。私とリッドの話が終わるまで、誰も執務室には通さないようにな」

「心得ました」

彼が丁寧に扉を閉めると、部屋に静寂が訪れる。

「これで心置きなく話せるだろう。ヴァレリ達と別室に行った時に何があったのか……聞かせてもらうぞ」

「お気遣いいただきありがとうございます、父上。では、単刀直入にお伝えいたします」

「うむ……」

父上は相槌を打って、紅茶を口に運んでいる。

「実は、バーンズ公爵の令嬢である『ヴァレリ・エラセニーゼ』様ですが、彼女は僕同様に『前世の記憶』をお持ちでした」

「……ゴホゴホ⁉ な、なんだと……？」

予想外の話だったのだろう、父上は口にした紅茶で咽《むせ》ながら驚愕して目を丸くしている。

「そして、彼女も『前世の記憶』で疑似体験しているらしく、今後において僕と協力体制を取りたいとのことです」

淡々と話をしていると、父上が両手を僕に向けて制止を求めた。

「ま、待て。もう少し、詳しく説明しろ。そもそも、バーンズの娘がお前同様に『前世の記憶』を持っていると何故わかったんだ」

「それは……彼女自身から打ち明けられました。またその際、僕も『前世の記憶』を持っている事を伝えております」

「う、打ち明けられた……だと？　いや、待て。伝えたとはどういうことだ」

父上は次々ともたらされる情報に愕然としている。

「あはは……まぁ、驚かれますよね」と苦笑しながら事の経緯を説明した。

ヴァレリが『前世の記憶』でこの世界を疑似体験していたことを『物語』にして、彼女の兄であるラティガに『ときめくシンデレラ！』として語らせたことから始まる。

その目的は『化粧水』などを開発したバルディア家の中に、前世の記憶を持った人物がいることを確信していたヴァレリによる、該当者を炙り出す為の作戦だった。

でも、その作戦に僕は乗らなかった。焦ったヴァレリが癇癪を起こしたことにより、ラティガから経緯の説明が成される。その際、ヴァレリ自身からも前世の記憶を持っていることも打ち明けられた。彼女の精神状況が追い詰められている様子もあったので、軽率な行動を防ぐため、あえて『前世の記憶』を僕が持っていることを伝えたと説明する。

父上は呆れ果て「はぁ……」と深いため息を吐くと、額に手を当て首を横に振った。

「恐れながら、ライナー様。私もその場に同席しておりましたが、ヴァレリ様が嘘をついている様子もありませんでした。リッド様の仰っていることはすべて事実でございます」

父上は、ディアナの声に反応して、眉間に皺を寄せると深呼吸を行った。

「ならば、ヴァレリが『前世の記憶』を持っていることをバーンズは知っているのか？」

「いえ、それは無いようです。ヴァレリ様に『前世の記憶』があることは、彼女の兄、ラティガ様しか知らないようです。それも、今日まで半信半疑という感じだったみたいですね」

眉をピクリとさせ、眉間に深い皺を寄せたまま、父上は目を瞑った。

多分、色々な考えを巡らせているのだろう。程なく、父上はゆっくりと目を開ける。

「どうも、要領を得んな……リッド、悪いがもう一度最初から端折らずにすべて説明してくれ」

「承知しました」

ヴァレリとラティガが、最初から目的を持ってやってきていたことから始まり、彼らが行った作戦。前世の記憶や彼女達が求める今後の協力体制についてなど、事細かに語り始めた。

粗方の説明が終わると、父上はようやく合点がいったらしく、確認を行うように呟いた。

「なるほどな。つまり、ヴァレリはリッドと同じで『前世の記憶』を取り戻した。しかし、その結果、前世の記憶にある疑似体験により、エラセニーゼ公爵家に将来訪れるであろう苦境を悟る。それに立ち向かうため、彼女同様に前世の記憶を持っているであろう人物を、何としても探し出したいという思いに駆られていた。そして、存在感を増した当家に目を付け、親書が届いたのをこれ幸いと唐突に訪れてきた……ということだな」

「はい、仰る通りです」と僕は頷いた。

「先程お伝えした通り、彼女達はかなり必死だったようです。協力者を得ようと、前世の記憶にある情報を餌にしていたのは軽率であり危険な行為として看過できません。ヴァレリ様の精神状態も追い詰められていたようですので、こちらから協力を申し出ました。今後は、ファラにも協力してもらって、親交を深めつつ動向を監視したいと考えています」

「ふむ……。確かに、前世の記憶にある情報とやらは使い方次第で非常に危険だからな。お前の判断は、とりあえず間違っておらんだろう」

父上はそう言うと、「しかし……」とすぐに別の話題を切り出した。

「彼女が疑似体験したという『苦境』とは、どのような内容なのだ」

「それに関しては、私もまだ伺えておりません。ですが、デイビッド皇太子とヴァレリ様が両想いにでもなれば解決できるとも言っていました」

ヴァレリが悪役令嬢という立場になり、エラセニーゼ公爵家が断罪される……とは言えず、苦境という言い方をしている。この件は、ディアナも内容を知らないから何も指摘はないはずだ。

二人の関係が将来的に改善すれば、解決できる問題というのも、あながち間違いではないからね。

彼女の協力してほしいという申し出の内容は、主に皇太子との関係改善の手伝いになる可能性が高いだろう。

ヴァレリとデイビッド皇太子が仲睦まじくなることは、僕の断罪やバルディア家の皆を救うことにも繋がるはずだ。

父上は、「はは」と乾いた笑みを溢した。

「まるで小説か物語のような解決策だな。だが、二人の関係が悪化すればエラセニーゼ公爵家に、何かしらの苦境が訪れる可能性はある。そう考えると、あながち間違ってもおらん……か」

「はい。それに、前世の記憶を持ったヴァレリ様を野放しにするのは危険です。先程、申し上げた通り、表向きは『協力体制』を取りながら、こちらとしては彼女を監視するべきかと。従いまして、ヴァレリ様と協力体制を結びたいと考えています」

ヴァレリは『前世の記憶』が曖昧と言っていたが、それが本当かどうか確かめる術もない。今は彼女の言う通り記憶が曖昧だったとしても、何かの拍子に鮮明に思い出す可能性もある。その時に、彼女が敵になるのか、味方でいてくれるのか現状ではわからない。味方であればそれに越したことはないけど、用心はしておくべきだろう。

「……確かに、お前と同じ『前世の記憶』を持っているのであれば色んな意味で危険な存在になりえるだろう。特に革新派の貴族が知れば、囲い込みに走るやもしれん」

父上は口元に手を当てると、目を瞑り考えを巡らせ始める。僕は、邪魔しないように静かに答えを待った。やがて、父上が深呼吸をして「ふぅ……」と息を吐くと目を開けた。

「わかった。ヴァレリとの協力体制に関して、私も陰ながら力を貸そう。だが、ヴァレリ達には私が『前世の記憶』について把握していることは漏らすなよ。知らなければ、余計な事を言う事もあるまい」

「承知しました。ありがとうございます」

畏まって頭を下げた。うん、これでヴァレリ達との約束も果たせるし、協力体制が問題なく構築できる。後は、ファラがヴァレリと親交を深めてくれればこの件はほぼ解決だね。そう思っていると、父上がふと思い出したように呟いた。

「ふむ、折角だ。両陛下への挨拶と後日開かれる懇親会についても一応、確認しておくか」

「あ、はい。畏まりました」

その後、別の話題に話を切り替えて、僕達は打ち合わせを続けた。

◇

ふと執務室の窓から外の景色に目を移すと辺りは夕闇に覆われていた。

「あはは……父上、少し話し込み過ぎましたね」

「む、そうだな。よし、そろそろ食堂で夕食にするか」

「畏まりました。では、僕はファラに声を掛けてきますね」

ソファーから立ち上がると、父上がニヤリと笑みを溢す。

「ふふ、ファラが居る場所に向かうと言ったとたん、表情が少し明るくなったな」

「え⁉　そ、そんなことはありませんよ」

「はは。そう言う割には、顔が赤くなっているぞ。なぁ、ディアナ」

僕の後ろで控えていた彼女は、『やれやれ』と息を吐くと、「ライナー様の仰せの通りでございます」と丁寧かつ淡々と答えた。

「も、もういいでしょう。では、行って参ります」

僕は無理やりに切り上げて、退室する。

「ファラ、父上との打ち合わせが終わったよ。それから、父上が一緒に夕食にしようって」

声を発しながら扉を開けたその時、背後に控えるディアナから「リッド様⁉」と何故か驚きの声が上がる。

「え、リッド様ですか⁉　少しお待ち……」

部屋の中にいるファラからも、慌てた返事が聞こえた。時すでに遅く、ファラの姿を見て固まってしまう。どうやら彼女は、アスナやメイド達と着替え中だったらしい。

今のファラは普段着の和服の下に着ているだろう、桃色の薄い襦袢《じゅばん》だけを纏っている姿だった。

「あ……」

茫然としていると、俯いたファラが何かを堪えるように震え、「……下さい」と何か小声で呟いた。

「えっと……ごめん。ファラ、いまなんて言ったの」

「部屋の外でお待ちください、と言ったんです……風爆波！」

どうやら彼女は、怒りと恥ずかしさで震えていたらしく、僕の一言でそれが頂点になったらしい。

彼女は、顔を赤らめながら叫ぶと、僕に右手を向ける。次の瞬間、突風がこちらに向かって吹き荒れた。言うまでもなく、ファラの魔法である。

「え……えぇぇ⁉」

突風により、僕は部屋の外に吹き飛ばされてしまう。同時に彼女の部屋の扉も、突風によって『バタン！』と強い音を立て閉じてしまった。魔法はちゃんと加減してくれていたらしく、部屋の外の廊下で尻もちをつく程度で僕は済んでいる。

唖然としていると、ディアナがため息を吐いた。

「リッド様。いくらファラ様が奥様になったとは言え、いきなり部屋の中に入るのはよろしくないかと存じます」

「そうだね。僕の配慮が足りなかったよ。ファラが部屋から出てきたら、心から謝ろう……」

ディアナに答えると、ガクンとその場で項垂れるのであった。

◇

着替えを終えて部屋から出てきたファラに、僕は頭を下げる。

「さっきは急に部屋に入ってごめんね」

「い、いえ、私も気が動転して魔法を放ってしまい、申し訳ありませんでした」

彼女からは魔法を放ってしまったことを謝られ、互いに次から気を付けようという話で落ち着いた。周りの皆やディアナとアスナは『やれやれ』と言った感じで、少し呆れていたけどね。

何となく気恥ずかしさを感じながら、食堂に向かう途中で「そういえば……」と切り出した。

「ファラはどうして……その着替えをしていたのかな」

「あ、それはですね。両陛下に挨拶する前に、どの服でいくべきかを確認していたんです。こちらにいるお屋敷の皆様にも、色々と意見を聞いてみたかったので……」

彼女はそう言うと、自信なさげに目を伏せる。

「そっか」と僕は相槌を打った。

ファラの場合、陛下の御前に出ることはレナルーテの使者であり、人質という役割も兼ねている。でも、ファラは帝国での書類手続きは終わっており、正式に僕の妻となっていたはずだ。彼女の立場上、帝国かレナルーテの衣装のどちらにすべきか、思うところがあるのだろう。

「そうだったんだね。でも、普段からファラが着ているレナルーテの衣装で良いんじゃないかな。バルディア家に嫁いだからと言って、全てを帝国に合わせる必要もないからね」

「ありがとうございます。でも、本当にそれで問題ないでしょうか」

お礼を言いつつも、彼女の表情は曇っている。ここまで心配する理由は、彼女の言動がレナルーテ、バルディア家、帝国の皇族や貴族と言った部分に、どうしても多少の影響があるからだろう。心配する気持ちは凄くわかるけど、一番の問題は衣装ではない。

ファラが自信を持って対応できるかどうか、という部分のはずだ。その点を考慮すれば、普段から身に着けている衣装で行くべきだろう。足を止めて振り返ると、ファラの瞳を見つめてニコリと微笑んだ。

「大切なのは、衣装じゃなくて心持ちさ。それにファラがどんな衣装を身に纏っても、僕にとっては世界で一番可愛くて綺麗な女の子だよ。だから、ファラは自分にもっと自信を持てば大丈夫さ」

「えぇ……あの、あの……はい……ありがとうございます。でもそっか、リッド様は私の事をそんなふうに想って……」

ファラは、顔を赤らめると、耳をパタパタと少し上下させる。うん、これで大丈夫そうだね。

ふと周りに目を移すと、ディアナとアスナが何やら呆気に取られている。

「二人共、どうしたの」

「いえ……リッド様は相変わらずだと思ったまでです」

「はい。いつも通り、ご馳走様です」

意図が良くわからずに首を傾げていると、アスナが「ふふ」と笑みを溢した。

「姫様。リッド様もこのように仰せですから、両陛下への挨拶にはレナルーテの衣装で良いのではないでしょうか」

「あ、そ、そうですね。では、夕食の時に御義父様にもそのようにお伝えしましょう」

ファラに、先程のような心配の色はない。

「ふふ、良かった。じゃあ、食堂に急ごうか」

「はい、リッド様」

足早に進む中、僕は気になっている事を思い出して「そういえば……」と切り出す。

「さっきファラが僕に放った『魔法』だけど、凄く威力と狙いが調整出来てたね。あれって、どうやったの？」

彼女が放った魔法は、『僕を部屋の中から吹き飛ばす程度』に威力が丁度良く抑えられていた。

あんな微調整は簡単にはできない、かなり難しい部類になる。それなのに、ファラはその場でやってのけたから、実はそのことにも驚いたんだよね。

彼女は、きょとんとした後「クスクス」と笑みを溢す。

「ふふ。最近のことですけど、レナルーテに居た時にも良く部屋にいきなり入って来る人がいたんです」

「え……⁉」

誰だそんな不埒ものは！　目を丸くすると、ファラは破顔して笑った。

「あはは、そんなに驚かなくてもリッド様もご存じの兄上です」

「あ、なるほど……レイシス兄さんか」

確かに、レイシス兄さんならやりかねない、そんな気がする。そんなことを思っていると、ファラが懐かしむように語ってくれた。

レイシス兄さんは、基本的にはノックをしてから部屋に入ってくるそうだが、気分が高揚している時は、いきなり入って来ることが多かったらしい。そんな時に限って間の悪いことが多く、ファラの怒りをよく買っていたそうだ。

そして、ファラが魔法を使えるようになったある日のこと。彼女が何度もやらかす彼に、カッとなった拍子に魔法を発動。レイシス兄さんを吹き飛ばしてしまい、大騒ぎになったそうだ。

それ以降、威力を調整した『風爆波』をファラは編み出して、レイシス兄さんに時折使うようになったらしい。

「な、なるほど。そんなことがあったんだね」

「ふふ、初めて放った時は威力の調整がまだできていませんでした。だから、兄上がかなり吹き飛んで大変だったんですすよ」

ドヤ顔で楽しそうなファラに「そ、そうなんだ」と相槌を打ちつつ、絶対に次から確認してからドアを開けようと、僕は心に誓った。


「父上、もういらしていたんですね。遅くなり申し訳ありません」

「御父様、お待たせしました」

「む、来たか」

僕達が声を掛けると、父上は書類を傍に控えていた執事のカルロに渡した。

「そういえば、先程何やら少し騒がしかったが……何かあったのか」

「え⁉　ええっと……」

どうやらファラの部屋を訪ねた時に、彼女が発動した魔法の音は屋敷中に響いていたらしい。事の次第をすでに知っているのか、父上は少し笑っている気がする。ふと隣にいるファラに目をやると、顔を赤らめて俯いていた。

「ふふ。まぁ、良い。大体の話はすでに聞いているからな」

「ち、父上……それは少し意地が悪いですよ」

ファラは、父上の言葉に少し意外そうにするが、すぐにハッとして「御父様……意地悪です」と言い返した。でも、そんな僕達のやり取りに父上は楽し気だ。

「はは、すまんすまん。それより、早く夕食にしよう。お前達も早く席に着きなさい」

「はぁ……承知しました」

程なくして夕食が運ばれてきた。食事の内容は意外にも、バルディア領の屋敷と変わらないものが多い。強いて言うなら、少しお肉が多い感じがするぐらいだろうか。食事中、僕達が感じたことを察してくれたのか、父上が話し始める。

「……バルディア領と帝都にそれぞれある屋敷の食事内容は、あまり変えないようにしている。もし、帝都主流の味付けが食べたい時は、執事のカルロに伝えておくようにな」

「わかりました。ちなみに、父上。帝都主流の味付けってどんな感じなんですか」

「あ、それは私も気になります」

僕達の反応を見るなり、父上はおどけて首を横に振った。

「はは、興味を持つのは良いがあまりお勧めできんぞ」

父上はそう言うと、お勧めしない理由を説明してくれた。

帝都には帝国内のあちこちから様々な食材が届くそうだが、同時に輸送も時間がかかるらしい。その結果、食あたりを防ぐ意味でとにかく焼いたり、茹でたり、濃く味付けしたものが大半だそうだ。確かに考えてみれば、馬車で遠方から食材を常温で持って来るとなれば、傷むのが早い物も多いだろう。

皇族や高位貴族になれば、食材を生きたまま帝都に輸送してきて処理する方法もあるらしい。でも、一般貴族までその方法を使えば、輸送費や人件費とかの費用が馬鹿にならないから、現実的ではないそうだ。

「……とまぁ、お勧めできん理由は以上だ。しかしそれ故、『懇親会』に出す料理を食べた中央貴族達の反応が今から楽しみだがな」

説明が終わると、父上は何やら不敵に笑い出している。

帝都の料理は、そんなに美味しくないのだろうか。でも、仮に父上の言う事がすべて事実だとしても、食べずに決めつけるのは良くない気がする。木炭車による食材輸送も、今後展開すべき事業内容の一つと考えているから、市場調査の意味でも一度は食べてみよう。

「理由は承知しました。しかし、それでも一度は食べてみたい気がしますから、明日の朝に少しだけ帝都の料理を出してもらってもいいですか」

「そうですね。折角ですから私もお願いして良いでしょうか、御父様」

どうやらファラも帝都の料理を実際に食べてみたかったらしく、僕に追随するように自身の胸の前で小さく挙手をしている。

「はは。良いぞ、食べてみたいというなら止めはせん。カルロ、リッドとファラの明日の朝食に出してやれ」

さて、どんな料理が出て来るのか少し怖いけど、明日の朝食が楽しみだな。

皆で夕食を取りながら明日のことに話題が移った時、両陛下の御前に出る際に身に着けるファラの服装について父上に投げかけた。

「ふむ……ファラの服装か」

「はい。僕はレナルーテの服装がファラに似合っているから今のままで良いと思うんですが、どうでしょうか」

父上は、ゆっくりとファラに目をやった。少し気恥ずかしそうにしていた彼女だが、真面目な面持ちとなり話し始めた。

「その、私もリッド様にそう仰っていただきましたし、明日はレナルーテの衣装を身に纏いご挨拶しようと考えております」

「はは、そうか。ならば、それで良いのではないか」

彼女の真面目な雰囲気とは裏腹に、父上は頬を緩めて軽い感じである。

ファラが首を捻り、「本当によろしいのでしょうか」と不安げに尋ねると、父上は「うむ」と頷いた。

「確かに、明日は両陛下の御前に出る事にはなるが、そのようなことを気にする方々ではない。一部の中央貴族が裏で何か言うかもしれんが、何をしても陰口を言う奴らはいる。気にする必要もなかろう。それよりもファラとリッドが、一番自信を持てる衣装を着ていくことだ」

「ですよね。ファラ、明日はやっぱりいつも通りレナルーテの衣装で良いと思う」

「はい……ありがとうございます」

彼女は僕達の言葉を聞いて、嬉しそうに微笑んでいた。

それから夕食を食べ終わった僕は、自室に戻りお風呂と明日の準備を済ませるとベッドの上に仰向けで寝転んだ。すると、緊張の糸が切れたのか、疲れがどっときて、強烈な眠気に襲われる。

「はぁ……馬車旅が終わって早々……ヴァレリ達との邂逅……父上との話し合い……色々大変だったなぁ……今日は……早く……寝よ」

目を瞑って程なく、僕は意識を失うように深い眠りに落ちるのであった。

貴族の洗礼

「……また、見慣れない天井だ」

お約束のように呟くと、ベッドから体を起こして目を擦り「うーん」と両手を上に上げて背伸びを行う。ふとベッドの横に目を向けると、何やら見知った顔がそこにあった。

「……ファラ、何をしているのかな」

「あの、その……朝起こすお役目をディアナから譲ってもらったんですけど」

「そうなんだね、なら起こしてくれれば良かったのに」

よく見ると彼女の顔は赤くなっており、何やらはにかんでいる。

「い、いえ、起こそうと思ったんですけど、リッド様の寝顔が可愛くて……つい眺めちゃいました」

「え……え？」

呆気に取られていると、扉が叩かれてディアナが「リッド様、失礼します」と入室する。そして、彼女は、僕達を見ると「はぁ……」とため息を吐いた。

「ファラ様。恐れながら申し上げます。本日は登城するため、あまり時間がありません。リッド様の寝顔を楽しむのは、バルディア領に戻ってからにしていただきたく存じます」

「はい。わかりました」

「えぇ⁉」

二人の息の合ったようなやり取りに、僕は置いていかれた。というか、僕の寝顔を見るのは決定なのか。

それから帝都の登城に向け、バルディア邸の朝は大忙しである。

身だしなみを整えた僕達は、前日の夕食同様に、食堂に皆集まり朝食を取った。

でも、この時、僕とファラが前日の行いを悔いる出来事が起きる。それは、帝都の味付けがされた料理だ。

バルディア領では、様々な食材の輸入と研究が行われ、食文化の向上にも力を入れている。そんな舌の肥えてしまった僕とファラには、帝国の味付けがどうしても口に合わなかった。食べやすいようにと、肉料理が出されたんだけど、パリパリに焼かれていて硬いうえに苦いのである。

その様子に父上は「くくく。だから言ったでは無いか」と笑っていた。

僕は自分の言った言葉に後悔しながら、ファラの分も含めて何とか食べきったけどね。でも、帝国の味付けは当分いいやと思った朝だった。

◇

僕達は、バルディア邸を馬車で出発。帝城に到着すると待合室に案内された。今は、声が掛かるのを待っている状況だ。

室内では、備え付けられたソファーに父上、僕、ファラの三人が腰掛けており、アスナやディアナは傍に控えている。

「はわぁ……帝城はレナルーテとは全然違う造りですね」

ファラが部屋の内装を見回して、驚嘆の声を漏らした。

「姫様の仰せの通り、帝国の建築技術が本国とは根本が違うのでしょう。帝都の町並みを見ると、改めてその大国ぶりに驚きます」

アスナは、ファラに同意するように感嘆している。

帝城は、豪華絢爛という言葉が合うような内装と外装が施されているからだろう。多分、外国から来た要人を圧倒させ、威圧する目的もあるんだろうな。

「そうだね。僕も初めて来たから、帝都とこのお城の大きさに驚いているよ」

それは正直な感想だった。父上から話は聞いていたけど、帝都は人の行き交いも多く、商売が盛んで活気づいている。それに、建物も立派なものが多い。特に貴族街から帝城までに立ち並ぶ建物は、かなり豪華な造りになっていたのが印象的だった。

「そう言えば、ディアナは帝都に来たことはあるんだっけ？」

「私は、ライナー様のお供で何度かはありますが、数える程度でございます」

彼女がそう答えると、父上が補足するように話し始めた。

「バルディア騎士団に入団した者は、一人前になると一度は帝都に連れてきている。後は、その者の素行次第だな」

「素行次第……ですか？」

聞き返すと、父上は肩を竦めて首を横に振った。

「帝都で何かあるとすぐに社交界で噂されるからな。騎士には剣術だけでなく言動も求められるというわけだ」

「なるほど……」

そうなると第二騎士団の子達は大丈夫だろうか。何人か気になる子がいる気もするけど。

父上は、僕とファラを交互に見て「それはそうと……」と話頭を転じた。

「二人共、興味があるのはわかるが。両陛下の前ではキョロキョロするなよ。その辺りも、揚げ足取りをしてくる奴らもいるからな」

「む……父上、さすがにその程度のことは僕やファラでもわかりますよ」

膨れ面で返事をすると、周りから『クスクス』という笑い声が響く。

「ふふ、そうですね」とファラが相槌を打ったその時、部屋の扉が叩かれた。

「ライナー様。ベルルッティ・ジャンポール侯爵様がご挨拶したいと来られております」

「ベルルッティ侯爵……だと？　わかった、すぐに通してくれ」

「承知しました」

兵士が居なくなると、父上は眉間に皺を寄せた。事前の情報だと、ベルルッティ・ジャンポール侯爵は、帝国貴族の革新派と言われる派閥で頂点に立つ人物だ。そんな人物が挨拶したいというのは何事だろうか。

僕とファラが顔を見合わせ、少し顔を強張らせると父上が話しかけてきた。

「今からやってくるベルルッティ侯爵は、帝国貴族においてかなりの力を持っている。物腰は柔らかいが、その裏では何を考えているかよくわからん。余計なことを言ったり、簡単に気を許すなよ」

「はい、承知しました」

頷いてから間もなく、部屋の扉が丁寧に叩かれる。父上が返事をすると、身なりの良い男性二人が入室してきた。

一人は青い瞳と茶髪で五十路を越えていそうで、表情は柔らかく優しい。もう一人は、水色の瞳と茶髪で、父上と同じか少し年上ぐらいの男性だけど、表情は少し硬く、怖い印象を相手に与えそうだ。父上が立ち上がり出迎える。

「やぁ、ライナー殿。陛下にご挨拶する前にお邪魔して申し訳ない」

「とんでもないことでございます、ベルルッティ侯爵。それにベルガモット殿も、こうして話す機会はあまりなかったですな」

父上は、ベルルッティ侯爵と握手した後、もう一人の男性。ベルガモットにも手を差し出した。

「確かに、会議の場以外で貴殿と話す機会はあまりない故、珍しい場やも知れませんね」

ベルガモットは、父上の差し出した手を握った。なんだろう、彼等からは、何か牽制し合うような雰囲気が漂っている。腹の探り合いという感じだろうか。ベルルッティ侯爵が僕達に目を向けた。

「ふむ。彼らがライナー殿の息子と、レナルーテ王国の第一王女であったファラ殿ですな」

「はい。お察しの通り、リッド・バルディアです。以後、お見知りおきをお願い致します。あと、私の妻となった……」

挨拶を行った僕は、そのまま紹介するようにファラに視線を向けた。その意図にすぐに気付いた彼女は、ペコリと一礼する。

「この度、レナルーテ王国からバルディア家に嫁ぎました、ファラ・バルディアでございます。以後お見知りおきをお願いします」

彼女が口上を述べると、ベルルッティ侯爵は顎をさすった。

「ほう……これはこれは、ご丁寧にありがとう。なるほど二人共、実に利発そうでよろしい。いやはや、今から将来が楽しみですなぁ。ライナー殿」

「ベルルッティ侯爵にそう言っていただけるとは、嬉しい限りです。とはいえ、まだまだ二人には学んでもらうことは山積みですがね」

会話の中で僕達に温かい眼差しを向ける父上だけど、すぐに厳格で鋭い視線をベルルッティ侯爵に向けて尋ねた。

「……ところで、今日はどのようなご用件でしょうか」

「あぁ、まだ言っていなかったな。いやなに、リッド君は私の親しい友人だったエスターとトリスタンの孫だからね。直接会っておきたかったんだよ」

エスターは父方、トリスタンは母方、それぞれ僕の祖父にあたる人だ。彼は父上に答えながら、優しくも怪しい光が宿る瞳で、品定めするような眼差しを僕に向けている。目が合った瞬間、背中にゾクッとした嫌なものを感じた。やがて、彼は僕に満足したらしく、ファラに目を向ける。

「それと、君にも一目会いたかったんだよ。ファラ王女」

「私……ですか？」

彼女が首を捻ると、ベルルッティ侯爵は「うむ。君は場合によっては、私の孫の妻になっていたやもしれんからな」と答え、目尻を下げた。

僕とファラが「え……!?」と目を丸くすると、「おや、ライナー殿から聞いてなかったのかな？」と彼は話を続けた。でも、渋面の父上が話を制止するように声を発する。

「ベルルッティ侯爵、それはすでに終わった話です。わざわざここでする必要はないでしょう」

「いやいや、ライナー殿。それは違いますぞ」と即座に反応したのはベルガモットだ。彼は、首を軽く横に振りながら躍り出る。

「失礼ながら我らが終わった認識でも、他の貴族達はそう思うまい。それに、いずれ彼女の耳にも入ることだ。事前に伝えておいたほうが、心構えも出来ると言うもの。そうではないかな、ファラ王女殿」

ベルルッティ侯爵は何か言う気配はない。むしろ、どう反応するか楽しむようにこちらを見ている。ファラもその視線には気付いているようで深呼吸をしてから微笑み、ゆっくり頷いた。

「そうですね。レナルーテ王国の元王女としては、どのような政治的な流れで私とリッド様の婚姻が決まったのか……非常に興味がございます。しかし、それを本当にこの場で私にお伝えしてよろしいのでしょうか」

「ほう……どういう意味かな」

反応したのはベルガモットだ。ファラは、彼を真っすぐに見据えつつ、僕の手を力強く握った。

「私はリッド様の妻とはいえ、他国であるレナルーテ王国の元王女でございます。それに私と初対面となるお二人が、帝国内の重大な政治的判断を下した流れを軽々しく話すということは、些か軽率かつ安易な言動ではないかと存じます。……そうお考えにはなりませんか」

ベルルッティ侯爵とベルガモットは、年端もいかない少女からやり返されるとは思っていなかったらしく、目を見張った。

ここは攻め時だろう。そう思い、ファラの手を強く握り返した。

「ファラはすでにバルディア家の一員であり、正式に私の妻となっております。それ故、この場の話が外部に漏れるということは勿論あり得ません。しかし、私達以外にも『人』がいるこの場において、妻の言う通り安易にお話しすることではないと存じますが……如何でしょうか」

僕は、ディアナやアスナを横目で一瞥する。彼女達は、目を瞑りながら静かに会釈して畏まった。その視線と彼女達の動作に、ベルルッティ侯爵とベルガモットの二人も気付いた様子で「なるほど……」と相槌を打った。そして、ベルガモットが父上に目を向ける。

「確かに、これは安易な言動だったようだ。ライナー殿、申し訳ない」

「いえ、構いません。しかし、この件は貴殿達から各貴族に触れることの無いようにお伝えください」

釘を刺すように答えると、父上は鋭い眼差しを二人に向けた。でも、彼らは臆することなくむしろ楽しそうである。「ふむ」と、ベルルッティ侯爵が悠然と頷いた。

「承知した。私の周りにいる者達にもそのように申し伝えておこう。しかし、ファラ王女は実に素彼は不敵に笑いながらファラにゆっくりと近寄り、小声で呟いた。

「どうだろう、ファラ王女。良ければ今からでも、私の孫の元へ来ないかね」

「な……!?」

あまりに失礼な言動に、僕は憤りで体が震えた。だけど、そんな僕を押さえるように彼女は、手を力強く握る。

「ベルルッティ侯爵様。お言葉ですが、私はすでにリッド様の妻であり、バルディア家の一員。骨を埋める覚悟でございます故、謹んでお断りいたします。それと、恐れながら少し悪ふざけが過ぎるかと」

毅然とした態度を示すファラから睨まれた彼は、途端に破顔しておどけ始めた。

「ははは。いやいや、すまんすまん、単なる冗談だよ。これぐらいのことで感情を表に出しては、貴族社会で生き残れんのでな。まぁ、貴族からの洗礼というやつさ。年寄りのお節介だとでも思ってくれたまえ。では、そろそろ失礼しよう。では、ライナー殿。また陛下の御前でな」

ベルルッティ侯爵は満面の笑みで踵を返す。

こ、この確信犯め。何が『年寄りのお節介』だ。今のは、言うならば『年寄りの冷や水』だったじゃないか。

大方、子供だと思って、何も言い返せないと高を括ってるんだろう。だとしたら、それは大きな誤りだと教えてあげようじゃないか。

「少々、お待ちください」

二人は足を止めて振り返ると、「どうかしたのかな？」と訝しむ。僕は、あえてニコリと微笑んだ。

「ベルルッティ侯爵とベルガモット殿。恐れながら、今回の件は些か失礼が過ぎましょう。それとも私とファラがまだ子供だからと、何を言っても許されると侮っておいでなのでしょうか」

「ふむ、冗談だと申したであろう。それに、侮ったというつもりは無かったがね」

余裕のある態度を崩さず答えるベルルッティ侯爵。こちらも、一歩も引くつもりはない。

「だとしても私の妻に対して、『孫の妻になるかもしれなかった』と仰り。あまつさえ『孫の元へこい』などと、冗談でも許されることではありません」

ベルルッティ侯爵は、何も言わず怪訝な面持ちを浮かべていたが、急に口元を緩めた。

「さすがはエスターとトリスタンの孫だ、実に鋭くて良い目をしている。はは、そうでなくてはな。確かに私の悪ふざけが過ぎたようだ。ライナー殿、リッド君、ファラ王女、不快な思いをさせて申し訳なかった」

言うがいなや、ベルルッティ侯爵が僕達に向かって深く頭を下げて一礼する。ベルガモットも続くように頭を下げた。あまりにあっさり謝罪をする彼等に唖然としていると、頭を上げたベルルッティ侯爵が父上に目をやった。

「ライナー殿。今回の件はこちらが全面的に悪い故、何かあれば言ってくれたまえ。私で出来ることは何でも力になろう」

「承知した。それから謝罪は受け入れますが、今後はこのような悪ふざけはご遠慮願いたく、これっきりにしていただきたい……二度目はありませんぞ」

「うむ。あぁ、それと言い忘れていた。貴殿達の行う懇親会には私の娘と孫も参加するつもり故、よろしくな。では、失礼する」

ベルルッティ侯爵とベルガモットは、言うだけ言うと笑いながら楽しそうに退室する。部屋には静寂が訪れるが、ハッとした僕は父上に迫った。

「なんですか、あの失礼な方々は⁉」

「だから言っただろう。何を考えているのかわからん奴だとな。おそらく、お前達を試す意図であのような物言いをわざとしてきたのだろう」

呆れ顔の父上に、納得出来ずに「そんなことが許されるんですか⁉」と怒号をあげる。

父上は首を軽く横に振った。

「奴も言っていただろう。貴族社会の洗礼、冗談だとな。感情的になればなるほど、奴らに足を掬われるぞ。それに、帝都とはこういうところなのだ。相手を怒らせ、失言を引き出すのも貴族達の常套手段である。奴らが何を以てあのような物言いをするのかを常に考えなさい」

多分、現状における僕やファラの沸点や切り返しなどの『対話力』や『頭の回転』を見極めるため、彼らはわざと失礼な物言いをしてきた。

父上もそれがわかっていたから、そこまで事を荒立てるような言い方はしなかったのだろう。

理解は出来るけど得心が行かず、「むぅ……」と口を尖らせた。父上はそんな僕の顔を見て苦笑する。

「まぁ、そう仏頂面になるな。それに、お前が切った啖呵は中々良かったぞ。あの様子であれば今後、彼らがあのような物言いをしてくることはあるまい。それと、ファラ。君の受け答えも素晴らしかったぞ」

「とんでもないことでございます。突然の事で少し驚きはしましたが、この手のやり取りが多いと言う話はお母様や母上から聞いておりましたから……でも、あの、リッド様」

彼女は、少し顔を赤らめて隣にいる僕に視線を移す。

「……うん？　なんだい」と聞き返すと、彼女は嬉しそうに呟いた。

「怒ってくださったこと、私はとても嬉しかったです」

僕は軽く首を横に振ると、彼女の両手を力強く握った。

「そんなの当たり前だよ。ファラは僕の妻なんだから、絶対に誰にも渡さないからね」

「は、はい。ありがとうございます」

ファラは頷くと、顔を赤らめて耳をパタパタと上下させていた。


ベルルッティ侯爵とベルガモットが退室して部屋の雰囲気が落ち着くと、父上は咳払いをする。

「こうなった以上、お前達の婚姻が纏まった経緯を話しておくべきだな」

ファラとアスナは互いに顔を見合わせた後、「私達が聞いてよろしいのでしょうか？」と心配そうにファラが聞き返した。

先程、ベルルッティ侯爵やベルガモットのやり取りにおいてファラは、『帝国内における政治的な決定の流れを、レナルーテの元王女に話すのは軽率だ』という旨の発言をしている。

多分、彼女達の本心でもあったのだろう。父上は小さく首を横に振った。

「今までの言動から、君達が信用できると判断したまでだ。それに、ファラはバルディア家に骨を埋める覚悟を固めてくれているのだろう。それであれば問題ない」

「うん、父上の言う通りだと思う」

「リッド様、お父様。ありがとうございます」

ファラは嬉しそうに頬を緩め、僕達に会釈すると、「姫様へのご配慮、感謝致します」と言ってアスナも頭を下げた。

それから父上は、改めて僕とファラの婚姻が決まった経緯について語り始める。

帝国はレナルーテと同盟を結び、裏では属国とする密約を締結しているけど、この点は二人に伏せたまま、父上は話を進めた。

レナルーテの王族と帝国の皇族もしくは次位の貴族との婚姻は、両国の関係をより強固なものにするべく、同盟を結んだ時から決まっていたそうだ。

ファラが一定の年齢に近付いたことで、レナルーテから婚約もしくは婚姻の打診が親書によって帝国に届く。皇帝は、第二皇子である『キール・マグノリア』との婚姻を当初は検討したそうだが、中央貴族達からの反発を受け、この件はかなり揉めたそうだ。

特に同盟を結んでいるレナルーテの王族と、帝国の皇族が婚姻する是否が問われたらしい。

「いずれわかることだが、帝国とレナルーテは同盟を結んでいても、政治的な力関係は帝国が強い。

それ故、中央貴族達は皇族の皇子という手札を出すのを渋ったのだ。王族のファラからすれば、辛い話かもしれんがな」

「そうですね……」と彼女は頷いた。

「一国の王女としては悔しいお話です。ですが、幸いそのおかげで、私はリッド様の元に嫁げました。こう思ってはいけないのでしょうけれど、個人的にはこれで良かったと存じます」

ファラはそう言うと、熱っぽい眼差しをこちらに向ける。

「う、うん。僕もだよ」

相槌を打ったけど、同時に顔の火照りを感じた。そのやり取りを目の当たりにして、父上は目を細め口元を緩めている。

「そうか。ならば良かった。……しかし、わかっていると思うが、この話をレナルーテにしてはならんぞ」

釘を刺すように、ファラとアスナを鋭い目つきで父上は睨んだ。彼女達が話すことがないとわかっていても、念のためということだろう。ファラ達もその意図を察してか、臆さず「承知しております」と揃って会釈する。

「うむ、では話を続けよう」

父上は説明を再開した。

帝国の皇族とレナルーテの王族による婚姻に関して、日々行われた会議の結果、『同盟を締結しているレナルーテの王族と帝国の皇族を婚姻させることの意義と価値は低い』という判断が下される。そして、『次位に位置するどの貴族と婚姻させるか？』という議題に会議は移ったそうだ。

この時の候補として各公爵家、辺境伯家、侯爵家までが候補に挙がったらしい。

でも、年齢差やすでに婚約が決まっている子息も多く、最終的な候補は『バルディア辺境伯家』もしくは『ジャンポール侯爵家』の二家に絞られたそうだ。だけど、『ジャンポール侯爵家』とレナルーテの王族との婚姻に、難色を一際示す者がいた。

なんと、皇帝のアーウィンと皇后のマチルダである。

二人は『革新派』の頂点に立つ、ジャンポール侯爵家が他国との繋がりを持ち、国内政治における影響力が強くなることを危惧したらしい。結果、『保守派』の頂点である『エラセニーゼ公爵家』のバーンズ公爵に両陛下は根回しを行い、保守派の意見をまとめ革新派を抑え込み、僕とファラの婚姻を強引に決定したそうだ。

「ベルルッティ侯爵からすれば、リッドとファラの婚姻が強引に決定されたことは寝耳に水だっただろう。奴はファラを孫の妻とするべく、色々と動いていたらしいからな」

父上は、机の上に置いてある紅茶を手に取り一口飲んだ。

つまり、ベルルッティ侯爵は自身の政治的影響力を高める為、最初からファラと彼の孫を婚姻させるべく動いていたのだろう。でも、あと一歩のところで皇帝達が強引に僕とファラの婚姻を決めてしまった。

だけど、この話で気になるのは、ベルルッティ侯爵が政治的影響力を高める為とはいえ、何故孫の婚姻相手として『ファラ』を選んだのか。普通に考えれば帝国内における政治力を高めるなら、皇族や公爵家との繋がりを作ったほうが早い気がする。

「だから、ベルルッティ侯爵様は私が『孫の妻だったかもしれない』と仰せになったんですね」

感慨深そうにファラが言うと、父上が相槌を打った。

「うむ。奴からすればファラは『逃がした魚は大きい』という存在なのだろう。まぁ、私もリッドとファラの婚姻が決まったことを陛下から聞かされた時は、あまりに突然のことで驚いたものだ」

「そう言えば父上も、僕に教えてくれた時に『今回の帝都訪問で初めて知った』と仰っていましたもんね」

「ああ、そんなこともお前に言っていたな」

父上は、残っていた紅茶を飲み干して机に置いた。

「さて、この話はこれで終わりだ。それに、決定に至るまでにどんな紆余曲折があったにせよ、お前達は帝国において正式な夫婦となっている。誰に何を言われても胸を張り、堂々としていれば問題ない。良いな」

「はい、父上」

「はい、御父様」

僕達は揃って頷いた。それから少しすると、僕達はいよいよ皇帝に呼び出されるのであった。

リッドと謁見の間

皇帝陛下の呼び出しを兵士から告げられた僕達は、案内されるままに謁見の間に足を進めていた。

父上は慣れた足取りだけど、僕を含めファラやアスナの顔は少し強張っている。

先導していた兵士が、豪華な装飾が施された大きい両開きの扉の前で足を止めた。

「バルディア領、領主。ライナー・バルディア辺境伯とそのご子息、リッド・バルディア様。そして、レナルーテ王国第一王女、ファラ様をご案内致しました」

声が轟くと、ゆっくりと扉が開かれていく。扉の先に大きい空間が広がっており、一番奥には両陛下が玉座に鎮座している。広間の両端には、帝国貴族達が姿勢を正して佇んでいた。

良く見ると、ベルルッティ侯爵やベルガモット。バーンズ公爵の姿もある。

目の前の光景と厳かな雰囲気に息を呑むと、その様子に気付いた父上がフッと笑った。

「ふふ、お前でも怖いか」

「……いえ、武者震いです」

「上等だ。では二人共、陛下の御前に赴くぞ。失礼の無いようにな」

父上はそう言うと、貴族達の注目を浴びる中、臆せずに颯爽と陛下の前に足を進めていく。

僕とファラは互いに顔を見合わせて頷くと、胸を張り堂々と後を追った。

父上は謁見の間の中央に辿り着くと、畏まり片膝をつく。僕達も父上同様、畏まり片膝をついた。

間もなく、大広間に威厳のある声が轟く。

「遠路はるばる来てもらったのに、大分待たせてしまったな。良い、面を上げ楽にせよ」

「は、それでは失礼します」

父上が畏まった声で答えると、僕は顔を上げる。そして、玉座に鎮座している両陛下へ失礼の無いように視線を向けた。皇帝のアーウィン・マグノリアは、澄んだ水色の瞳と短めで清潔感のある綺麗な金髪だ。服装は思ったより質素で動きやすそうだけど、所々に装飾が施され気品と豪華さが両立している印象を受けた。

その時、意図せずに皇帝陛下と目が合ってしまった。

「ふむ。そちらがライナー辺境伯の息子か」

皇帝陛下はニヤリと笑う。

「はい。恐れながら、息子から皇帝陛下にご挨拶をさせていただいてもよろしいでしょうか」

「うむ、許そう」

陛下の許しを得た父上は、こちらに目配せをする。僕は頷くと、玉座に鎮座する両陛下を真っすぐに見つめた。

「陛下、お初にお目にかかります。父、ライナー・バルディアよりご紹介に与りました、リッド・バルディアでございます。以後、お見知りおきくだされば、幸いでございます」

「ほう……その歳で臆せずに口上を述べるとはな。それに、なかなかに良い面構えだ。なぁ、マチルダ」

「ええ、本当ですね。さすがはライナー辺境伯とナナリーの息子というところでしょうか」

両陛下が感嘆している様子だから、挨拶は問題なかったかな？　そう思いつつ、皇后のマチルダ陛下に視線を移す。

彼女は意志が強そうな桃色の瞳に加え、薄い桃色の髪を後ろで纏めている。とても気品に溢れ、凛とした印象を受ける女性だ。でも、雰囲気が誰かに似ているような気がする。僕の口上が終わると、両陛下は視線をファラに向けた。

「して、其方がレナルーテ王国、第一王女のファラ殿か」

「はい。恐れながら、私からも両陛下にご挨拶をさせていただいてよろしいでしょうか」

「うむ」と皇帝陛下の許しが出ると、彼女はこちらを横目で一瞥する。

背中を押すように、『大丈夫』という意図を込めて微笑んだ。ファラは、僕の仕草を見て、硬い表情を解くと改めて両陛下が鎮座する前を向いた。

「アーウィン陛下、マチルダ陛下、お初にお目にかかります。レナルーテ王国の国王、エリアス・レナルーテの娘。第一王女、ファラ・レナルーテでございます。しかし今は、バルディア家のご子息リッド・バルディア様と婚姻を結び、名をファラ・バルディアと改めております。以後、お見知りおきください」

口上を述べると、彼女は綺麗な所作で一礼した。

「さすがは、レナルーテ王国の王女だな。ライナーの息子であるリッドに負けず劣らず、素晴らしい口上だ。しかしすでに承知だろうが、今回の婚姻は我が国とレナルーテ王国の関係をより強固にするためのもの。それ故、言動にはくれぐれも注意するようにな」

「はい、承知しております。両国がより強固で良好な関係となれるよう尽力する所存でございます」

ファラは皇帝の言葉に臆せず、ニコリと頷いた。その姿は、彼女の母であるエルティアを彷彿させる凛としたものだ。

両陛下と僕やファラの毅然としたやり取りを目の当たりにした貴族達から「おぉ」という感嘆の声が漏れ聞こえている。

マチルダが、扇子で口元を隠しながら目を細めた。

「ふふ。ファラ・バルディア。全く私達に物怖じしないその姿、さすが王族です」

「全くだ。では二人共、今後も国の為に尽くすようにな」

「畏まりました」

僕とファラは、両陛下の言葉に揃って頭を下げる。

周りにいる帝国貴族からも、特に揚げ足を取るような指摘もない。両陛下に対する挨拶はこれで問題ないかな。そう思っていると、皇帝陛下が父上に問い掛けた。

「さて、ライナーよ。今日は、バルディア領で開発した品物やレナルーテから預かってきた献上品があるとも聞いている。その件についても、この場で話を聞かせてもらうぞ」

「承知しました。では、ご説明させていただきます」

父上は皇帝陛下に答えると、こちらに目配せをする。

両陛下に対する挨拶も重要だけど、バルディア領の今後の発展に大きく関わるのはこの献上品だ。父上が皇帝の許可を得て、バルディア騎士団の騎士達が様々な品を謁見の間に運び込む。レナルーテからの献上品は和風的なものが多く『刀』、『甲冑《かっちゅう》』、『着物』などだ。

帝国の両陛下に献上する品の為、素人の僕から見ても素晴らしいものだとわかるほどである。

一部の貴族達からも、「ほう」と感心するような呟きがチラホラと聞こえた。両陛下は運ばれる品々に目をやりはするが、特に驚いている様子はないようだ。帝国の頂点に立つ皇族からすれば、レナルーテからの献上品は何度か見ているのかもしれない。

品々が運び込まれると、父上とファラが簡単に献上品についての説明を行った。

「レナルーテの精巧な作りの品々は、いつ見ても素晴らしい。レナルーテには、感謝の意を送るとしよう」

皇帝の言葉に、ファラは畏まり一礼する。

「有り難きお言葉。父、エリアスも喜ぶと存じます」

「うむ。さて、ライナー。レナルーテからの献上品はわかったが、バルディア領で新たに開発したものとはなんだ」

「はい。では、バルディア領で開発した品をご紹介させていただきます。一つ目は、懐の中に忍ばせることができる時計……『懐中時計』でございます。リッド、両陛下にお持ちしなさい」

謁見の間に父上の声が響くと、貴族達がざわめいた。この世界では、携帯出来る時計はまだ開発されていないから、当然の反応かもしれない。

「承知しました」

頷くと、ディアナから『懐中時計』が入った箱を受け取り前に進む。そして、両陛下の前で片膝を突いた。

「こちらは両陛下の為、特別な装飾を施した世界に二つだけの懐中時計でございます。どうぞ、お納めください」

「まぁ、可愛い」

「ほう……これが時計とな。装飾が施された記章のようにも見えるが？」

「いえ、それは時計の文字盤が壊れにくいように蓋がしてあるのです。どうか、上部にある突起を押してみてください」

両陛下が突起を親指で押すと、懐中時計の蓋が開き、ドワーフのアレックスや狐人族、猿人族達の皆による細かい装飾が施された文字盤が姿を現した。精巧さと豪華さで言えば、バルディア領で作られた懐中時計において一番の物だろう。

「これは素晴らしい。時計と言えば壁掛けや据え置きで大きいものが主流だが、これ程に小さくできるとはな。少し考えるだけでも、有効な使い方が溢れている代物だ」

「陛下の仰る通りです。これ自体も素晴らしい逸品であることは間違いありません。しかし、それ以上の可能性を感じますね」

「気に入っていただけたようで、何よりでございます」

僕が一礼したその時、貴族が集まる場所から声が響いた。

「アーウィン陛下、恐れながらその時計を拝見させていただいてもよろしいでしょうか」

「む……グレイド辺境伯か。この時計がやはり気になるか」

「勿論でございます。携帯できる時計について、以前より我が領地でも試作しておりましたが、そこまでの小型化には至っておりません。故に、拝見させていただきたく存じます」

「よかろう、リッド。其方も異論はなかろう」

「はい。是非、グレイド辺境伯にも見ていただきたく存じます」

良い流れかもしれない。グレイド辺境伯は、バルディア家と並ぶ軍事力を持ち『帝国の盾』と称されるケルヴィン家の現当主だ。

彼に懐中時計の有用性を認めてもらえれば、貴族達の注目はさらに集まる。そして、『懐中時計』の注文にも繋がり、バルディア家をより発展させる資金源になっていくはずだ。

いやいや、油断をしてはいけない。口元が緩まないように人知れず小さく深呼吸を行い、気を引き締めた。

グレイド辺境伯は、青年を一人従えて皇帝の傍に近寄った。懐中時計を丁寧に受け取った彼は、機能を慎重に改めていく。彼と一緒にやってきた青年も興味津々といった感じだ。

グレイド辺境伯を近くで見ると年齢は四十代後半か、五十代ぐらいに見えた。髪は濃い茶色で瞳の色は青く、整った髭も生やしている。

彼の傍にいる青年の歳は十代後半か、いっても二十になるかならないか。髪色と瞳はグレイド辺境伯と同じだから、もしかすると彼の息子なのかもしれない。

「父上。これは我々が、目指していたものに近いですね」

「うむ、リッド殿。つかぬことを伺うが、これはどういった仕組みで動いているのだ」

会話から察するに、二人はやはり親子だったようだ。グレイド辺境伯の質問に、目を細める。

「詳しくは申せませんが、据え置き型の時計にも使われている『手巻き式』という方法を用いております。その為、毎日決まった時間にゼンマイを巻いていただく必要はありますが、それも難しくはないかと」

「なるほどな。一般的に使われている時計の小型化に成功した。単純に考えればその認識でよいのだな」

「はい、仰る通りでございます」

僕の話をすぐに理解した二人は、懐中時計に感嘆した様子を見せている。でも、グレイド辺境伯は、瞳に怪しい光を宿すと、皇帝に振り向いた。

「陛下。恐れながら、この『懐中時計』は帝国の軍事関係者中心に行き渡るよう早急に普及させるべきです。つきましては、バルディア領にて『懐中時計』の更なる開発を促すため、帝国から予算を投じてはいかがでしょうか」

「え……?」

突然、思いもよらない提案がなされたことで呆気に取られてしまった。悪い事にグレイド辺境伯の提案を聞いた皇帝は片方の口角を上げて、こちらを試すような視線を向けてくる。

「確かに……それは一考の価値があるやもしれんな」

この話の流れは想定外だ。

『懐中時計』の開発に帝国の予算が投じられると言われれば、資金援助に聞こえるかもしれない。だけど、国の予算が入るという事は、これまで培った開発技術を国と貴族にすべて開示しないといけないことにも繋がりかねない。

バルディア領では母上の治療薬を含め、まだまだ色々と秘密裏に開発を進めている事も多い。今の状況において、バルディア家で行っている開発に国の資金が入って来ると言うのはかなり危険な匂いがする。

でも、周りの貴族からグレイド辺境伯の提案に頷き、同意するような声がすでに漏れ聞こえてきている。

この場をどう切り抜け、どう断るべきかと考えを巡らせていたその時、父上の声が響き渡る。

「陛下、グレイド辺境伯。その提案、大変ありがたいことですが、恐れながら謹んでお断りいたしたいと存じます」

振り向くと、父上と目が合った。どうやら、僕が考えていたことを察して声を上げてくれたらしい。父上は僕に向かって頷くと、皇帝とグレイド辺境伯に視線を移す。

「ライナー。国からの予算を断るとはどういうことだ」

皇帝は動じる気配もなく問いかけた。玉座に鎮座している皇帝陛下の言葉に、父上は一礼する。

そして、毅然とした態度で、謁見の間にいる貴族全員に聞こえるよう声を轟かせた。

「恐れながら申し上げます。『懐中時計』の基本的な設計技術はほぼ完成しております故、現在バルディア領では生産増に向けての動きに移行しております。故に、技術開発の資金は不要でございます」

「なるほど。確かに、ここまでの物が作れるのであれば、技術開発の資金は不要かもしれん。だが、大量生産するにも資金は必要であろう。それだけでは、断る理由にはならんぞ」

「仰せの通りでございます。それ故、バルディア家としては『資金援助』ではなく、税制上の優遇処置を頂きたく存じます」

「ほう……」

皇帝が相槌を打ち、瞳に鋭い光が宿る。それを貴族達も察したのだろう。謁見の間に流れる空気がより張り詰めた。

「今後、バルディア領にて生産した懐中時計や他の製品を、帝国内で販売する予定でございます。税制上の優遇処置を頂ければ、帝国の血税を使用せずとも問題ありません。それに、帝国内で現在人気となっている我が領地で生産されている化粧品類。これらの収益を技術開発に充てております。もし、資金援助をと申し出ていただけるなら、今後も我がバルディア領の製品を両陛下とここにいる皆様にご愛用いただければと存じます」

父上のきっぱりとした発言に、この場にいる者は息を呑んだように静まり返った。その中においてゆっくり挙手をして「異議あり」と呟く人物が現れた。周りの貴族達の注目がその人物に集まる中、皇帝の視線も注がれる。

「どうした、ベルガモット。ライナーの発言にはそこまで違和感はなかったぞ」

「恐れながら申し上げます。バルディア領は現在、懐中時計や化粧品類に限らず、様々な技術開発を行っているという『噂』がございます。現にライナー殿は、バルディア領から帝都まで従来では考えられない移動手段……『木炭車』なるものを用いているとのこと。その上、国からの資金援助を断るというのは、いささか言葉の真意を疑ってしまうというものではありませんか」

ベルガモットはそう言うと、怪しい光を宿した眼差しを僕と父上に向けてきた。心なしか口元が緩んでいるようにも見える。その時、彼の意見に同調するように、中肉中背の貴族が一歩前に出た。

「陛下、ベルガモット殿の仰る通りでございます。バルディア家は、化粧品類の販売をクリスティ商会で独占。この上、懐中時計の開発、販売まで独占するというのはあまりに横暴ではありませぬか。ここは国の資金を投じ、帝国貴族全体でその技術を共有するべきでございます」

バルディア家が生み出した技術を横取りする方が、よっぽど横暴だろう……と指摘しそうになる。でも、この場で感情的になってはいけない。堪えていると、父上が僕にだけ聞こえる声で囁いた。

「あれが、ローラン・ガリアーノ伯爵……要注意人物だ」

「あ……なるほど」

僕は頷くと、クリスが以前言っていた『ローラン伯爵を出禁にしました』という理由がわかった。よく見ると、彼の発言に、ほんの一部の貴族は相槌を打っている。

「……ローラン」と皇帝陛下は眉間に皺を寄せた。

「貴殿は以前のクリスティ商会での一件をもう忘れたのか？　バルディア領が開発した技術はその領地のものだ。それを横取りするほうが横暴であろう」

「ぐ……」

彼は苦虫を噛み潰したような表情を浮かべたその時、またベルガモットが「恐れながら」と発して注目を浴びる。

「少々、論点がずれてしまいましたな。私が指摘したかったのは、利権の問題ではありません。国の資金援助を断る理由に、何か別の意図があるのではないか……という点でございます。あぁ、勿論、『何もない』とは存じますが、頑なに資金援助を断るのであれば、何か裏があるのではないか……そう思うのが道理でございましょう。私はこの場にいる皆様を代表して尋ねているだけでございます故、どうかご容赦下さいませ」

彼の口調はこの場を楽しみ、茶化すように少しおどけたものだった。その姿は、傍から見ると楽し気かもしれないが、向けられる側からすれば、実に不快なものである。おそらく、これも失言を引き出す為の一種の演技なのだろう。現に父上や両陛下は勿論、貴族達も特に気にしている様子はない。

やがて、皇帝陛下が「ふむ」と相槌を打つと視線を父上に向けた。

「どうだ、ライナー。ベルガモットの主張に何か申したいことはあるか」

「いえ、ベルガモット殿の意見は尤もでございましょう。しかし、私は事前に領地の動きを、技術開発を含め帝国にご報告しております。それ故、私の言葉に別の意図や裏がないこと、陛下は重々承知と存じます」

父上がそう言って一礼すると、貴族達から少し騒めきが起きる。その中、これまた見覚えのある人物が一歩前に出た。

「恐れながら、よろしいでしょうか。皇帝陛下」

「バーンズか。うむ、よかろう」

許しを得たバーンズ公爵は、僕達を一瞥して白い歯を見せた。そして、謁見の間にいる貴族達にも聞こえるように毅然と声を上げる。

「ライナー殿の申されていることは事実であります。革新的な技術ということであり、一部の公爵家と両陛下のみという内容ではありましたが、バルディア領より事前に報告はございました。故に、ベルガモット殿がご心配するような『言葉の裏』などはないかと存じます」

皇帝陛下は口元に手を当て思案顔を浮かべると、間もなくハッとする……少しわざとらしい。

「そうか、そうであったな。確かに、バルディア領で新たな技術開発をしているという報告は今回より大分前からあがっていた。うむ。ベルガモット、忘れていた私の落ち度だ。すまんな」

「とんでもないことでございます、皇帝陛下。ライナー殿は帝国の剣と称される辺境伯でございます故、私自身も言葉の裏や意図がないことなど承知しておりました。しかし、小さきことでも放っておくと後々、大きな問題になることもあります故、代表して指摘したまででございます」

何やら狸と狐の化かし合いというか、腹の探り合いというか、本心を出さずにひたすら相手の意図を探ろうという気配が凄い。

ふと魔法の『電界』で、この場に漂う気配を察してみようとしてみるが『うじゃうじゃ』した凄まじい気配が頭の中で渦巻いた。あまりの気持ち悪さに、僕は思わず口を塞いで『電界』を切った……こんな場所では逆に『電界』は使えない、と理解した瞬間だ。

ベルガモットが身を退いて、ようやく落ち着いたかと思ったら今度はグレイド・ケルヴィン辺境伯が挙手をする。彼は皇帝の許しを得ると、悠々と発言した。

「ライナー殿の言葉に意図がないことはわかり申した。しかし、国境を護る辺境伯家として、やはり『懐中時計』の重要性は捨ておけませぬ。従いまして、マチルダ陛下がクリスティ商会から提示された『納品優先権』。これと同じようなものを帝国の軍事関係者に限り許可していただきたいものです。どうですかな、ライナー殿。同じ辺境伯と言う立場であれば、おわかりいただけるだろう」

彼はそう言うと、父上と僕を鋭い眼差しで見てきた。グレイド辺境伯は、父上と同じ辺境伯という立場のせいか、何か父上と似たような武人の雰囲気がある。

それにしても、『帝国の軍事関係者向けに、懐中時計の納品優先権を用意しろ』とは中々に凄いことを言う。確かに、懐中時計があれば、場所が離れていても同時刻で作戦開始が可能になるなど、軍事的な作戦面で言えば利点はかなりのものになるはずだ。

だからと言って『はい、わかりました』と簡単に頷けるものではない。大体、グレイド辺境伯が求める注文がどれほどの規模かもわからないのだ。現状の生産量から考えても、この場での返答は絶対に断らないといけない……そう思いつつ、僕は視線を父上に向ける。

父上は察してくれたのか、コクリと頷いた。

「グレイド殿。貴殿の仰ることは理解しております。しかし、懐中時計の生産体制はまだ大量生産を軽々できる状況ではございません。それに、明確な数量が分からぬうちにそのような権利を発行することは難しいと存じます。故に、この場では回答を控えさせていただきたい」

この時、父上の言葉に反応したのはグレイド辺境伯の息子らしい青年だった。

「ライナー殿。貴殿と同じ辺境伯である父上の問い掛けに、『回答を控える』とは些か無礼ではありませんか。そのような態度であるから、帝国へ対する造反の意思があるのではないか、と真意に疑念を抱かれるのでしょう」

彼がそう言うと、グレイド辺境伯が「ドレイク！」と声を荒らげる。そうか、彼はドレイクというのか……この時、僕はとてつもない怒りを覚えていた。同時に好機でもあると感じ、あえて感情を爆発させる。

「無礼なのはドレイク殿……貴殿です。我が父上に造反の意思があるなどと、断じて聞き捨てなりません！」突然響き渡る僕の怒号によって、謁見の間は騒然となるのであった。

エピローグ　ベルルッティ・ジャンポール侯爵

その日。帝都で一際大きな屋敷であるベルルッティ・ジャンポール侯爵邸の執務室に、サラッとした白金色の長髪が美しく、澄んだ藍色の瞳を持った少女が呼び出された。

「お呼びでしょうか。御義父様」

「うむ。待っていたぞ、マローネ。実は今度、帝都にあるバルディア家の屋敷において懇親会が開かれるそうだ。その場には、お前と同い年のバルディア家の嫡男リッド・バルディア君も顔を見せるらしい。親睦を兼ねて孫のベルゼリアとお前を連れて行こうと思ってな」

彼は手に持っていた書類を机の上に置くと、目尻を下げて好々爺らしい笑顔を見せる。だが、マローネは、表情を崩さず淡々と頷いた。

「畏まりました。では、御義父様とベルゼリア兄様のお役に立てるよう、尽力いたします」

「うむ、お前は孫のベルゼリアと違い優秀だからな。期待しているぞ……この意味がわかるな？」

「勿論でございます」

透き通った声で淀みなく答えるマローネに、ベルルッティ侯爵は満足そうに目を細めた。

「さすが、私の愛しい娘だ。頼もしい限りだよ、マローネ。では、忙しい所を呼び出して悪かったな」

「とんでもないことでございます。私には、御義父様の呼び出し以上に大切なことなどございません。では、これにて失礼します」

ベルルッティ侯爵は、マローネが出て行く姿を扉が閉まるまで見送ると、自らの顎を撫でた。

「やはりマローネは素晴らしい逸材だな。しかし、リッド・バルディア君ねぇ。今は亡きエスタートとトリスタンの孫にして、ライナーの息子か。ふふ、今から会うのが楽しみだな」

彼はそう言うと、机の上に置いた書類を手に取り事務仕事を再開する。

一方、執務室を後にしたマローネは一人廊下を歩きながら、目を細めてほくそ笑む。その姿は、普段の明るい彼女とは違い、近づく者は何者も凍てつかせるような冷淡なものである。彼女は、人気のない廊下から夜の闇を見上げた。

「リッド・バルディア、ヴァレリ・エラセニーゼ、デイビッド・マグノリア、キール・マグノリア、レイシス・レナルーテ、ヨハン・ベスティア、ロム・ガルドランド、エルウィン・アストリア、エリオット・オラシオン……」

まるで歌でもうたうように、マローネは人の名を呼び上げるが、彼女の透き通った声は夜の闇に飲まれて全て消えていった。

「ふふ、無限にある運命。それを誰が導いてくれるのかしら……ね」

感情のない問いかけは、再び夜の闇に消えていく。

マローネの瞳の奥には、不思議な模様が浮かび上がり、強い光が灯っていた。その姿は、神々しく、妖しく、神秘的かつ蠱惑的なものだ。普段の清麗な彼女とは、全く違う……まるで別人のような、雰囲気を纏っている。しかし、マローネのこの姿を知る者は、誰もいなかった。

外伝集

ライナーとバーンズ

迎賓館の来賓室でリッド、ライナー、バーンズの三人で行われていた会談。話し合いが長くなり、次の予定が決まっていたリッドは先に退室した。

一方、部屋に残った二人は、ソファーに深く座ったままである。バーンズは、紅茶を一口飲むと、楽しそうに「ふふ」と鼻を鳴らした。

「噂は当てにならないものが多いが、今回は珍しく当たったな。お前の息子が帝都にきた時、貴族達が大騒ぎする光景が目に浮かぶよ」

「茶化すな、バーンズ。だが、私のところにはあまり聞こえてこないが……どのような噂が流れているのだ」

「そうだな。私が知る範囲でよければ教えよう」

バーンズは、さも楽しそうに帝都の一部の貴族達に流れる『型破りの神童』の噂を語り始めた。

噂が流れ始めたのは今から一年程前。その頃、レナルーテの一部の華族から親交のある帝国貴族に『バルディア家の嫡男リッド・バルディア』の情報を求める話があったそうだ。

「その時、話を持ち掛けられた貴族が……偶然にも私の友人でね」

「ほう……」

ライナーが相槌を打つと、彼は口元を緩めた。バーンズが言うには、情報を求めた華族は『あの型破りな神童であるリッド・バルディアの事は、どの程度まで把握しているのか』と尋ねてきたそうだ。

「無論だが、帝国貴族の情報を外部に漏らす必要性もないし、リッド君のことを良く知らない友人の答えは『知らない』で終わった。ちなみに、その華族からの連絡は二度となかったらしい」

「なるほど。そのようなやり取りがあったとは知らなかったな。だが、それがどうして一部の貴族で噂されるようになったんだ」

内心、ライナーは苦々し気に舌打ちをしていた。

一年程前となれば、レナルーテにリッドを連れて行った時期だろう。やはりあの時、目立ち過ぎたのだ。エリアス王が緘口令《かんこうれい》を敷いても、人の口に戸は立てられない。

「実は、話はこれで終わらなかったのだよ」

彼は不敵に笑って話を続けた。リッドのことを尋ねてきた華族が、突然亡くなったらしい。暗殺された可能性が非常に高いと判断されたが、この時期に連絡が取れなくなった華族は彼だけではなかった。そして、暗殺されたと思しき多数の華族達には、『型破りの神童』について帝国貴族に問い合わせてきたという共通点があったのだ。その結果、一部の帝国貴族の間で、『型破りな神童』が少し話題になったらしい。

「とはいえ、所詮は噂だからな。すぐに聞こえなくなり、忘れ去られたさ。だが最近、一部の貴族達でまた噂されるようになった」

「……どういうことだ」

鎮静化した噂が、再び囁かれるようになったと聞き、ライナーが眉をピクリとさせる。

「どうもこうもない。原因はお前だよ、ライナー」

「なに？」

バーンズは、両手を広げて肩を竦めた。

「『保護』という名目で、獣人族の子供達をバルストからかなり買っただろう？　帝国の常識や、お前の性格などを考えれば有り得ないことだ。その時、『型破りの神童』という噂が蘇ったというわけさ」

「なるほど。しかし、話を聞く限り、まだ大事にはなっていないようだな」

ライナーは、噂の情報が表面的なものに過ぎないと知り、胸をなで下ろした。

獣人族の子供達を『保護』という名目で購入する件は、事前に皇帝であり友人のアーウィンを始め、バーンズを含んだ信用できる貴族達に根回し済みだ。

一部の貴族達で流れていた『噂』を、ライナーは全く耳にしなかったわけではない。だが、バルディア家には噂があまり届かず、真相を把握しにくかった。そのため、バーンズに探りを入れていたのである。結果は、ライナーの予想通り、帝国貴族達はリッドの動きに気付いていないという結論に至った。そんなライナーの表情の変化を見たバーンズは、口元を緩める。

「まぁ、リッド君の年齢ぐらい、貴族達でもすぐに調べは付く。それ故、噂を知っている者達でも『型破りの神童』は過大評価であり、噂に尾ひれが付いたに過ぎないという認識だ」

バーンズはそう言うと、「しかし……」と凄んだ。

「『懐中時計』の件でバルディア家に注目が集まっているのは事実であり、『木炭車』のこともある。噂の真意はどうあれ、帝都に訪れたお前とリッド君を囲もうとする動きはでるだろう。覚悟しておくことだな」

「ようやくファラ王女を迎えたというのに、前途多難だな」

「ふふ、『帝国の剣』が帝都の闇に潜む『化け狸や化け狐』の妖魔達を退治してくれるのを期待しているよ」

他人事だと思ってさも楽しそうに話すバーンズに、ライナーはため息を吐いて少し俯いた。その時、ライナーは、彼の娘のことを思い出して、「そういえば」と話頭を転じる。

「お前の娘……ヴァレリだったたか。第一皇子の婚約者として最有力候補らしいが、その話は進んでいるのか？」

バーンズは眉をピクリとさせると、一転して畏まった。

「あぁ、その件はここだけの話だが、ほぼ決まっているんだ」

「そうなのか？　いやしかし、皇子もお前の娘もまだ婚約する年齢ではないだろう。何か、あったのか」

「いや、実はな……」

バーンズは身を乗り出すと、小声で語り始める。

彼の娘である『ヴァレリ・エラセニーゼ』が六歳を迎えた時、エラセニーゼ公爵家で誕生日会が開かれた。その際、将来を見据え、ヴァレリと第一皇子の顔合わせも同時に行われたのである。

この時、事件が起きた。皇子と遊んでいたヴァレリが弾みで壁に後頭部を激しくぶつけ、前のめりに倒れて気絶してしまったのである。そして、ヴァレリは倒れた際、運の悪いことに床に転がっていたおもちゃで額を怪我してしまう。辺りは瞬く間に、彼女の流血で染まったらしい。

事件を重く捉えた皇室は、責任を取る形で第一皇子の婚約者は『ヴァレリ・エラセニーゼ』に内々で定めたという。ライナーは、呆れ顔を浮かべた。

「……まるで、『小説家になろう』とした者が思い付きで考えたような話だな」

「まさにその通り、笑えるだろう？」

両手を広げたバーンズは、肩を竦めておどけた。

「『事実は小説より奇なり』とは良く言ったものだよ。それにな……もう一つその事件が起きてから変わったことがあるんだ」

「……む？」

ライナーが聞き入ると、バーンズは神妙な顔を浮かべる。

「その日以降、何やら娘が急に利発になったのだ。それこそ、受け答えだけなら先程のリッド君に負けないぐらいにね。まぁ、娘の気の強いところや我が儘なところが直ったと、妻や屋敷の皆は喜んでいるがな」

「そ、そうか……不思議なこともあるものだ」

相槌を打つライナーだが、どこかで聞いたような話に既視感を覚える。

気を失い、目を覚ますと人が変わったように利発になっていた。それはまさに、リッドに起きたことである。

いや、まさかな。ライナーは、脳裏に過った可能性を否定する。だが、また頭を抱えそうな問題が起きる気配を感じていた。

「あ、そうそう、忘れるところだった」

ふと何かを思い出したのか。バーンズが話頭を転じる。

「ベルルッティ侯爵だがな。何でも新しく『養女』を迎えたそうだ」

「養女だと……侯爵には息子も孫もいるだろう。それなのに『養女』を取ったのか？」

「うむ、詳細はまだわからんがな。まぁ、奴の事だ。また、何か色々と考えがあるんだろう。案外、リッド君に宛てがうつもりかもしれんぞ？」

バーンズは軽妙な軽口を叩くが、ライナーは重々しく首を横に振った。

「それはさすがにお断りだな……」

その後も時間が許す限り、二人は来賓室で会談を続けていた。

エラセニーゼ公爵家

レナルーテで行われた『リッド・バルディア』と『ファラ・レナルーテ』の神前式と披露宴。それらを、帝国の使者として見届けたバーンズ・エラセニーゼ公爵。

彼は、ライナーとリッドとの会談が終わると、一足早くレナルーテを出立。そしてたった今、帝都のエラセニーゼ公爵邸に到着したところである。

屋敷の前に止まった馬車から降りると、バーンズは「うー……ん」と両腕を上に伸ばした。

「ふぅ。帝都からレナルーテまではさすがに遠いな。木炭車だったか。あれが早く帝都にも導入されてほしいものだ」

彼がそう呟いていると、「おかえりなさいませ。バーンズ様」と声を掛けられる。

「あぁ、スチュアートか。どうだ、私の留守中に何か問題や変わったことはあったか」

バーンズが振り返ると、そこにはエラセニーゼ公爵家の執事であるスチュアートが会釈していた。スチュアートは、白髪で眼鏡を掛けており、少し目尻の下がった目をしている。とても優し気で、穏やかな雰囲気をした六十路近い男性だ。

「いえ、特に変わりはございませんでした。それと、バーンズ様の確認が必要な書類は、いつも通り執務室にまとめております」

彼は顔を上げると、バーンズの問い掛けに優しく淡々と答えた。

「そうか、わかった。では、私はこのまま執務室に向かうとしよう。後を頼むぞ」

「承知しました」

スチュアートが頷くと、バーンズは屋敷内の執務室へと向かった。

◇

バーンズは、執務机の椅子に腰を掛けると、机の上に置いてある書類を手に取った。

「さて、明日には皇帝陛下に報告のため登城せねばならんからな。さっさと終わらせるか」

重要な案件以外は、執事のスチュアートに決裁も任せている。しかし、当主であるバーンズの確認が必要な書類はどうしても出てくるものだ。彼は、机の上にある書類の束を淡々と処理していった。

書類仕事が半分ほど片付いた時、執務室の扉が小さく叩かれる。仕事の手を止められ、バーンズは思わず眉を顰めた。

「……誰かな？」

「御父様、仕事中にすみません。ヴァレリです。少しだけよろしいでしょうか」

可愛らしい声が扉の向こうから聞こえてくる。

「ヴァレリだって……」

バーンズは、手に持っていた書類を置いて机から立ち上がると、執務室の扉を開けた。するとそこには、透き通るような白い肌と金髪で波打った長髪。そして、深く青い瞳をした少女がちょこんと立っていた。

「えへへ……お父様、お仕事中にごめんなさい」

「はは。本当にヴァレリが訪ねてくるなんてな。どうしたんだい」

可愛らしく微笑む娘に、バーンズの表情が崩れた。ヴァレリは、畳みかけるように、口元に右手の人差し指を当てながら小首を傾げた。

「えーっと。レナルーテでライナー辺境伯とリッドっていう子に会ったんだよね。どんな人達だったのか聞きたいなと思ったんだけど……パパ、ダメかな」

彼女は目を少し潤ませながら、バーンズをあえて『パパ』と呼び、上目遣いで見つめている。

ヴァレリがこのような言動をする時は、何かしらの意図があると彼は理解していた。だが、それでも可愛らしく甘えて来る娘を無下には出来ない。バーンズは、娘に甘い父親であった。

「わかった、わかった。パパの負けだ。執務室に入りなさい」

「やったぁ。パパだーい好き」

ヴァレリは、嬉しそうに執務室に置いてあるソファーの上に腰を下ろした。その言動を微笑ましく見つめたバーンズは、机を挟んだ正面にあるソファーに腰掛ける。

「それで、うちの可愛いお嬢様は何を聞きたいのかな」

「うん、その……ライナー辺境伯とか、リッドっていう子に何か変わったところとかなかったかな。パパが感じたことなら何でも良いんだけれど……」

質問の意図を計りかねたバーンズだが、とりあえず思ったことを答えることにした。

「そうだなぁ。特に変わったところはなかったぞ。まぁ、強いて言うなら、ライナーは一年ぐらい前と比べて、大分前向きになった感じはしたかな」

「そうなんだ……じゃあ、息子のリッドっていう子はどうだった？」

「うーん。リッド君はとても大人びていて、末恐ろしい感じはしたかな。大人顔負けに理路整然と話す様子は、中々に驚かされたよ。しかし、それを言うなら、ヴァレリやラティガも似たようなものだしな」

帝都の貴族社会にいるバーンズからすれば、リッドのように年齢以上に理路整然と話せる子供は時折見かけている。何より、バーンズの子供達も年齢以上に理路整然と話すところがあった。

それ故、末恐ろしいとは感じても、そこまで違和感を覚えなかったのだ。その上、彼からすれば、『自分の子供達もリッドに負けていない』と内心では思っていた。そう……彼は案外『親馬鹿』だったのである。

「大人顔負けで理路整然か……」

ヴァレリはそう呟くと、思案顔を浮かべて口元を手で覆った。

「どうしたんだい、ヴァレリ。そんなに難しい顔をして」

「え、あ、ごめんね。パパ。どんな人かなぁって想像していたんだ。えへへ」

娘の可愛らしい笑顔に、バーンズの表情がまた綻んだ。その時、ふとレナルーテで見た新しい乗り物が彼の脳裏に蘇る。

「そうだ、ヴァレリ。レナルーテに行った時、バルディア家が新しく開発した乗り物に、試乗させてもらったんだよ」

「……新しい乗り物？」

きょとんとするヴァレリに、バーンズは得意げに説明を始めた。

「ああ、そうだ。なんとその乗り物の見かけは鉄の箱なんだが、馬を使わずに『木炭』を燃やす事で自力走行が可能なのだよ。その名も『木炭車』というそうだ。まぁ、長距離の運行を可能にするには、道の整備や補給所の設置が必要になるそうだがな。しかし、それを加味しても非常に可能性を感じる乗り物だったよ」

「えぇ⁉　パパ。その木炭車の話をもっと詳しく聞かせて、お願い！」

ヴァレリは、目を丸くして甲高い声を上げると、身を乗り出して話の続きを求める。

「あ、ああ、わかった」

彼は、娘の様子に驚きながらも話を再開する。

バーンズが話をすればするほど、彼女の表情は険しくなっていく。やがて、彼の説明が終わると、ヴァレリが「ねぇ、パパ」と問いかけた。

「その『木炭車』を設計、開発したのって誰なのかな」

「流石にそこまでは聞いていないよ。でもまぁ、バルディア領ではドワーフを家臣に加えたそうだから、おそらく彼等だろう。あんな乗り物、人族では想像しないと思うからね」

「そっか……じゃあ、ドワーフという可能性も……」

何やら思案顔を浮かべるヴァレリに、バーンズはやれやれと肩を竦めた。

「そんなにリッド君のことが気になるなら、今度直接話してみれば良いじゃないか」

「え……」

予想外の意見だったのか、彼女はきょとんとした。

「ファラ王女は、リッド君と結婚したとはいえ、レナルーテの王族だ。それ故、必ず帝都を訪れて、皇帝のアーウィン陛下に謁見することだろう。当然、彼女の夫であるリッド君も帝都に来るはずだ。その時、二人に会う事はおそらく可能だろう。どうしてもヴァレリが話したいなら、その席を用意しても良いぞ。彼と繋がっておいて損はないだろうからな」

「やったぁ！　じゃあ、パパにリッド君とファラ王女とお話しする席をお願いしてもいいかな？」

満面の笑みを浮かべるヴァレリに、バーンズは目を細めて頷いた。

「うむ、わかった。その件は私から先方に伝えておこう」

「ありがとう、パパ」

彼女はそう言うと、バーンズの傍にやってきて抱きつくと可愛らしく「だーい好き！」と微笑んだ。彼は、そんな娘を軽く抱きしめた後、少し離すと不思議そうに尋ねた。

「ありがとう、ヴァレリ。しかし、どうしてそんなにリッド君……というよりバルディア家が気になるんだい？」

「え!?　えーっと。そ、そう『帝国の剣』って言われる貴族なのに、ほとんど会えないからどんな人達なのかなって。すっごく気になっていたの」

「ふむ、そうか。確かに帝都に住んでいると、辺境のバルディア家は気になるかもしれないね」

合点したバーンズを見ると、ヴァレリは急にワタワタし始めた。

「あ、そうだ。お兄様に呼ばれていたんだった。じゃあ、パパ。お仕事頑張ってね」

「はは、ありがとう。ヴァレリ」

「うん、またね。パパ」

ヴァレリは、そそくさと執務室の扉を開け、部屋の外に出て行った。その時、部屋の扉の隙間から顔を覗かせて微笑み、バーンズに手を振ってからその場を後にする。

執務室のバーンズは、小さな台風だったなと肩を竦める。そして、机の椅子に座ると再び事務仕事を開始するのであった。


バーンズが書類仕事を再開してから、少しの時間が経過した。すると、また執務室の扉が遠慮がちに叩かれる。

「ふぅ、今日は来客が多いな」

小声でそう呟くと、バーンズは仕事の手を止め「どなたかな?」と返事をした。

「あなた、私です。少しよろしいでしょうか」

「トレニアか。どうした、入ってくれ」

彼が机から立ち上がると同時に扉が開かれ、トレニアと呼ばれた女性が「失礼します」と入室する。彼女は、茶髪の波打った髪をしており、水色の瞳をしていた。特に、その髪はヴァレリとよく似ている。

バーンズはソファーに座るように促しながら、彼自身もソファーに座る。トレニアも彼に促されるまま、ソファーに腰かけた。二人は机を挟んで、向き合うように座っている。

「お疲れのところ申し訳ありません」

口火を切ったのはトレニアだ。バーンズは小さく首を横に振ると、白い歯を見せた。

「いや、私も少し息抜きをしようと思っていたところだからね。愛する妻の顔を見て休憩できるなんて、嬉しい限りさ」

「まぁ。ふふ、相変わらずお口が上手ですね」

夫婦の談笑を少し楽しんだ後、トレニアが真面目な表情を浮かべて本題を切り出した。

「あなた……『あの件』ですけれど、やはりどうにもできないのかしら」

「あぁ、その話か。何度か打診したが、残念ながら皇室は、ヴァレリとデイビッド皇子の婚約の方針を変えるつもりがないらしい。色々と面倒な動きが多いらしくてな」

「そうですか……」

二人の間に重い空気が流れる。

トレニアが呟いた『あの件』とは、彼らの娘こと『ヴァレリ・エラセニーゼ』と『デイビッド・マグノリア皇太子』の婚約を指している。

きっかけは、ヴァレリが六歳になった日だ。

エラセニーゼ公爵邸で簡単な誕生日会が開かれると、デイビッド皇太子が来賓としてやってきた。目的は、将来的な婚約者候補の顔合わせである。

しかし、エラセニーゼ夫妻は、ヴァレリを皇后にしたいという考えは微塵もなかった。

愛娘を陰謀渦巻く伏魔殿の皇室に行かせたくないという親心に加え、性格的にも当時のヴァレリは、皇后向きではないと判断していたからだ。そのため、顔合わせは形だけとなる予定だった。

そんな折、ヴァレリとデイビッド皇子が些細なことからなんと喧嘩をしてしまう。

さらに運の悪いことに、ヴァレリは皇子に突き飛ばされた拍子に後頭部を壁で強打。意識朦朧《もうろう》となった彼女は、そのまま前のめりに転倒。その際、床に転がっていたおもちゃで、額の右端に小さな傷が出来てしまったのである。

一時は大騒ぎとなるが、幸いヴァレリの命に別状はなかった。事件はこれで終わると思われたが、事態は予想外の方向に進んで行くことになる。

後日になり、皇室から、非公式ではあるが、『ヴァレリ・エラセニーゼ』をデイビッド皇太子の婚約者として認めるという連絡がバーンズ達に届いたのだ。

この知らせに驚いたバーンズは、すぐに皇帝と皇后の両陛下に謁見を申し込み、理由を問い掛けた。すると、皇室から返ってきた答えもまた意外なものだった。

主な理由は二つである。

一つ目は、デイビッド皇太子が年端もいかない子供とはいえ、貴族の娘に暴力を振るったという外聞を防ぐこと。

二つ目は、デイビッド皇太子を政治的な争いから守るためであった。

特に二つ目の目的が大きいと、バーンズは説明される。帝国貴族で様々な派閥争いが起きている現状において、デイビッド皇太子の婚約者は大きな火種となりかねない問題だ。

皇室が、どうするべきかと悩んでいた折、デイビッド皇太子とヴァレリの事件が発生したのである。表向きの大義名分は一つ目であり、一番の目的は二つ目ということであった。

バーンズは、愛娘の幼いヴァレリが政争に巻き込まれたことに憤慨するが、両陛下に説得され婚約を認めるに至ったのである。バーンズは皇室とのやり取りを思い返しながら、トレニアの瞳を見つめた。

「安心しろ、トレニア。皇太子とヴァレリの婚約はあくまでも『仮決定』だ。他にも有力な婚約候補者が出た場合、ヴァレリが婚約者から外れる可能性もゼロではない」

「ですが、それだとヴァレリの貰い手が居なくなってしまいます。貴族社会において、婚約破棄が与える影響がとても大きいことは貴方もご存じでしょう？」

「わかっている」と頷くが、彼はすぐに首を小さく横に振った。

「しかし、今はどうすることもできん。辛いが、しばし見守るしかなかろう」

「そうですね……」

二人の間にしばし沈黙が流れるが、「あ、そういえば」とトレニアが思い出したように話頭を転じた。

「レナルーテでバルディア家の皆様にお会いになったんですよね？」

「うむ。ライナーは、帝都で良く会っているがな。彼の息子とは、初めて会ったよ。中々に将来が末恐ろしい子だったな」

感慨深そうなバーンズの姿に、トレニアは「ふふ、そうでしたか」と笑みを溢すとハッとした。

「あ、それはそうと、バルディア家の方々に会いになる機会があれば『化粧水』を融通してほしいとお伝えしておりましたが、その件はいかがでしたか」

バーンズは、あ……しまった⁉　と思ったが時は既に遅い。

「す、すまん。その話をするのを忘れていたな」

彼は平謝りをするが、トレニアの顔から感情が消えていった。

「はぁ……。貴方という人は、いつも仕事以外の話を忘れてしまうのは悪いくせですよ。それにこの間も……」

その後、バーンズは、暫くトレニアからお説教を受ける。

彼女がお説教に満足して終わる頃には、彼はげっそりしていた。

◇

少し時は遡る……。

バーンズとの話が終わったヴァレリは、その足で兄がいる部屋に向かっていた。程なく、兄のいる部屋に辿り着いた彼女は、勢いよく扉を開けて部屋に入り込んだ。

「ラティガお兄様。やっぱりバルディア家には、私と同じ存在がいる可能性が極めて高いです!」

彼女の張り上げた声に、ラティガは体を一瞬ビクつかせると、驚きの表情で扉を見やった。

「ヴァレリ……か。部屋に入る前にはいつもノックしてくれって言っているだろう」

「えへへ、ごめんなさい」

ヴァレリは彼に注意されると、はにかみながら会釈する。ラティガは、やれやれと首を横に振った。

彼の名は『ラティガ・エラセニーゼ』。エラセニーゼ公爵家の嫡男であり、ヴァレリより四歳上の実兄である。彼は、妹のヴァレリと同じ深く青い瞳をしており、整った金髪と父親譲りの甘い顔をした爽やかな少年だ。

「それで、ヴァレリと同じ存在というのは、以前話していた『前世の記憶を持った転生者』の件かな」

「はい、仰る通りです」

ヴァレリは目を輝かせながら勢いよく首を縦に振っているが、ラティガは「はぁ」とため息を吐いて呆れ顔である。

「むぅ……お兄様。私の話を信じていませんね」

頬を膨らませたヴァレリが、ジト目でラティガを睨む。

「いやいや、そんなことはないさ。それに、ヴァレリのすることは出来る限り手伝ってきただろう」

ラティガは、そう言うと目を細めて白い歯を見せた……どこか嘘っぽい笑顔である。しかし、彼は言葉通り、ヴァレリの突拍子もない言動になんだかんだ言いつつ、最後は味方して手伝っている。そう、彼も父親同様、妹に甘いのだ。

ヴァレリも、その事をよく理解しているので、ジト目で睨んでいるものの、あまり強くは言えない。結果、彼女は決まりの悪い表情を浮かべた。

「それは……そうですけどね。と、ともかく、バルディア家には『転生者』が潜んでいる可能性が高い上、近々彼等が帝都を訪れる機会があるそうです」

「なるほど。じゃあ、その時に探りを入れたいということだね」

「流石、お兄様。話が早くて助かります。じゃあ、早速作戦会議をしましょう。名付けて『バルディア家の転生者を炙り出そう大作戦』です」

ドヤ顔で決めポーズを取ったヴァレリに、ラティガがどっと疲れたような表情を浮かべた。

「……炙り出すも何も、転生者しかわからない『言葉』でも投げかけて、カマを掛ければ良いじゃないか」

「あ……確かにそれもそうですね。じゃあ、『カマかけ大作戦』で行きましょう」

満面の笑みを浮かべるヴァレリだが、ラティガは前途多難を感じて額に手を当てると、重々しく深いため息を「はぁぁ……」と吐くのであった。

ヴァレリ・エラセニーゼ

「それ、貸して！」

私は声を張り上げると、目の前にいる男の子が、両手でがっしり掴んでいる綺麗なブローチを奪おうと手を伸ばした。だけれど、彼は頑なに渡さず、嫌悪と怒りに満ちた目を私に向ける。

「嫌だって言っているだろ、ヴァレリ嬢。これは、父上から頂いた大切なものなんだ」

「なによ、今日は私が六歳になった誕生日会なのよ。貴方が皇太子か何か知らないけれど、私の誕生日会に来たなら、そのブローチぐらいくれたって良いじゃない」

ムキになった私は、嫌がる彼からさらに奪おうと力を込める。周りにいるメイド達は、私と彼のやり取りに慌てているようだ。でも、そんなことお構いなしに私達はもみ合った。

「やめろって、言っているだろう！」

彼が叫んだその時、勢い余って突き飛ばされた私は、壁に後頭部を激しく打ちつけ、衝撃で目から火が出た。「あう！」と呻き声を出したその瞬間、私の視界が真っ白になると、同時に様々な記憶が私の中から呼び起こされていく。

情報量の多さに頭の処理が追い付かず、私は立ち眩みをしたかのように足がおぼつかなくなる。

「え……あ……へ……」

「お、おい。どうした……」

正面にいる男の子が何か言っているけど、凄くぼんやりしてよくわからない。程なく、私はその場で前のめりに倒れてしまった。なお、運の悪い事に、私の倒れ込んだ場所には積み木か何かが積んであったらしい。「ガッ」という鈍い音も辺りに響いた気がする。

これまた凄い痛みが額から走った気がしたけど、私はそのまま気を失ってしまった。

◇

私は気付けば、何故か真っ暗な暗闇の中にいた。

「ここはどこだろう……私は誰だろう」

そう呟くと、私の目の前に光に包まれた女性と少女が現れた。

貴女達は誰？　問い掛けると、光に包まれた女性と少女は互いに顔を見合わせてクスクスと笑いながら、二人揃って私に指先を向けた。

「えっと、どういうこと？」

首を傾げると、少女と女性が一つの光になり私の中に入って来る。

「きゃあ⁉」

何事かと思わず悲鳴を上げた。同時に、女性と少女が見た世界が、頭の中に次々と浮かんできた。

ビルが立ち並ぶ街並み、道路、行き交う車と沢山の人。私はこの世界に見覚えがあった。

これは、光の女性の知っている世界……そうだ、私はあの世界を知っている。毎日、同じ道を通って……あれ、どこに向かっていたんだっけ。

今度は少女の知っている世界が見えてきた。

カッコ良くて、怒ると怖いけど……私に甘い父上。皆にも、私にも厳しいけど、最後はいつも許してくれるお母様。それから、私をいつも気にかけてくれる、優しいお兄様。

家族の皆は、私を可愛いと言っていつも許してくれる。だから私は、世界で一番可愛くて、一番偉い女の子。その証拠に、私がどんな我が儘を言っても、屋敷のメイドや執事、騎士の皆はいつも言う事を聞いてくれたもの。

それなのに、あの『男の子』だけは言う事を聞いてくれなかった。あれ？　でも、そう言えば、あの子は「父上がくれた大切なもの」って言っていた気がする。

じゃあ、私が悪いのではないだろうか。真っ暗な闇の中で自問を繰り返すうち、ある疑問が私の中に生まれていく。だけど……どうして、そんなことすら気付けなかったのかな。

私は、そんなに幼かっただろうか。いや、というか、本当に私は誰で何故こんな真っ暗な世界にいるのかしら。そう思った時、今度は私の中から光が現れて、少女の形になっていく。

「ふふ。貴女と私はね。これからの『私』なの」

「え……？　それは、どういう……」

しかし、少女は私の問い掛けに答えない。その時、闇の先に光が現れる。少女の形をした光は、そこに向けて走っていく。私は驚きと共に、少女を急いで追いかけた。

「待って、私は誰で、何故ここにいるの⁉」

私の声に、彼女は現れた光の前で立ち止まり、こちらに振り返るとニコリと笑った。

「それはね、この先にいる皆が教えてくれるよ」

「え……」

彼女の言葉と共に、闇の中を光が照らしたその時、目の前の少女がまた私の中に入ってきた。

「あ……う⁉」と私はまた意識を失った。

◇

なんだろう……何か、とても大切な夢を見ていた気がするけど思い出せない。それより、何だか周りから色々な人の声が聞こえてくる。喧噪の中には、聞き覚えがあるような声も混じっているような気がした。

私は誰だっけ。何故ここにいるのだろう？　そう考えながら、私はゆっくりと目を開けた。そして、瞳を動かして周りを確認する。どうやら私は、大きいふかふかのベッドで、沢山の人に囲まれながら寝ているらしい。

ここに居る人達は、私の寝顔を皆で鑑賞しているのだろうか。だとすれば、少々趣味が悪い奴らだ。

ジッと天井を見つめて何かを思い出そうとしてみるが、やっぱりわからない。

「知らない天井……ね」

ぼそっと呟き、私がゆっくり体を起こすと、部屋中の人達が目を白黒させる。程なく、歓声が上がった。

「な、なに？」

呆気に取られていると、一人の女性が涙を溢しながら私を抱きしめた。

「ヴァレリ！　ヴァレリ、本当に良かった。もう目を覚まさないかと思ったわ」

「私がヴァレリ……貴女が……お母……様」

私の中に、電流でも走るかのような衝撃が走る。そして、一人の女性と少女の記憶が混ざりあい、走馬灯のように映像と情報が頭の中に流れ込んで来る。堪らず吐き気を覚えて、私はその場で口元を両手で押さえると「う、うぇえ」とえずいた。

「……!?　ヴァレリ、ヴァレリ！」

「あ、あはは。申し訳ありません、お母様。ちょっと、眩暈がしただけです。もう、大丈夫です」

お母様は、心配な面持ちでこちらを見つめ、背中をさすってくれている。そんな優しいお母様に、少しでも安心してもらえるよう、私はゆっくりとハッキリ答える。

そんな状況の中、私の脳内では、様々な情報の整理整頓が行われていた。目の前にいるお母様と、周りにいる皆を見回した私は自覚する。

そう、私はエラセニーゼ公爵家の娘……『ヴァレリ・エラセニーゼ』だわ。

◇

誕生日会で私が頭を打ち、寝込んでから数日後。念のためにということで、私はいまだベッドの上で横になっている。そして、用意された絵本を暇つぶしに眺めていた。

だけど、絵本の内容は簡単すぎる上、得られる情報が少なすぎる。私は、すぐに読み終わった絵本を、ベッド横に用意された机に置くと「はぁ……」とため息を吐いた。

「それにしても、こんな事って本当にあるのね」

改めて自分の手足を繁々と眺めた。見れば見る程信じられないけど、現実として受け止めなければならないとも感じてしまう……そんな年端も行かない子供の姿である。

鏡で見る私の容姿は、雪のような白い素肌、深い青の瞳。波打った長い金髪が目を引く、まるでお人形みたいな可憐な少女だ。少しだけ、目つきが鋭いけどね。

「……朧げに前世の記憶を取り戻すって、これもいわゆる『転生』ということでいいのかしら」

私は感慨深げに呟くと、額の右端にできた傷を指でさすった。

皇太子に無礼を働いた結果、後頭部を壁にぶつけて前のめりに倒れた挙げ句、床に転がっていた玩具で額の右端に傷が出来たあの日。私は前世の記憶を『一部だけ』思い出したらしい。

前世で日本という国で暮らしていたこと。この世界より発達していた街並みなど、断片的なことは思い出せたけど、前世における私の名前など、自身に関係する記憶は思い出せなかったのだ。故に、一部分だけ思い出したという表現になる。

ただ、前世で私が大人だったという感覚は残っており、今の私である『ヴァレリ』は、大人の論理的な思考が出来る『六歳児』という感じなのだろう。

うーん。怪しい人達を追いかけたり、変な薬を飲んだ記憶もないいんだけど。こうなると、今世はあちこちで起きる難事件でも解決しなければならない運命なのかしら。その場合、有能な科学者が知り合いにほしいところね。

それとも、額の傷からして『闇落ちした魔法使い』と将来戦う運命もあるかも知れない。でも、その時は、世界有数の魔法使いから魔法を学ぶ機会を得ないといけないわ。

色々考えたけど、私は首を軽く横に振った。

「ふふ、考え過ぎね。多分、前世でライトノベルや漫画の読み過ぎだわ。それよりも、そろそろ絵本ばかり読むのは辛いわね……」

ふと絵本を置いた机に目をやると、そこには私が読破した絵本が大量に積まれている。前世の記憶を取り戻した今、この程度の絵本なら数分もしくは数秒で読めるのは当然よねぇ。この部屋だけじゃ、得られる情報も限られるし……何より退屈だわ。

「ふわぁ……」と大きな欠伸をしたその時、部屋の扉が優しく叩かれる。

「ヴァレリ、私だ。入るぞ」

「え、お父様ですか⁉ ちょ、ちょっとお待ちください」

ハッとすると、慌てて身だしなみとぐちゃっとなった布団を整えた。

「う、うむ？」

「こほん……どうぞ」

「あ、あぁ。では、入るぞ」

部屋の扉が開かれると、お父様の『バーンズ・エラセニーゼ』と、お母様の『トレニア・エラセニーゼ』。そして、お兄様の『ラティガ・エラセニーゼ』の三人が入室してきた。

「ヴァレリ、体調は大丈夫か」

「はい、お父様。もう大丈夫です」

笑顔で返事をすると、三人は安堵した表情を浮かべた。その時、お母様が私が読破して山積みした絵本に気付いて「あら……これは？」と目を丸くする。

「ヴァレリ。これを全部読んだのですか？」

「え……あ、はい。簡単な内容でしたからすぐに読み終わってしまいました」

「まぁ、うふふ。ヴァレリはとても賢いのね」

嬉しそうに目を細めるお母様につられ、お父様も顔を綻ばせている。そんな二人の様子を見て、お兄様が白い歯を見せて笑った。

「はは。父上と母上の二人は、ずっと落ち込んでいたからね。ヴァレリが元気になってくれて本当に良かったよ」

「む……ラティガ、あまり余計なことは言わぬようにな」

「バーンズの言う通りですよ、ラティガ」

家族の温かいやり取りに、私も笑みを溢した。

それにしても、記憶を取り戻す前のことを思い返せば、家族の皆は少し私に甘いらしい。本来、叱るべき部分も色々と許されていた気がした。

少し思い返すだけで、私が行った悪行が脳裏に沢山蘇る。

高い壺を割ってみたり、高い宝石でおはじきをしたり、高い絵画に落書きしたり……と、本当にろくでもないことばかりしていたわね。

でも、家族の皆は私が行った事に対して、『壺の形が悪かったからしょうがない』とか『宝石でおはじきとは新しい遊びだね』とか『ヴァレリの絵の方が素晴らしい』など、怒ることなく『子供のすることだから』と笑って許してくれていた。

公爵家の財産からすれば大したことがないのかもしれないけどね。ちょっとやり過ぎ感は否めない。

記憶を取り戻さなければ、私は天上天下唯我独尊と言わんばかりのとんでもない我が儘娘に育ち、周りがかなり手を焼いたのじゃなかろうか……？　まぁ、今の私になった以上、今後はそんなことにはならないだろうけど。

家族で談笑していると、お父様が咳払いをしてお兄様に目配せを行った。その目配せに頷いたお兄様は、私に微笑みかける。

「じゃあ、ヴァレリ。僕は剣術の稽古があるから、先に失礼するね」

「承知しました。稽古、頑張ってくださいね」

お兄様はニコリと白い歯を見せると、そのまま部屋を後にする。扉が閉まる音が聞こえると、お父様とお母様の表情が少し険しくなった。

「ところで、ヴァレリ。先日、誕生会にやって来られていたマグノリア帝国、第一皇子の『デイビッド』様を覚えているか」

「マグノリア帝国……第一皇子、デイビッド様……？」

オウム返しのようにお父様の言葉を復唱した私は、何か違和感を覚えた。なんだろう、何かとても大切なことを忘れているような。

「ヴァレリ、大丈夫。思い出して辛いのかしら」

お母様が心配の色を宿した瞳をこちらに向けた。

「あ、いえ。大丈夫です。それに、あの時は私が我が儘を言ってデイビッド様を困らせてしまいましたから、いずれお詫びしないといけません」

「まぁ……ヴァレリ。貴方がそんな風に言うなんて驚きました」

お母様は、目を丸くした。確かに、今までの私であれば泣きじゃくっていたかもしれない。

「あはは……」と私が苦笑していると、お父様が咳払いをした。

「そう言ってもらえると助かるな。実はな、ヴァレリ。先日の一件を両陛下が重く見られてな。皇族として、その額の傷の責任を取るという事で、お前とデイビッド皇子との婚約が仮決定されたのだ」

「はぁ……こんな傷一つで婚約ですか」

思いがけない方向に進んだ話に呆気にとられ、私は額の右端に出来た傷を軽く指でさすった。

お母様は、私の額の傷を見るなり、痛ましい様子で目を潤ませる。

ふむ……この世界には貴族という存在がある以上、令嬢の額にこんな傷があるというのは大問題なのかもしれない。そんなことを考えながら、私は目を細めて頷いた。

「えっと、よくわかりませんが皇子との婚約が公爵家の為になるのであれば、私は喜んでお受けします」

二人はきょとんとして顔を見合わせると、嬉しそうに頷いた。

「ヴァレリがまさかそんな風に言ってくれるとは……さすが私とトレニアの娘だ」

「本当に……だけど、まるであの日から人が変わったようですね」

「へ……!? あはは。そ、そんなことあるわけないじゃないですか。いつまでも、お子ちゃまみたいな我が儘を言っていられませんからね。私は大人になったんです」

私は、あえて子供っぽく、自信たっぷりに大人びた様子で胸を張った。

「まぁ、うふふ。そうね、ヴァレリは立派だわ」

「ふふ、そうだな」

どうやら上手く誤魔化せたらしい。これぞ、『あえて大人っぽさを演じることで、子供であると認識させる作戦』である。私って、なんて機転が利くのかしら。

それからしばらく談笑した後、両親の二人は部屋を後にする。部屋に一人になった私は、ベッドに仰向けに寝ると目を瞑った。

まさか異世界とはいえ、この年齢で『婚約』するとは思わなかったな。そういえば、前世の私は結婚はしていたのだろうか？　思い出そうとするが、やはりわからない。その代わり、ふいに『とあるゲーム』の存在を思い出した。

「そういえば、大分昔にやったゲームにも『マグノリア』って名前があった気がする……なんだっけあのゲーム」

何故か、絶対に思い出さないといけない。そう感じた私は、必死に記憶を探り、記憶が呼び起こされたその時、私は青ざめる。

「え……ちょっと待って。マグノリア帝国が出てきて、私が『ヴァレリ・エラセニーゼ』なの？それで、第一皇子が『デイビッド・マグノリア』ですって……⁉」

ガバッとベッドから体を起こした私は、急いで屋敷のメイドを呼ぶと、周辺国の名前や歴史の資料を部屋で読みたい。絵本を読んでいるうちに興味が湧いたと伝えた。

メイド達は訝しむも、私がつい最近まで我が儘だったことが功を奏したのか、資料を部屋に持ってきてくれる。お礼を伝え、メイド達を部屋から追い出すと、すぐに資料で帝国の歴史に始まり、皇帝、皇后、その子供達の名前。周辺国の名前など色々と調べた。

結果、私の推測がおそらく当たっていることを確信する。

「こ、この世界って、大分昔にやった『ときめくシンデレラ！』の世界じゃないのよぉお⁉」

私は頭を抱えた。『ときめくシンデレラ！』略して『ときレラ！』は、乙女ゲームと言いつつも様々な育成、戦闘要素などがある『やり込み系』のゲームだった……はずだ。

そのゲームシステムとバランスは女性のみならず、ゲーム好きな男性からも一定の人気を得たゲームだと、何となく記憶している。物語も『シンデレラ』とタイトルにある通り、メインヒロインが王族達と恋愛をするという内容だったと思う。

だけど、問題なのが作中でメインヒロインの邪魔といじめる役割を持った『悪役令嬢のヴァレリ・エラセニーゼ』という存在がいることだ。

彼女は、プレイヤー自身でもあるメインヒロインに、数々の嫌がらせを行うがどんどん激しくなっていく。結果、やり過ぎて断罪されるというキャラなのだ。

「ど、どうすればいいのかしら……？」と悩んでいたその時、私の部屋の扉が優しく叩かれた。

「ヴァレリ、なんだか凄い声が聞こえたけど大丈夫かい」

お兄様の心配そうな声が部屋の外から聞こえて来る。

「え、ええ、お兄様。ご心配おかけして申し訳ありません。その……虫が居てびっくりしてしまって」

慌てて扉越しに返事をすると、お兄様はあえて部屋に入らないまま答えてくれた。

「そ、そうか。でも、何か困ったことがあったら教えてくれよ。僕の部屋は隣なんだからね」

「はい、ありがとうございます。お兄様」

返事を聞くと、お兄様はそのまま自分の部屋に戻ったらしい。かすかに、扉を開け閉めする音が聞こえた。

「ふぅ……いいわ。私は冷静。私は冷静よ」

ともかく、私が『ときレラ！』に出て来る『ヴァレリ・エラセニーゼ』であることは、容姿と名前から察するにまず間違いない。

「確か、良くある転生ものだと何故か強制力があって、何もしないと結局ゲームと同じ運命を辿るのよね……」

言葉にすると余計に不安が襲ってきた。

断罪なんて冗談じゃない。それに、問題は私だけでなく、お母様、お父様、お兄様、屋敷の皆にも関わってくる。もしも、私が断罪されたら、皆はどうなるのだろう。きっと、想像以上に大変なことになるのは間違いない。

「でも……前世の記憶があるからきっと大丈夫よね。物語の内容を思い出して、対策を考えれば……」

自分を鼓舞するように呟くと、私は目を瞑り記憶を呼び起こそうとする。

物語……物語……『ときめくシンデレラ！』略して『ときレラ！』よ。思い出せ……思い出せ……。それから暫くの間、私は記憶を呼び起こす作業を続けた。しかし、私は青ざめる。

「思い出せない……基本的なこと以外、何も思い出せないじゃないのよぉ⁉」

ひたすらに思い出そうとした結果、わかったことは私が『ときレラ！』を大分昔にやったことがあるような感覚。そして、登場する攻略対象と女主人公の名前に加え、私自身が悪役令嬢という事実ぐらいだ。

「何よこれ……こんな中途半端な記憶で転生とか聞いたことないわよ」

頭を抱えたその時、ある名案が浮かんだ。

「そうよ……こういう時は、記憶を取り戻した工程を繰り返すしかないわ！」

私は、部屋の壁に近寄り深呼吸を行った。それから壁に背中を預けると、勢いよく後頭部を壁に何度もぶつけていく。その度に衝撃と痛みが走って目から火が出るが、新しい記憶を思い出すことはできない。

「く……こっちじゃないのね⁉」

後頭部に走る痛みに耐えながら、私は壁に向き合った。そして、今度は額を壁に打ち付けるように何度も頭突きをする。再び、衝撃と痛みが走り、目から火花が散っていく。

「思い出せ、思い出せ、思い出せ、思い出せ、思い出せ、思い出せ……思い出せぇぇえええ！」

「ヴァレリ、何をしているんだ⁉」

誰かの声が聞こえた瞬間、私の体は羽交い締めにされ頭突きが中断されてしまった。頭突きのし過ぎか、私は朦朧とする意識の中で叫んだ。

「思い出さないと駄目なのよ。じゃないと、私が断罪されてお父様とお母様。それにお兄様まできっと死んじゃうのよぉお！」

「な、何を言っているんだ、ヴァレリ。まずは落ちついて、落ち着こうよ！」

やがて意識がハッキリしてきた私の目に映ったのは、お兄様の姿だった。

「あ……」

「ふぅ……落ち着いたかな、ヴァレリ。いきなり叫び声が聞こえて、壁が叩かれるから何事かと思ったよ」

お兄様はそう言うと、すぐに羽交い締めから解放してくれる。ハッとした私は、慌てて頭を下げた。

「ご、ごめんなさい。お兄様」

「はは、ヴァレリに何かある前で良かったよ。さて、どうしてこんなことをしたのか理由を聞かせてもらえるかな」

優しいお兄様なら、私の話を信じて味方になってくれるかもしれない。そう考えた私は、お兄様を真っすぐに見据えた。

「……わかりました。信じていただけないかもしれませんが、お話しいたします」

そうして、先日の事件がきっかけとなり、私が前世の記憶を断片的に取り戻したことを必死に説明していく。さすがのお兄様も、途中から顔が引きつっていた。

「な、なるほど。それは、にわかには信じがたい話だね……」

「やっぱり、信じていただけないですよね……」

そうよね。いくら優しいお兄様でも、さすがに信じてくれないよね。

私が目を伏せると、お兄様は「わかった」と頷いた。

「僕は、ヴァレリの言葉を信じるよ。でも、この事は僕達兄妹だけの秘密にしよう。二人で色々と調べて、対策を考えるんだ。だから、今後は無茶しちゃ駄目だよ」

「……!? ありがとうございます、お兄様」

感動して満面の笑みを浮かべると、お兄様が嬉しそうに笑った。

「あはは。こんなことで、ヴァレリが無茶しなくなるならいくらでも付き合うさ」

「……何だか、お兄様の言い方に少し棘を感じますね。でも、改めて、よろしくお願いします。お兄様」

こうして、お兄様という味方を得た私は、将来に訪れるかもしれない断罪回避のため、様々な行動を開始した。でも、第一皇子であるデイビッド様との再会で私の思いはまた打ち砕かれる事になる。

「えっと、デイビッド様。もう一度、仰っていただいてもよろしいでしょうか」

「はぁ……何度も言わせるな。ヴァレリ・エラセニーゼ。私はお前のことなど大嫌いで、婚約者として認めておらん。親同士が決めたことだから従うだけだ。よく覚えておいてくれ。ではな」

エラセニーゼ公爵家の屋敷に訪れたデイビッド様は、私と二人きりの時、言いたい事だけ言って去っていった。最悪な第一印象が尾を引いているのは明らかだ。

記憶を取り戻す前に行った、数々の悪行が脳裏に蘇る中、私は叫んだ。

「こっから、どうすりゃいいのよぉ!?」

番外編

第二騎士団招集命令と待機と『初恋泥棒』

その日。第二騎士団の宿舎では、騎士団全員が昼間に招集を受けた理由の話題が朝から尽きなかった。宿舎の一階にあるロビーでは団員達が集まり、各々でその件を話し合っている。

「アルマ。やっぱり、全員に招集が掛かるってことはよ。何かご褒美がもらえるとかじゃねえかな」

ロビーに響き渡る遠慮のない大声で尋ねたのは、頭に縦長の耳が生えた兎人族のオヴェリアだ。彼女は第二騎士団の陸上隊第八分隊に所属する分隊長である。そして、オヴェリアが声を掛けたのは、彼女と同じ兎人族かつ同部隊に所属する副隊長、アルマだ。

「どうかしらね……大体、ご褒美ってオヴェリアは何が貰いたいのよ」

「そりゃ……やっぱり食堂の注文権利とか金かな」

「そうね。『お金』が貰えるんならご褒美もありかもしれないわ」

元気の良いオヴェリアとは対照的に、アルマは淡々としている。

アルマはそうでもないが、オヴェリアの声はロビー全体に響き渡っており、結果的に二人はこの場所で一番目立っていた。そんな、二人に猫人族のミアが呆れ顔で近づいていく。なお、ミアは、陸上隊第五分隊に所属の分隊長である。

「はぁ……お前ら、確かにリッド様は優しいけどな。ディアナ姐さんとカペラの旦那の二人がよ。そんな『ご褒美』なんてくれるとは思えねぇぜ。きっと、新たな任務とか訓練とか……下手すりゃ新しい魔法とか実験なんじゃねえか。なぁ、レディ、エルム。お前らもそう思うだろ?」

ミアが目をやった先には、猫人族の少女と少年がソファーに座ってトランプを楽しんでいた。彼等は、遊ぶ手を止めずにミアの問いかけに答える。

「さぁね。あたしは、今の生活が守れるなら何でもいいわよ」

どうでもいいと言わんばかりの物言いをしたのは、猫人族の少女、レディである。彼女は、ミアと同じ陸上隊第五分隊に所属する副隊長だ。

「あはは、僕はミアとレディに任せるよ」

少し遠慮がちに、角が立たないような言い回しをしたのは猫人族の少年、エルムだ。彼もミア達と同じ部隊に所属しているが、役職がない一般騎士団員である。

やり取りを見聞きしていたオヴェリアは、頭の後ろに両手を回してニヤリと笑った。

「あたしからすれば、厳しい任務や訓練もご褒美さ。新しい魔法や訓練の実験なら尚更……な。はは、第二騎士団であたしが一番強くなってやるよ」

自信満々な声を彼女がロビー全体に響かせたその時、オヴェリアの背後に人影が現れた。

「……お前だけ強くなるとは、聞き捨てならんな」

「なんだよ、熊公。お前が絡んでくるなんて珍しいな」

彼女は一瞬ぎょっとするが、背後の人影が熊人族のカルアとわかると肩を竦めておどけた。しかし、彼はオヴェリアの仕草を気にする素振りはない。

「私も強くなりたいと思っているだけさ。だから、抜け駆けはさせたくないということだな」

ちなみに、カルアは、陸上隊第一分隊に所属する分隊長である。

「相変わらず熊公はお固いねぇ……」

オヴェリアとカルアの会話がロビーに響く中、彼等から少し離れた場所に座り、やり取りを眺めている似た容姿の少女達がいた。鳥人族のアリア姉妹達だ。彼女達姉妹は、全員が第二騎士団航空隊の飛行小隊に所属している。

その中、十二女のシリアが長女のアリアに向かって問い掛ける。

「ねぇ、アリア姉さん。今日の招集はなんだと思う」

「なんだろうね。だけど、嫌な感じはしなかったよ」

アリアが答えると、近くにいた三女のエリアが同意するように頷いた。

「……うん。アリア姉の言う通り、最近のカペラやディアナそれにお兄からも嫌な感じはしなかった。むしろ、なんかお兄はフワフワしてた……かな」

そう言うと、エリアはロビーを見渡した。大声を響かせるオヴェリア達が目立ってはいるが、第二騎士団に所属する獣人族は、この場にほぼ全員集まっている。それだけ、招集命令の内容が気になっているという事だろう。

その時、ロビーに狼人族の少女がやってきた。彼女は、第二騎士団陸上隊第七分隊に所属する分隊長のシェリルだ。彼女はロビーを見渡して深呼吸をすると、声を張り上げた。

「リッド様がもうすぐ来られるそうだ。カペラ様より、大会議室に移動しておくようにと指示があった。全員、速やかに行動するように！」

その一声に獣人族の子達はそれぞれに反応を示すと、彼等はロビーから大会議室に移動するのであった。

◇

鉢巻き戦が終わり、ファラとリッドが第二騎士団の宿舎から本屋敷に帰った後のこと。

第二騎士団の宿舎内は、どんよりとした雰囲気が漂っていた。その原因は明らかで、団員である獣人族の女の子達のほとんどが、ずっとため息を吐いたり、俯いたり、しゃがみ込み指先で『の』の字を書いたりと、ともかく青息吐息なのだ。

特に元気で宿舎の雰囲気を明るく保つ中心的存在。その代表格であるオヴェリア、ミア、シェリルといった活発的な子達が、この場に不在なのも大きいだろう。ちなみに彼女達は、揃いも揃って訓練場で一心不乱に模擬戦を行っている。

そんな状況の中で、ロビーのソファーに座っていたラガードが首を捻った。

「なぁ、ノワール。なんで宿舎の雰囲気がこんなにいつもと、違うんだろ」

「……ラガード、少し鈍いですよ」

「え、なんでさ？」

彼の愚鈍な反応に、ノワールが呆れてため息を吐いたその時、近くにいた漆黒の長髪と瞳をした馬人族の少年がラガードに言った。

「お前は、ノワールにしか目が向かないから気付かんのだろう」

「なんだよ、第二分隊隊長のゲディングじゃないか。お前が話しかけてくるなんて珍しいな。でも、さっきの言葉どういう意味だよ」

彼は呆れ顔で、やれやれと首を横に振った。

「そのまんまの意味だよ、お前とノワールは仲良しだからな」

ゲディングはそう言うと、ノワールを少し冷やかすように見やった。すると、彼女は目を細めて冷たく「ふふ」と口元を緩める。

「そういうゲディングさんも、同族のマリスさんにしか目が向かないじゃないですか？」

「……マリスの話はしていないだろう」

ゲディングは、バツの悪い顔を浮かべた。そんな二人のやり取りに、ラガードはポカンとしている。会話を聞きつけたのか、兎人族の少年達がやってきた。

「はは、面白そうな話をしているね」

「折角だし、俺達も混ぜてくれよ」

「なんだ、今度は特務機関のラムルとディリックか。ま、いいけどさ、告げ口は止めてくれよ」

ラガードは二人を見ると、眉をピクリとさせ少し嫌そうな顔を浮かべた。これは、ラムルとディリックに対してというよりも、二人が所属している特務機関が情報収集をする組織であるためだ。ラムルとディリックは、それがわかっているのだろう。特に嫌な顔はせず、おどけながら頷いた。

「当然さ。僕達の集める情報に、人の恋路は含まれていないよ。ね、ディリック」

「まぁな。命令が無い限り、人の色恋沙汰になんか関わりたくはないな」

「人の恋路……色恋沙汰……？　あ、皆がどんよりしている原因は、リッド様が結婚したからか」

二人の話を聞いて、ようやくラガードが気付いた。だが、そんな彼の言動に、ノワールは呆れたままである。

「はぁ、ようやく気付いたんですね。リッド様は、獣人族の女の子から見て、とても魅力的な方です。何より、私達を救ってくださった方でもありますからね。皆さん、無理だとわかっていても、恋心を密かに抱いていたんだと思います」

「そ、そうなのか……。じゃ、じゃあ、やっぱりノワールもそうなのか……？」

ラガードはそう言うと、真剣な表情で彼女の瞳を見つめた。ノワールは、彼の曇りがない真っすぐな瞳にたじろぎつつ、顔を赤らめる。

「え、えっと。リッド様に感謝はしていますけど……その、私にはラガードがいますから……」

「……あ、ご、ごめん!?　変な事聞いた。でも、そっか、えへへ」

ラガード達のやり取りに、周りにいた面々は呆れ顔を浮かべた。程なく、ラムルが「そういえば……」と思い出したように話し始める。

「君達みたいに仲良しな子と言えば、牛人族のトルーバとベルカランもいたね」

「あぁ、あの二人も仲良しだよな」

同意するように答えたのはディリックだ。彼等は、ロビーを見渡して話題に上がった二人を探してみた。

「あ、いた。あそこにいるね」とラムルが指差した。

ロビー内で仲良く楽しそうに談笑中のトルーバとベルカランを見つけたのだ。ラムル達の視線にトルーバ達も気付いたらしく、二人はラムル達の元にやってきた。

「なんだい、分隊長がこんなに集まって……何かあったのかい？」

「楽しそうですねぇ。私達もお話に混ぜてもらってもいいですかぁ？」

トルーバは牛人族にしては少し小柄だが、逆にベルカランは女の子ながらに大柄である。そんな二人の質問に、ゲディングが答えた。

「いや何、宿舎の雰囲気がどんよりしている件を皆で話していただけだ」

「あぁ、なるほどぉ。私にはトルーバちゃんがいますけどぉ、他の皆さんはリッド様に恋していましたもんねぇ。いいですねぇ、失恋ですねぇ、甘酸っぱいですねぇ。あははぁ」

ぱぁっと明るい表情を浮かべて楽しそうに話すベルカランに、皆は少し顔を引きつらせる。

「ベル……『ちゃん』づけは止めてくれっていつも言っているだろう」

トルーバが眉間に皺を寄せて呟いた。

「あらあら、そうでしたねぇ。ごめんなさいねぇ」

二人のやり取りに、皆は一様に苦笑する。ベルカランは、ロビーを改めて見回すと、トルーバの背後に回り後ろから抱きしめながら呟いた。

「ふふ、それにしてもぉ、リッド様は無自覚に色々するお方だからぁ、面白いですよねぇ」

「ん、どういう意味だい。ベル」

トルーバに質問されたベルカランは、ニヤリと口元を緩めると、彼に顔を寄せてさも楽しそうに話し始める。

「リッド様はですねぇ。無自覚のまま初めての恋を皆に教えたのにぃ、当のご本人は他の方と婚姻。

そして、その方を皆に紹介したんですよぉ？　見方次第ではぁ、とんでもない『初恋泥棒』。あははぁ、罪作りですよねぇ。まぁ、私にはトルーバちゃんがいるからぁ、関係ないんですけどねぇ。うふふ」

彼女の『初恋泥棒』という言葉に、この場にいる男の子達は、何とも言えない表情を浮かべると
ロビーを見回した。そして、あちこちから聞こえて来る青息吐息に『やれやれ』と呆れ顔を浮かべる。

「ところで、ベル。何度も言うけど『ちゃん』付けは止めてくれ」

トルーバがまた不満げに言った。

「あらあら、ごめんなさいねぇ」

謝りながらも、ベルカランは楽しそうに微笑んでいる。

二人のやり取りに、呆れるラガードだったがその時、ふと彼と同じ狐人族のトナージと猿人族の
トールが視線の先に居る事に気が付いた。「おーい」と声を掛けると、彼等はラガードの声に反応
してやってくる。

「ラガードさん、呼びましたか？　というか、分隊長の皆さんばっかり集まってどうしたんですか」

「本当だな。はは、第二騎士団の精鋭が集まって悪だくみでもしているのか」

トナージは首を傾げており、トールはおどけた様子を見せている。

「悪だくみって……たまたま集まって雑談しているだけさ。それに、トナージとトールだって開発
工房の副隊長だろ」

ラガードの口調が少し強い。どうやら、へそを曲げたらしい。

「はは、悪い悪い。そう怒るなって」

トールは調子よく返事をすると、ラガードの背後に回り込む。そして、彼の両肩に手を置いて揉み始めた。

「あはは！　トール、止めろって、くすぐったいだろ」

「いやいや。我等、第二騎士団の出世頭。ラガード分隊長は大分凝っておりますよぉ」

二人の調子の良いやり取りに、その場にいる皆から笑い声がこぼれる。

「ところで、開発工房の二人がここにいるのは珍しいな。今日は工房に行かなくていいのか」

ゲディングが問いかけると、トナージが反応して頷いた。

「あ、はい。今日は、エレンさんとアレックスさんから、開発部はお休みという連絡をもらっています。でも、何だか落ち着かなくて、それで、トールさんと今後の開発に関して色々話していたんですよ。ね」

楽しそうに話すトナージに、トールが笑顔で頷いた。

「あぁ。開発部は納期があると、ずっと工房に籠もりっぱなしになるからな。こういう時じゃないと、ゆっくり話せないんだよ。ラガード、ノワール、お前達も狐人族なんだから腕はあるんだろう？　今の護衛任務が嫌になったらいつでも開発部に来いよな」

「はは、その時はよろしく頼むよ」

ラガードは軽く笑って答えるが、ノワールは少し複雑な面持ちを浮かべている。その時、「そういえば……」と思い出したようにトルーバがラガード達に問い掛ける。

「ラガードとノワールは、なんで開発工房じゃなく、陸上隊を志願したんだ。まぁ、鉢巻き戦で見せた『燐火の灯』だっけ？　あれは凄かったけど」

「確かにぃ、言われればそうですねぇ。何か深い理由でもあるんですかぁ？」

ベルカランが首を傾げながら問いかけたのをきっかけに、ラガードとノワールはこの場の注目を浴びる。

「そ、そんなこと気にしなくていいだろ。俺達が陸上隊に所属することは、リッド様も認めているんだからさ」

ラガードがそう答えた時、ロビーに明るい声が響き始める。どうやら、野外で自主訓練をしていた者達が戻って来たらしい。

「カルア!?　熊公てめぇ、さっきまた手加減しただろ。本気で付き合えって言っただろうが！」

「はぁ……オヴェリア。私とお前が本気でぶつかり合ったら、どちらかが怪我をしかねん。無理に決まっているだろう」

オヴェリアに突っかかれたカルアは、呆れて首を横に振っている。そんな二人の様子に、側に居たミアが笑みを溢す。

「はは、オヴェリア。カルアに負けたの根に持ってやんの」

「止めなさい、ミア。今のオヴェリアを刺激すると大変ですよ」

ミアを諭しているのは、シェリルである。そして、近くに居た猫人族の少女で黄色い髪と水色の瞳をしたスキャラが同意するように頷いた。

「そうですよ、ミアさん。オヴェリアさんは暴れると手に負えません」

「なんだよ、スキャラ。お前、ワン公の肩を持つのか」

ミアが、挑発するようにシェリルに視線を向ける。

「誰が、ワン公ですか！　このドラ猫！」

その仕草にカッとなったシェリルが怒号を響かせた。しかし、ミアはさらにおどけている。

「はは、やんのかぁ。ワン公」

外で自主練を行っていた一団が戻って来た事で、ロビーは瞬く間に喧噪に包まれる。そんな一団を見ながら、ラガードは呆れて呟いた。

「はぁ、オヴェリア達は相変わらずだなぁ」

「あらぁ、ラガードにはそう見えるんですかぁ？　ふふ、まだまだですねぇ。ねぇ、ノワール」

「え、あ、はい。そうですね」

ベルカランとノワールのやり取りに、その場に居たラムル、ディリック、ゲディング以外の獣人族の男の子達は一様に首を傾げる。

その時、ロビーにカペラが馬人族のアリスとディオ。鼠人族のサルビアを引きつれて姿を現した。

同時にロビーに響いていた喧噪は瞬く間に収まり、緊張感が漂い始める。

「陸上隊の各分隊長は副隊長と合わせて、明日の朝一で大会議室に集合してください。それから、お休みとは言えあまりバカ騒ぎをしないように……よろしいですね」

「承知しました」

ロビーにいた団員達は、カペラの言葉にすぐ反応して一礼する。

「では、アリス、ディオ。サルビア。情報伝達は任せましたよ」

「……はい」

カペラの言葉に、何故かアリス、ディオ、サルビアは不服そうに頷いた。そして、カペラはそのまま宿舎の執務室に向かい、ロビーを後にする。彼の姿が見えなくなると、団員達は緊張から解放され、あちこちからため息が溢れた。

「ビビったぁ。カペラの旦那はいつも急に現れるから、心臓に悪いんだよなぁ」

「それには、俺も同意するぜ」

オヴェリアの言葉にミアが頷いたその時、今度はロビーに明るい声が響き渡った。その場にいた全員がハッとして、声が聞こえた場所に目を注ぐ。だが、そこに居たのは満面の笑みを浮かべたアリア姉妹達だった。

「皆、ただいまぁ！　って……あれ、何かあったの」

「……何だか、大注目を浴びてる」

「これは、間が悪かった感じですかね」

彼女達を見た団員達は、ホッとして胸を撫で降ろす。その様子に、アリア達姉妹はきょとんとするのであった。

その頃、執務室に戻ったカペラは、部屋の奥にある机に座って書類に目を通しているダークエルフに声をかけた。

「カペラさん、言われた通りにしてきましたよ」

「そうですか。それはご苦労様でした。ダン君」

会話が終わると、執務室に入ってきたカペラはみるみるうちに姿が変わる。そして、その場に現れたのは狸人族で化け術が得意の『ダン』だ。彼は変身を解くと、怨めしげにカペラを見つめる。

「はぁ、それにしても潜入や化術の訓練とはいえ、カペラさんに化けてオヴェリア達の喧噪を押さえろ……なんて、バレたらどうなるか恐ろしくて堪りませんよ」

カペラは手元の書類を机の上に置くと、ダンに視線を向けた。

「その緊張感が良い訓練になるのです。念の為、護衛にアリス、ディオ、サルビアをつけていましたし、それに貴方達はスリルがお好きなのでしょう?」

「確かに、楽しくないと言えば嘘になりますけどね」

「その意気です。これからも頼みましたよ」

「はぁ……承知しました」

ダンは疲れ切った顔で項垂れると、執務室を後にする。そんな彼を扉が閉まるまで見送ると、カペラは再び書類に目を落とした。

「ふむ。リッド様は今回の帝都訪問に、第二騎士団から分隊長を数名連れて行く御意向ですか。ならば、もう少し礼儀作法を叩き込まないといけませんね」

カペラはそう呟くと、淡々と書類に目を通していった。

なお、この日以降。獣人族の女の子達が、リッドのことを『初恋泥棒』と呼ぶのが密かに流行ったらしい。しかし、当の本人はその事を知る由もなかった。

書き下ろし番外編

アモン・グランドーク

狐人族の領地を治めるグランドーク家は、数年前より軍拡政治を行っていた。

輸出に力を入れていた武具製作の受注を最小限に抑え、国内向けの武具製作に注力。優秀な若者達を徴兵して、戦士の数を年々増加させた。

強者である部族長や従う豪族達が住む首都や町々は、それでも以前と変わらずに優雅な生活が送れていた。しかし、軍拡政治の波紋は、弱者である各地の小さな村にとって津波のように押し寄せていた。

徴兵によって若者が少なくなり、働き手が減少。食糧自給率が著しく低下。働けない老人は口減らしで山に捨てられ、育てられない子供は秘密裏に奴隷として売られ、食料を得るための金に換えられていた。

力が絶対という弱肉強食の思想が強い獣人族の世界では、『当たり前』とも言える光景だったが、これに異を唱えた者が過去にいたのである。

その者の名は、『グレアス・グランドーク』。部族長の実の弟であり、武力と知力を兼ね備え、狐人族の中でも一目置かれる人物だった。

彼は、部族長である兄ガレス・グランドークに『民なくして、長は務まらない。民無き長など滑稽だ』と説き伏せたという。だが、ガレスはその言葉に耳を傾けることはなく、軍拡を続けたのである。

グレアスは、いよいよ狐人族の将来が危ういと考え、自らの支持者と決起した。しかし、彼はガレスの息子、エルバ・グランドークの前に敗れ去り、決起は失敗。グレアスの支持者だった豪族は一族郎党《いちぞくろうとう》断罪された。

この一件は、狐人族の領内どころか国内外に発信される。

軍拡政治に虐げられ、搾取されている狐人族の領民は、唯一の光が閉ざされたと絶望したという。

しかし、それから数年後、領民にとって新たな希望が現れる。

彼は幼いながらに、狐人族の未来を憂い、領民に寄り添い、亡きグレアス同様、軍拡政治を止めるべきという主張を行ったのだ。

その者の名は、『アモン・グランドーク』。グランドーク家の長男エルバ、次男マルバスに次ぐ三男であり、ガレスの実子である。

グレアスを彷彿させる彼の主張は、子供の理想論に過ぎないと一蹴され、一族の中でも異端視されていた。それでもアモンは、諦めずに日々地道な活動を続けていたのである。

「アモン様。各地の村から生産された商品が届きました。こちらの資料にまとめてあります。ご確認ください」

「ありがとう、リック」

アモンは受け取った書類を手早くめくり、内容を確認する。

「……うん、これで進めて問題なさそうだね」

書類を返すと、アモンは微笑んだ。

「皆が頑張ってくれたおかげで、サフロン商会の注文に今回も応えられそうだよ。実績を積み重ねて、さらに受注を増やしていこう」

アモンがサフロン商会と繋がりを持ったのは、今から数年前だ。

狐人族がドワーフに勝るとも劣らない、生産技術や才能を持っていることは有名である。

しかし、狐人族の軍拡政治が強くなってからは、狐人族の商品が国外に出ることは稀になっていた。アモンは、そこに目を付ける。

彼は、自身を支持してくれる領民や豪族に工芸品や日用品の作成を依頼した。武具製作だと、父や兄姉に咎められる可能性があったからだ。

そうして、完成した製品をサフロン商会に提示。需要のある製品を受注して、生産する体制を整えた。

様々な商会がある中、エルフが代表を務めるサフロン商会を取引先にした理由は、帝国、バルスト、トーガと言った隣国だと中立性が保ちづらいと考えたからである。

「承知しました」

リックは畏まって受け取るが、顔は少し曇っている。アモンは、首を捻った。

「何か気になることでもあったのかい？」

「いえ、アモン様の行いは、狐人族の未来を良い方向に導くためであることは承知しております。しかし、いずれグレアス様のようなことにはなりませんか？」

「そうだね……」

彼の心配する言葉に、アモンは相槌を打つと自室の窓から空を眺める。その日は、雲一つ無い、青い空が広がる快晴であり、小鳥が気持ち良さそうに空を飛んでいた。

アモンは、グレアスとの日々を回想する。


グランドーク家の子供達にとって、グレアスはただの叔父ではなく、父親代わりのような存在だった。

ガレスは、政務に追われ子供達の教育を一部グレアスに任せていたのである。

長男、次男、長女の三人までは、ガレスもまだ教育に関わっていたが、三男のアモンの教育はグレアスに一任していたと言っても過言ではなかった。

グレアスを一言で表すなら『高潔な人物』だと、アモンは思う。

ガレスの弟であるグレアスは、家督争いをすれば内乱が発生。民が苦しみ、狐人族全体が衰退することを憂い、ガレスに家督を譲り補佐をする道を選んだと聞いている。しかし、ガレスは当主になると、グレアスを少しずつ冷遇していったそうだ。

実は家督争い中、ガレスよりもグレアスを支持する者も多かったらしい。

グレアスが本気で家督を継ぐと言えば、内乱は起きただろうが、彼が当主になっていた可能性も高かっただろう。ガレスもそれがわかっていたからこそ、当主となった後、グレアスの力を削ぐべく少しずつ冷遇したことは想像に難くない。

ガレスの子供達の教育を任せるというのも、表向きは部族長の子供を預かるという光栄な仕事に見える。だが、実際は政務にグレアスを関わらせないためのものだった。

勿論、グレアスはその意図に気付いていただろうに、彼は長男のエルバを始め、アモンにも分け隔てなく、様々な事を教えたのだ。

特に、グレアスの戦斧《せんぷ》を扱う技術は、獣王国ズベーラ内で知らぬ者がいない程であった。彼は、その技術をガレスの子供達に惜しみなく伝え、当時のアモンにも基礎を教えてくれたのである。

「筋が良いな。アモン、お前には才能がある。いずれ、エルバに次ぐ……いや、超える実力者になれるかもしれんぞ」

「はぁ……はぁ……。叔父上、それ本当ですか？」

戦斧の稽古が終わり、アモンが片膝をついて聞き返すと、グレアスは目尻を下げて頷いた。

「あぁ、嘘は言わん。だが、自らの才能を磨き続ける根気がなければ無理だぞ。お前に、兄を超える気概があるかどうかだ。結局、お前自身がどうなりたいかだよ、アモン」

「……!?　なります。なってみせます！　そして、僕もマルバス兄さんのように兄上の力になるんです」

兄上とは、エルバのことだ。アモンは力強く答え、ゆらりと立ち上がると、稽古用の木戦斧を構えた。幼いながらも凛々しい姿に、グレアスは頬を緩める。

「そうか、その意気だ。人のために強くなろうとする者は、自分のためだけに強くなろうとする者よりも強くなれる……何故だと思う？」

ふいに問い掛けられ、アモンはきょとんとすると「うーん」と唸り必死に考えを巡らせた。しかし、答えが浮かばずに首を傾げる。

「えっと……叔父上、すみません。わかりません」

「はは、よいよい。考えることが大切だからな」

グレアスは、しゅんと耳の下がったアモンの頭に優しく手を置いた。

「人はな……一人では生きられぬのだ。お前や私が口にする日々の食事一つにしても、沢山の人の手が関わっている。それらの事を忘れ、自分一人だけで生きているなどと思うのは愚の骨頂だ。人に感謝して愛することで、人は本当の強さや覚悟を知っていくことになる。お前は、その事を知り、兄上やエルバ達が道を踏み外しそうになった時、止めてやってくれ」

「叔父上？」

アモンが首を捻って問い掛けると、グレアスはいつもと違う真剣な表情を浮かべた。

「良いか、アモン。『民なくして、長は務まらん』のだ。決して、狐人族を……領民を苦しめるようなことはしてはならんぞ」

「はい。畏まりました」

笑顔でアモンが頷くと、グレアスは「ふふ」と破顔して彼の頭をくしゃくしゃと撫でまわした。

「あうぅ、叔父上。止めてください、目が回ります」

「ふふ。お前は可愛い子だよ……何があっても、負けるなよ。アモン」

稽古が終わり、暫くたったある日のこと。アモンに驚きの報告がもたらされた。

グレアスが決起して、ガレスに反旗を翻したというのだ。

しかし、長兄であるエルバの手腕で速やかに決起は鎮圧され、首謀者であるグレアスと支持者はその場で断罪。グレアスと支持者の関係者や一族郎党は、エルバの指示により幼子も含め例外なく全員処刑され、処刑場の大地は血で赤く染まった。

当時のアモンは、グレアスが決起した場所にはいなかったが、処刑場には同席している。いずれ、兄達の力になりたいという純粋な思いからだった。

「赤ん坊や子供達だけでも……どうか、どうか命をお救いください。エルバ様、マルバス様お願いします！」

処刑を前にして必死に叫び、助命を乞う豪族や領民達の姿を目の当たりにしたアモンは戦慄する。しかし、長兄エルバは、「酒の肴《さかな》には、丁度良い余興だ」と嘲笑い、一蹴した。

「アモン、良く見ておけ。これが、弱肉強食の世界だ。俺達がグレアスに敗れていれば、あの場に居たのは親父や俺達だ」

「……はい」

「奴らは決起し反旗を翻した者共の家族だ。にも拘わらず、自分達は助かるだろうと高を括っていた。そんな奴らを野放しにすれば、グランドーク家の権威は失墜する。新たな決起の火種となりかねない。これは、必要悪だ。アモン、わかるな？」

「はい、兄上」

「アモン様！　どうか、どうか、お慈悲を……子供だけはどうか……まだ、何もわからぬ赤子と子供だけはどうかお助けください！」

アモンの名を叫び、土下座して懇願したのは身なりの良い狐人族の女性である。おそらく、グレアスを支持していた豪族の妻か何かだろう。彼女の横には、あどけない顔の少年と少女が立ち並び、少年の腕には赤子が抱かれている。

「恨むなら、愚かなお前の夫を憎むが良い。あの世では、家族で仲良く暮らすんだな。お前達、見せしめだ。まず、母親の前で子供を処刑しろ」

「そ、そんな……!? お慈悲を……どうかお慈悲を下さいませ、エルバ様！」

女性が顔を真っ青にして悲痛に叫んだ。

「……畏まりました」

彼女の願い空しく、狐人族の戦士達が重々しく頷いたその時、「あぁ、それと、言い忘れていた」とエルバが言った。

「せめてもの慈悲を子供にはくれてやろう」

その言葉に、戦士達や女性の顔が一瞬明るくなる。

「子供は、苦しくないように処刑してやれよ？ ふふ、優しいね、俺は」

エルバが引導を渡すと、女性は絶望したらしく、震えながら項垂れて何も言わなくなった。そうして、エルバは全員の処刑を予定通りに敢行する。

この凄惨な処刑を目の当たりにしたアモンは、ガレスとエルバ達兄姉の行いに疑問を抱くようになった。

アモンは、グレアスが決起を起こした原因を密かに調べあげ、経緯を知り愕然とする。当時の彼は、知らなかった。

グランドーク家と一部の豪族が住む地域以外の村々で起きている悲惨な状況。それらの原因は、グランドーク家が掲げる『軍拡政治』に他ならなかったことを。

同時期、アモンの元に一通の手紙が届く。それは、亡きグレアスが最期の言葉を綴った手紙である。その手紙に目を通したアモンは、グレアスが決起した真意を知り、自分なりに兄姉や父親とは違う方法で狐人族を導くことを決意したのであった。

「アモン様？　大丈夫ですか？」

リックの声で回想から戻ったアモンは、はっとした。

「あ、ごめんごめん。叔父上のことを少し思い出していてね」

アモンは、席を立ち上がり先程まで眺めていた窓の前に立った。窓の外では、相変わらず小鳥たちが楽しそうに飛んでいる。

「僕は、叔父上のようにはならないさ。それだけの『支持』も『価値』もないからね」

「そうでしょうか？　最近、領民や一部の豪族の間で、アモン様を支持する者達が少しずつ増えております。いずれ、ガレス様やエルバ様から危険視されるのではないかと」

リックの指摘に、アモンは首を横に振った。

「僕はね。不満の受け皿なんだよ」

「……受け皿ですか？」

「うん。軍拡政治を推し進めれば、必ず反対派が生まれる。でも、反対派の動きがばらばらだと対処しづらいだろう？　だから、僕を反対派の受け皿。つまり、神輿にしているのさ」

アモンは思う、きっとグレアスも同じだったのだろう。

軍拡に不満を持つ者達を、グレアスの下にあえて集わせる。その上で決起を起こすよう誘導、邪魔者を一網打尽にして断罪したのだ。

「では、グレアス様と同じ道を辿ることはやむを得ないと？」

「いやいや、そうじゃないよ。伯父上は武力を持って決起したから、それに勝る武力で鎮圧されたのさ。だから、僕は違う方法を模索している。今も、その段階さ」

アモンはそう答えると、「あ、そういえば」と切り出した。

「聞いたよ、リック。奥さんのディジェが妊娠したそうじゃないか。おめでとう」

「え!?　ど、どうしてご存じなんですか!?」

リックは明らかに動揺して顔を赤らめた。

「ふふ。僕の情報網を甘く見たね？」

意地悪くアモンは笑うが、そんなに大した事ではない。リックの妻であるディジェが、懐妊を喜ぶあまりにご近所に話しているのだ。その事を知らないのは、皆が寝静まる時間に帰宅する夫の彼だけだろう。

アモンがリックを揶揄っている最中、外を楽しそうに飛んでいた小鳥達に高い空から大きな影が襲いかかる。

「あ……!?」

その光景が目に入り、アモンは唖然とした。

影の正体は、小鳥より遙《はる》かに大きな鳥だ。大きな鳥のかぎ爪には、一匹の小鳥が握られている。

残された小鳥達は、声を上げて大きな鳥から仲間を助けようとするが、大きな鳥は意に介さず、大空の彼方に飛んで行く。小鳥達は、その場で羽ばたきながら見送ることしかできなかった。

「どの世界も弱肉強食か……」

一部始終を窓から見ていたアモンは、大きな鳥に捕らわれた小鳥がまるで自分のように感じられた。

「でも……僕は諦めない。理想が無ければ、何も始まらないんだ」

窓の外を眺めながら、彼は自らを鼓舞するように呟いていた。

紙書籍限定
書き下ろし番外編

リッドと魔球

「せーの……」

僕はリズムを取りつつ左腕を掲げるように大きく振りかぶり、「よいしょ！」と腕を勢いよく振り下ろす。その動きに合わせて、左手に持っていた小石を的に向かって投げた。

小石には魔力付加を施しており、子供が投げたとは思えない速球で飛んでいく。そして、辺りに鈍い音が響き、小石は的の樹木にめり込んでいた。

「うーん。狙った場所と違うなぁ」

本当は、樹木に刻んだ的の真ん中を狙ったんだけど、小石は的の下に食い込んでいる。足下に用意した小石を再び、左手で掴む。

「リッド様。先程からずっと何をされているのでしょうか？」

「うん？　見てわからない？」

傍に控えていたカペラの問い掛けに答えつつ、僕は再び同じ動作で小石を投げる。よし、今度は的の真ん中に当たったぞ。

「ふむ。わかりました」

カペラが、一連の動作を見て頷いた。

「狙った相手の頭を小石で打ち抜く、暗殺術の研究ですね？」

なんて恐ろしい事を言うんだ。まぁ、確かにこの投石だと人は死にそうだけどさ。

「……違うよ。『魔力付加』の練習方法を模索しているだけだよ」

「魔力付加の練習方法……でございますか？」

「うん。身体強化と魔力付加を同時に発動して、かつ適切に使いこなすのって案外大変だからね。こうやって、地道に練習するしかないけど、より効率的な方法はないかなってさ」

僕はそう言うと、大きく振りかぶり小石を投げた。うーん、今度は狙いから右にずれたな。案外、難しいんだよね。

「なるほど。確かに、小石に適切な魔力付加を行い、身体強化で投石するというのは、良い訓練方法かと存じます」

「でしょ？　木刀や木剣でも良いけど、こっちのほうがより繊細な調整が求められるからさ。より技術が得られると思うんだよね。まぁ、検証はしてないから個人的な意見……だけど！」

投げた小石は、狙いのちょっと上に当たる。

「それにしても、リッド様の投げ方は何だか独特ですね」

「え？　そう？　ただの上手投げなんだけどな……」

上手投げとは、前世の記憶にある野球で言えば『オーバースロー』という投げ方であり、直球の速度が出やすいらしい。育成系野球ゲームの受け売りだから、そこまで深くは考えていないけどね。でも、カペラは僕の投げ方にとても興味を持ったみたいだ。

「投げ方に名称があるんですね。ひょっとして、他にもあるのでしょうか？」

「え？　うん。ざっと、大きく分けて四種類かな。今までの投げ方が、さっき言った通り上手投げ。『オーバースロー』だね」

僕は、小石を拾うと投げ方を変えて腕を水平に振り抜いた。

「今のは、横手投げ。『サイドスロー』だね」

小石を拾って振りかぶると、今度は上手投げと横手投げの中間の位置で腕を振り抜いた。

「今のが『スリークォーター』。オーバースローより速球は出にくいと思うけど、肩の負担が軽減されつつ、ある程度の速球も期待できる投げ方だね」

カペラは、食い入るようにこちらを見つめている。

そんなにこの投げ方が面白いのかな？　そんな事を思いながら、あることに気付いた。

「最後の一個か」

今行っている練習方法の欠点は、この『小石』だなぁ。魔法付与をして投げる関係で、的の樹木に小石がめり込むから、回収してまた集めるのが面倒なんだよね。

僕は小石を手に取ると、大きく振りかぶり、体を沈めながら腕を下から振り抜いた。そうして投げた小石は、下から上に上がっていくような軌道を描き、的の真ん中に命中して鈍い音を鳴らす。

「よし、最後は上手くいったね。あ、今のは、下手投げ。『アンダースロー』って言うんだ」

そう言うと、僕は肩を回したり、腕を伸ばしたりして、軽いストレッチを開始する。

僕の体は柔軟というか、基本的な身体能力が高いと改めて実感する。

今、カペラに実演した四種類の投げ方も、前世の記憶にある映像を脳裏で明確にイメージすれば、『なんとなく』で投げられてしまう。これも、ある種の才能なんだろうな。

「リッド様。もしかして、今までの投げ方は、以前教えていただいた『サッカー』のような訓練で使うことを想定しているのではありませんか？」

「え？　うん。カペラは、相変わらず鋭いね」

彼の言うとおり、現在第二騎士団に所属する獣人族の子達の連携力、組織力強化を目的とした訓練に『サッカー』を取り入れたことがある。その際、部隊の分隊長や副隊長の候補者を選別。カペラとディアナが管理する組に分けて大規模な紅白戦も執り行った。

結果は満足のいくものであり、皆からは訓練だけでなく遊びとしても好評だ。サッカーの紅白戦は、組織力強化の目的で一カ月に一回ぐらいの頻度で現在も行われている。

訓練以外でも、第二騎士団の子達がサッカーの規模を小さくした『フットサル』で遊んでいる姿を目にすることもあるぐらいだからね。サッカーボールと相手さえ居れば楽しめるから、遊び盛りでもある獣人族の子達には良い球技だったわけだ。

僕はカペラの問い掛けに答える流れで、四種の投げ方が使われる球技、『野球』について説明する。いつも通り、前世の記憶のことは伏せて、あくまでこういう球技があったら面白そうという内容で。冗談半分に簡単な決まり、使う道具、戦略性などを伝えていくと、彼は興味深そうに相槌を打っていた。

「……とまぁ、こんな感じの球技だね。本来の球技名は『野球』だけど、魔法を試合中に使用することを考えたら、さしずめ『魔球』って感じかな」

前世の記憶にある野球の試合には、魔法なんかないからね。もし、この世界で魔法有りの野球をやったら、全く別の球技になってしまう。それはもう、野球ではない。だから、適当に『魔球』と言ってみたんだけど、思いのほか、カペラは真に受けたらしく「なるほど」と頷いた。

「面白いですね。身体強化、魔力付加、組織力、団結力強化の新たな訓練になるかもしれません。リッド様、必要な防具を『開発工房』に発注してみましょう」

「えぇ？　そこまでする？　あ、でも、確かに僕も練習用のボールは欲しいかも」

何せ、今やっている訓練では小石を事前に集めなくてはいけない。この辺に転がっている小石は大体使ってしまったからなぁ。でも、ボールがあれば的の形を壁にすれば、壁打ちで練習できるだろう。

「サッカーに続く、素晴らしい球技を、折角リッド様がお考えになったのです。これは、是非とも、形にしましょう」

「そ、そう？　じゃあ、そこまで言うなら父上にも相談して進めてみようかな」

魔球の原案となる野球は、僕が考えたわけじゃないんだけどね。折角だから、魔法有りの世界にあった形に調整して皆で楽しんでみよう。

◇

後日。僕は『魔球』に必要となるヘルメット、グローブ、ミット、バット等々。様々な道具の作成を工房に依頼した。

「また、不思議な物を考えますねぇ」

「こんな使い方する物、初めてみたよ」

詳細を伝えたら、エレンとアレックスは首を傾げた。だけど、二人の瞳には興味の色が宿っている。基本的に、彼等は好奇心旺盛で新しい物に目がない。こういうことには、ノリが良く協力的だ。

「以前、僕がサッカーボールの作成をお願いしたでしょ？　あんな感じで、競技……訓練で使う物なんだ」

「なるほど。でも、これだけの道具が必要なんて、凄い豪華な競技……いや、訓練ですね」

「うん。リッド様の依頼だからできるけど、原材料費を考えると普通はこんなこと思いつかないよ。いや、思いついても、出来ないと言った方が正しいかも」

二人は顔を見合わせると、やれやれと肩を竦めた。何だか、酷い言われようだ。

「……何でも良いけど、二組分の作成は、今の業務の合間にできそうかい？」

「はい。これぐらいでしたら、ボク達と工房の皆でやればすぐに出来ますよ。ただ、一つお願いがあるんですけど……」

エレンは、決まりが悪そうに頬を掻いた。

「どうしたの？　あ、ひょっとしてカペラの休みの希望とか？」

エレンとカペラは、結婚式を先日挙げたばかりの新婚だ。折角だから、簡単な新婚旅行に行ってきたら？　と勧めたんだけど、二人とも今は忙しいから、時期を見てお願いすると言っていた。その件だろうと思ったんだけど、彼女は首を横に振った。

「いえいえ。今回は違います」

「そうなの？　じゃあ、お願いってなんだい」

彼女はわざとらしく咳払いをして、少しかがむとこちらを上目遣いで見つめてきた。

「えっとですね。多分、サッカーの時のように試合をすると思うんですけど、その時に工房に所属する皆を一番良い席に座らせてほしいんです」

「え？　そんなことで良いの？　というか、試合をするとは決まってないけど……」

第二騎士団で行う新たな訓練として『魔球』の許可は得たけど、試合を大々的にする許可なんて取っていない。多分駄目と言われるし。目を三角にして怒る父上の顔が目に浮かぶ。

「あ、失礼しました。えっと、試合というか訓練の様子と言いますか。サッカーみたいに紅白戦はするんですよね？　その時に、良い席で見学できれば構いません」

「う、うん。わかった。そんなことで良いなら、お安いご用だよ。じゃあ、道具の作成は任せたよ」

「はい。お任せください！」

エレンとアレックスは、嬉しそうに頷いた。

道具がエレン達の手によって作成される間に、僕は『魔球規則書』をカペラ、ディアナ、ファラ達と一緒にまとめる。そして、第二騎士団の子達を宿舎の大会議室に招集して教え込んだ。バルディアに来たばかりの皆は、文字の読み書きが出来ない子が多かったけど、今では問題なく出来るようになっている。ディアナやカペラ達の教育と彼等の努力の賜だ。

「へぇ、サッカーの次は魔球ですか。リッド様は、良くこんなに色々と思いつきますねぇ」

机に頬杖を突き、魔球規則書に目を通す兎人族のオヴェリアはやや呆れ顔で感嘆する。

ちなみに、彼女は座学が好きではないから、いつもこんな感じだ。でも、しっかりと理解はしていて、実演の時は凄いやる気を出してくれる。

「ふむ。実際にやってみないとわからんが、サッカーとはまた違った戦略性がある球技だな」

相槌を打ち思案顔を浮かべているのは、熊人族のカルアだ。彼は、いつも表面上は冷静に淡々としているけど、実はその心中は意外と熱血漢である。

勝負事になると、オヴェリアが一番表だってやる気を見せるけど、彼女に一番対抗心を密かに燃やすのはカルアだ。二人は、自主練もよく一緒にやっているらしいから、意外と仲は良いみたい。

何にせよ、皆はサッカーに続き、新たな訓練もとい球技にとても興味を持ってくれた。勿論、ただの球技じゃないけどね。僕自身が最初に行っていた、魔力付加と身体強化の連動を体で覚えることを目的とした訓練である。皆で『魔球』を実際にすれば、訓練の効率性や効果がどれほどかもわかるから、その点も楽しみだ。

皆に魔球の規則を学んでもらい、道具が完成するまでの間は小石を使って投げる練習や木刀や木剣を使った素振り。その他、魔球場の整備を進めた。

数日後。エレン達の居る工房から連絡をもらった。依頼したものが完成したということだ。すぐにカペラと工房に出向くと、そこには依頼したものが予備を含めて三組分も出来ていた。

「おぉ！　凄いね。全部、お願いしていた通りだ」

「いやぁ。今回も楽しい作成作業でしたよ」

エレンは自らの胸を叩いてどや顔を浮かべた。

実際、彼女とアレックスが用意してくれた道具は注文通りで、僕の記憶にある物と大差ない。強いて言うなら、魔法を施しても大丈夫なよう、より頑丈に作られていそうだ。

「よし。じゃあ、早速試してみようか」

「畏まりました。じゃあ、工房の裏に移動しましょうか」

アレックスの言葉に従い、僕達は場所を変えた。

ワクワクしながらグローブに手を通して動きを確かめる。うん、間違いない。前世の記憶にある、野球用のグローブと大差ないね。

「リッド様、どうですか？」

エレンの問い掛けに、僕はニコリと微笑んだ。

「さすがだね。僕の想像していた通りだよ。じゃあ、早速この『ボール』を使ってみたいんだけど……」

ボールは、前世の野球に使われていた硬球に近い規格で作成されているけど、魔力付加に耐えることができるように改良されている。投げ込んだら、どんな球が投げられるのか？　実に楽しみだ。

「カペラ。悪いけど、手伝ってもらっても良いかな？」

「はい。畏まりました」

彼は片手にグローブをはめると、少し離れた位置に立った。魔球規則書の内容と事前訓練にカペラも参加しているから、簡単なキャッチボールはすぐにできるだろう。

軽く投げると、彼は上手にボールをグローブに収めた。おぉ、やっぱり、問題なさそうだ。魔法を使わずにキャッチボールを暫く繰り返していくうち、肩が暖まってきた。

「よし。そろそろ、試しに魔力付加を使って投げ込みしてみたいんだけど、大丈夫かな？」

「承知しました。では、私はこの辺で構えます」

立ち位置を調整したカペラは、グローブを構えてこちらを真っ直ぐに見据える。その気配から、身体強化を発動したのが窺えた。

「うん。じゃあ、やってみるよ」

僕は深呼吸をして集中する。身体強化を発動して、左手に持つボールに魔力を込めていく。うん、問題ないね。

大きく振りかぶって腕を振り下ろすと、カペラのグローブ目掛けてボールを放った。次の瞬間、ボールが勢いよく彼のグローブに収まり、辺りに小気味の良い……というより破裂音に近い音が響き渡った。想像以上の速球であり、唖然とするがすぐにはっとする。

「カペラ、大丈夫⁉」

「はい。グローブのおかげで痛みなども特にありません」

彼は、目を細めてそう答えると、「……それよりも」と切り出した。

「これは動体視力を鍛える良い訓練にもなりますね。早速、団員達で魔球を実践してみましょう！」

「え？　う、うん。わかった。じゃあ、宿舎に行こうか」

こうして、道具も揃ったことで、第二騎士団の団員達で『魔球』の練習が本格的に行われることになる。そして、『魔球』に団員達が慣れた頃、上手な子達が選抜されて紅白戦が開催されることになったけど、それはまた別の機会に……。

あとがき

読者の皆様。いつもお世話になっております、作者のMIZUNAです。

この度は、『やり込んだ乙女ゲームの悪役モブですが、断罪は嫌なので真っ当に生きます7』を手に取って下さり本当にありがとうございます。また、この場をお借りして作品に関わって下さった皆様へ御礼申し上げます。支えてくれた家族、TOブックス様、担当のH様、素敵な絵を描いて下さったイラストレーターのRuki様、漫画家の戸張ちょも様。他ネットにて応援して下さっている沢山の方々。そして、本書を手に取ってくれた皆様、本当にありがとうございました。

さて、書籍六巻の後書きについて、家族から『小難しくてつまらん』と指摘を受けてしまいました、とほほ。というわけで、今回は柔らかい感じにできればと思っています。

書籍七巻の動きと言えば、ファラとリッドの神前式、悪役令嬢ヴァレリ・エラセニーゼとの出会い、両陛下への謁見……以上が特に大きい動きでしょうか。

ファラとリッドの神前式は、書き始めた時から朧げに考えていた部分です。リッド君の性格上、ファラが嫁いでくるの待つのではなく、迎えに行くでしょうからね。それに便乗する流れで、エリアス王やザックが国内の華族達に二人が正当な関係であることを示したわけです。

何にせよ、リッドとファラはこれから色々な困難に立ち向かうことになるでしょうから、夫婦で立ち向かい、打ち破ってほしいものです。

次は、悪役令嬢ヴァレリ・エラセニーゼについて触れたいと思います。

彼女の事を一言で言うなら、『可哀想で残念な転生者』でしょうか。ヴァレリとリッドの運命が交わっていくことで、どんな変化が起きてくのか。執筆している私も楽しみです。

彼女の事は、今後もSSなど本編とは違うところでも色々と書ければいいなと考えているので、良ければ楽しみにしていてください。

両陛下への謁見といえば、リッド君は以前クリスに代役を頼みましたね。振り返ってみれば、リッド君は可愛い顔をして、よくよく考えれば酷いことを意外とやっている気がします。まぁ、そんなところも彼の魅力なので、書いている身としては非常に楽しい部分の一つですね。

何はともあれ、両陛下に加え帝国貴族達とリッドが出会う事で、どんな反応が起きるのでしょうか。また、懐中時計や木炭車の開発が今後の帝国にどんな影響を与えるのか。是非、想像して楽しんでいただければ存じます。

そして、お知らせがあります。既にご存じの方もいらっしゃると思いますが、皆様のおかげで『悪役モブ』の書籍が十巻まで刊行決定しました。

このあとがきを書きつつ、実は並行して書籍作業もしております。書籍八巻では、色々な動きがあるので是非楽しみにしていてください。では、次巻で読者の皆様とまたお会いできるのを楽しみにしております。

最後までご愛読いただき、本当にありがとうございました。

コミカライズ
第6話

試し読み

漫画：戸張ちょも
原作：MIZUNA
キャラクター原案：Ruki

第6話

毎日
体から何かが
抜け落ちていく感覚が
続いている
まるで
グラスの底にヒビがあり
数滴ずつ水が
落ちていくような
その病魔は
なんの兆候もなく
襲ってきた
気だるさから始まり
数日後には
自力で立つことも
できなくなってしまった
この弱っていく体を
なんとか
できないかしら
……

集中すると
抜け落ちていく感覚が
少しだけ
遅くなった気がした
それ以来
起きている間は
必ずこの感覚に
意識を向けている
眠りにつく
ギリギリまで
ずっと
寝起きは
最悪
私の死期を悟ったのか
リッドは荒《すさ》んで
周りにつらくあたるように
なってしまった
メルはいつも
泣いている
不安なのね
なぜ 大切な
子どもたちの心まで
この病魔は
蝕《むしば》んでいくのか…
そう
絶望していた

最近 リッドの様子が
少し変わったみたい
とても落ち着いていて
まるで大人と
話しているように
感じることすらある
♪
メル ご機嫌ね
何かあったの?
うんっ!
にぱっ
にーちゃまがね
絵本を
よんでくれたの!
荒んでしまったリッドが
立ち直って
家族を良い方向に
導こうとしてくれている
私が諦めるわけには
いかないわ

生きるのよ　ナナリー！

ん～…
ぼ～…
いい天気…
ピチチッ
ピチュンピチュ
ヤバい
まずいまずい
父上とクリスががんばってるんだから僕もしっかりしないと
あたたかくてつい…
よいしょっと
今日は僕の属性素質がゲームどおりか試してみようかな
火
水
氷
雷
風
土
闇
樹
光
無

この世界は前世でプレイしていたゲーム「ときレラ！」に酷似《こくじ》している
資金集めのためとはいえ
化粧品類を開発し皇族へ献上する動きになった
これはゲーム内では起こりえなかった流れのはず
つまり
ここで自分の人生を生きれば
自ずと道は開けるかもしれない
モチベーションはかなり高いのだ
きょろ
ここなら大丈夫かな…
火は確認できてるから他を順番にやってみよう

パリッ
…本当に
全種類
使えちゃった

属性にちなんだ
名前をつけて
おきたいな
イメージ
しやすいもの…
たとえば
火槍
雷槍
とか
とっさの攻撃の時
こうやって…
スッ
パリッ‥

火槍!!
ゴッ
ボッ
ジュウウウアアア

ふぅっ
ガサッ…
とりあえず合格ラインかな？
ぴょん
にーちゃますご〜い!!
ぴょん
ぴょん
ドキーッ
メメル!?
いつからそこにっ…
んーとね
手のひらから火を出したときから！
♪
最初から全部見られてた——!!

メル…
今にーちゃまが
使った魔法のこと
ふたりだけの
秘密にして
くれないかな?
こそっ‥
え〜っ
すっごくキレイで
かっこいいのに?
なんで?
代わりに
好きなだけ絵本
読んであげるよ!
みんなに知られたら
悪目立ち
しちゃうからなぁ…
もう一回
見せて〜

数日後
帝都へ向かったクリスから手紙が届いた
うまくいったかな？どれどれ…
ライナー辺境伯にだまし討ちされました
ローラン伯爵は出禁にしました
それと…マチルダ皇后陛下はやばいです
危険です
ちょっと不敬じゃない？
帝都で何があったのかな
くす
知らない伯爵が知らないうちに出禁になってる…
ってそろそろ授業の時間だ！
さて
属性魔法を扱うにはその属性の素質が必要となります
コツ
コツ

では
特殊魔法の場合
特別な素質は
必要でしょうか？
うーん…
わかりません!!!
わからないことを
わからないと
言えるのは
大切ですね
サンドラ先生って
なんでも
褒めてくれるな…
いいのか？
答えは
何も必要
ありません
じゃあ誰でも
使用できるん
ですか？
誰でももとは
少し違いますね
修練を積み
創作もしくは
伝授してもらうことで
使えるようになります
創作…！
特殊な魔法が
創れるんだ！
わくわく

攻撃魔法の時にイメージを明確化することで初めて魔法が発動できると教えてもらいました
特殊魔法も同じでしょうか？
そうですね
ただ 攻撃魔法よりもさらに具体的なイメージと魔力量が必要です
どちらか片方が不足しても発動できません
発動ライン
魔力量
イメージ
それと伝授について
特殊魔法は創作者にかぎり他人へ伝授できます
双方にかなりの魔力量を要しますけどね
創ったり伝えるのにまずたくさんの魔力が必要で
想像力や魔力量が足りないと発動もできない と…
そのとおりです

あ、
そうそう
少し話が変わるのですが…
先日お預かりした月光草について
魔力の回復効果が確認できましたよ！
成分の抽出《ちゅうしゅつ》と濃縮方法がこれからの課題ですね
!!
すごい！
ちなみに完成形はどんな形にするの？
ドリンク系とか錠剤とか…
ハッ
形状について失念していました…
回復効果を高めることばかりに頭がいっていて
わなわな
ありがとうございます！
くるっ
すぐに帰って試作品の作成に取り掛かりますね!!
え!?
このあとの授業は…!!
ごめんなさい！
自習でお願いしま～す！
ダダダダ

魔力量さえあれば
オリジナルの魔法が
作れるのかな？
でも
自分の魔力量って
どうしたら
わかるんだろう
測定する魔法とか
道具とか
ないのかなぁ…
ゴロゴロ…
！

すごい雨…!
急いで帰らないと!
ぱちゃ
ぱちゃ
たっ
たっ
ギィ…
キャー!
ごめん
ぬれちゃった…
リッド様
風邪を引いてしまいますっ…!!
ばた
ばた
すぐにタオルをお持ちします!
お風呂の準備を!
ばた
ハイ!
びちゃ…

着替えだけ
もらえたら
それで大丈夫だよ
そんなに
大げさじゃ
なくても…
庭で
倒れられた
トラウマ持ち
いけません!
体を温めて
いただかないと
がしっ
さ
こちらへ
わ~…
ちゃぷん

久しぶりのお風呂…
気持ちいいなぁ～！
うっとり…
この世界ではお湯で濡らした布で体を拭くのが主流なので
お風呂は貴重なのである！
ちらっ
何日ぶりのお湯だろう
自室に持ってきてくれるところがすごいよね
ど～ん。
部屋のどまん中

そんな貴重なこのお風呂…
どれくらいのお湯を使ってるんだろ
ん？お湯の量…？
そういえばこの世界の数値の規格って
前世と同じだったような…
メートル
グラム
ミリ
リットル
ザバァ
そうか！
これならいけるかも！

やるぞ

ちょうど
1Lの液体が入る
この容器を
魔法で
作り出した水で
満たしていく
中身を捨てて
もう一度
同じ量の水を
容器に満たす
その繰り返しだ
魔法名は…
「1リットル」
にしよう

だいぶ正確に出せるようになってきたな
次は10回発動だ
ひたすら繰り返す10回 20回 30回 50回 100回……
200回 300回…
そうやって自分の魔力が消費される感覚に

集中する!!
しゅぷっ

ちゃぷん
ふうっ……!
これで980回
1回1回の発動ごとに魔力が減る感覚は一律だった
つまり
魔法ごとに消費される魔力量は決まっているんだろう
水魔法「1リットル」を魔力数値として「1」と仮定すると
僕の魔力量は「980」以上あるということになる

これを特殊魔法として創作する!!

魔法名:魔力測定

効果　:自分自身と視界に入る特定範囲の他者に宿る魔力量を数値化

早速
試してみよう
「魔力測定」！
ザァァ…
……
何も
起きないかな
もう1回
やってみよう
「魔力測定」！
自：魔力数値
80
おぉっ…
頭の中で
何か聞こえた！

自：魔力数値
60
すごい！
また聞こえた
成功して
よかった～！
フムフム
80から60に
減ってるから
「魔力測定」に
必要な魔力量は
20ってことかな
この「魔力測定」は
きっと役に立つ
今後 母上に
魔力回復薬を
飲んでもらう際
その効果を
可視化できるように
なるかもしれない

また一歩前進だ！
続きは コミック シーモア にてお楽しみ下さい！

やり込んだ乙女ゲームの悪役モブですが、断罪は嫌なので真っ当に生きます
MIZUNA
1
コミックス
1巻
好評発売中
!!!!

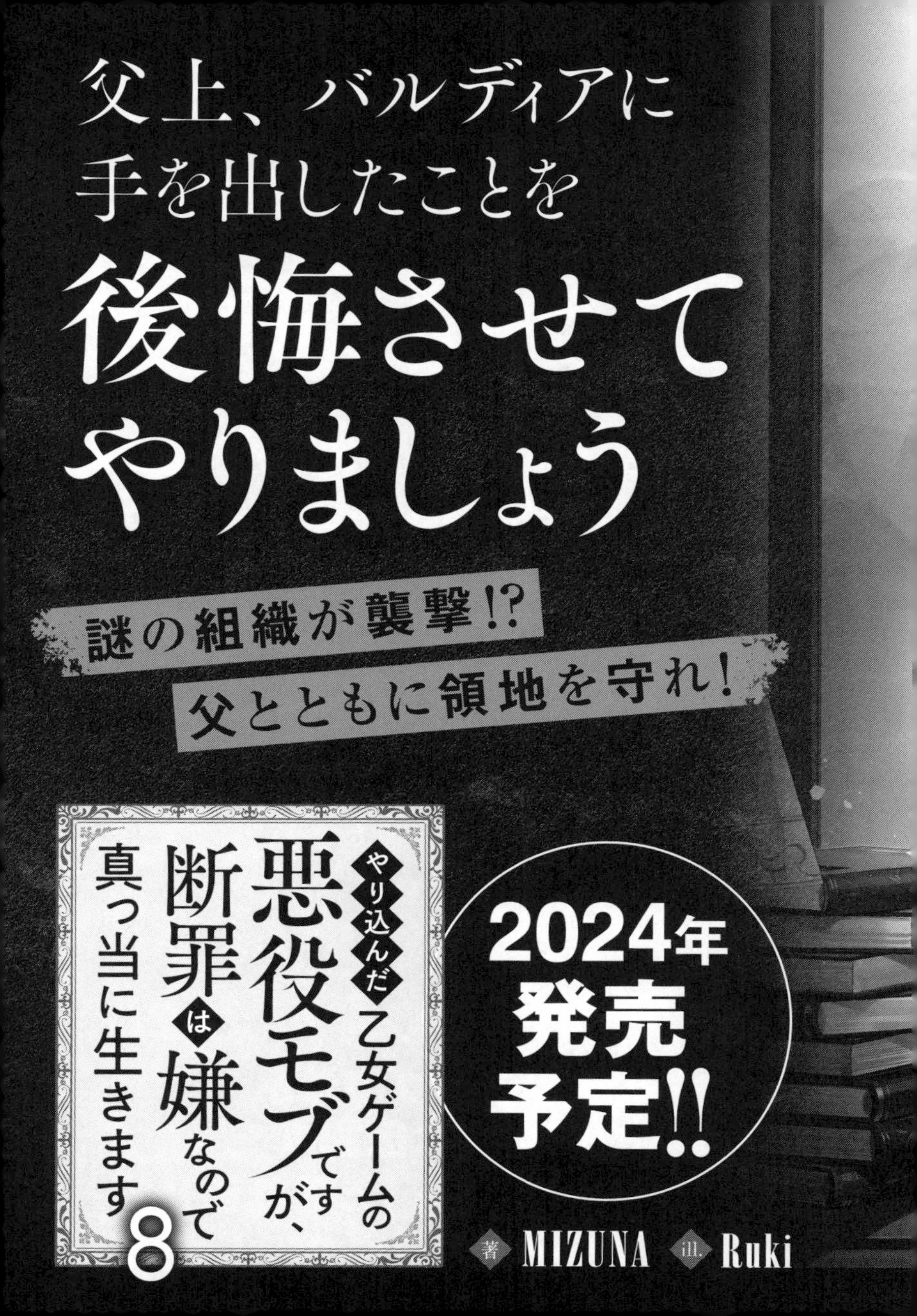
父上、バルディアに
手を出したことを
後悔させて
やりましょう
謎の組織が襲撃!?
父とともに領地を守れ!
やり込んだ乙女ゲームの悪役モブですが、断罪は嫌なので真っ当に生きます 8
2024年
発売
予定!!
著 MIZUNA ill. Ruki

累計190万部突破!
異世界に落とされた…
Dropped into another world
浄化は基本!
原作最新巻
第⑧巻
好評発売中!
イラスト:イシバシヨウスケ
異世界に落とされた… 浄化は基本! 8
ほのぼのる500
イシバシヨウスケ
コミックス最新巻
第④巻
好評発売中!
漫画:中島鯛
中島鯛
ほのぼのる500
イシバシヨウスケ
4
異世界に落とされた… 浄化は基本!
@comic
ポジティブ青年が
無自覚に伝説の
「もふもふ」と戯れる!
ほのぼの勘違いファンタジー!
お買い求めはコチラ

ほのぼのる500シリーズ
最弱テイマーはゴミ拾いの旅を始めました。
The Weakest Tamer Began a Journey to Pick Up Trash.
原作
11巻
イラスト：なま
好評発売中！
コミックス
6巻
漫画：蕗野冬
好評発売中！
ジュニア文庫
7巻
イラスト：Tobi
2024年夏発売予定！
※6巻書影
スピンオフ
2巻
漫画：雨鈷
好評発売中！
TOKYO MX・ABCテレビ・BS朝日にて
TVアニメ絶賛放送中！
詳しくは公式サイトへ
※放送は都合により変更となる場合があります
©ほのぼのる500・TOブックス／「最弱テイマー」製作委員会

やり込んだ乙女ゲームの悪役モブですが、
断罪は嫌なので真っ当に生きます7

2024年3月1日　第1刷発行

著　者　MIZUNA

発行者　本田武市

発行所　TOブックス
〒150-0002
東京都渋谷区渋谷三丁目1番1号　PMO渋谷Ⅱ　11階
TEL 0120-933-772(営業フリーダイヤル)
FAX 050-3156-0508

印刷・製本　中央精版印刷株式会社

ISBN978-4-86794-096-9